译文名著精选

YIWEN CLASSICS

红字

[美] 霍桑 著　苏福忠 译

Nathaniel Hawthorne

The Scarlet Letter

上海译文出版社

图书在版编目(CIP)数据

红字/(美)霍桑(Hawthorne, N.)著;苏福忠译.
—上海:上海译文出版社,2011.1(2024.7重印)
(译文名著精选)
书名原文:The Scarlet Letter
ISBN 978-7-5327-5253-9

Ⅰ.①红… Ⅱ.①霍… ②苏… Ⅲ.长篇小说-美
国-近代 Ⅳ.①I712.44

中国版本图书馆CIP数据核字(2010)第231915号

Nathaniel Hawthorne
THE SCARLET LETTER

红字
〔美〕霍桑 著 苏福忠 译

上海译文出版社有限公司出版、发行
网址:www.yiwen.com.cn
201101 上海市闵行区号景路159弄B座
浙江新华数码印务有限公司印刷

开本890×1240 1/32 印张9 插页4 字数172,000
2011年1月第1版 2024年7月第3次印刷
印数:11,201-13,200册

ISBN 978-7-5327-5253-9/I·3017
定价:39.00元

纳撒尼尔·霍桑(1804—1864)

译本序

纳撒尼尔·霍桑（Nathaniel Hawthorne，1804—1864）的时代，是世界文坛现实主义小说大收获的季节，英国的狄更斯、特罗洛普、萨克雷和乔治·爱略特；法国的巴尔扎克、福楼拜；俄国的托尔斯泰和陀思妥耶夫斯基，等等，都取得了令人瞩目的最高成就。各路文学批评家对他们的创作进行批评和总结，认为这个时期的文学主题是：爱情、婚姻和战争。今天看来，这样的评定还是中肯的，不过战争题材，恐怕是批评家因人而定，几乎专为托尔斯泰而设的，难免偏颇。人类伴随着战争成长，但是战争在人类生活中所占的时间，毕竟比例太少；所发生的区域，也毕竟有限；所以，它带来的后果，无需正面描写战争，一样可以深入表达。爱情和婚姻呢，则算得上人类永恒的文学主题，是写实小说中的浪漫要素，至少人类进入二十一世纪的今天，还可以这样说。

霍桑的《红字》是浪漫主义作品，写爱情和婚姻，理所当然，却又不大容易用一般的道理来评述，因为正面的爱情和婚姻描写，整部作品里几乎不存在，这是所有读过《红字》的读者都难免有的疑问。我认为，尽管《红字》一般被认为是写爱情和自尊的，但如若具体起来，却是从男女之间的那点事儿切入，又不铺开正面描写，而只写那点事儿发生过的结果。这个切入点，是作者的智慧所在，深刻所在，引起读者的看点所在。只要是人，但凡正常，没有谁对那点事儿不感兴趣的。那点事儿发生之前感兴趣，发生之后同样感兴趣，或许更感兴趣。所以，说说那点事儿，不难；可怎样说那点事儿，却大有讲究。自从二十世纪六十年代西方经历性解放运动，文学作品对那点事儿解禁，如今不把那点事儿写得赤裸裸，都算不上到位了。霍桑的时代与此正好相反，别说那点事儿，连爱情都需写得高雅，严肃，深沉。不过，《红字》的背景比霍桑的时代还要远去二百年，那时候的美国还是英国的殖民地，清教徒营造的宗教气氛令人窒息，爱情无异于诲淫诲盗。霍桑也正是站在他的更具人性化的时代，审视二百年以前发生的事件，这不仅给了他相当空旷的想象空间，也给了他相当的时代对比度。

霍桑出生在美国的新英格兰。新英格兰自然是相对老英格兰而言的。不仅如此，美国在很长时间里，在英国人来说，都是新发现的大陆，是新世界。可是在“新世界”里，人们对待那点事儿的态度非常守旧，非常严厉，甚至令旧世界的保守态度望尘莫及。这样的保守态度，在霍桑的家族史上表现得格外明显。比如说，霍桑的两位祖先，都是殖民地政教合一的权力机关中的要人，据记载，都以清教徒的狂热迫害过异端；又比如，幼年的霍桑随寡母住在外公家的塞勒姆镇，这里正是美国历史上发生过著名“驱巫”案的地方。霍桑受过良好的教育，在宗教上深受德国宗教改革家马丁·路德的影响，主张人在上帝面前仍是人，不在于遵守教会的清规戒律，而在于个人的信仰。在思想上，他是美国思想家和作家爱默生的追随者，认为美国人在“新的土地上”，是“新的人”，应该有“新的思想”，“每一种自然界都是某种精神的象征物”。从他上学期间就把自己家族的姓氏 Hathorne，加了一个字母 w，改为 Hawthorne，看得出他早已在反思祖先的行为，并由此反思美国的历史了。

这点，在《红字》一书中，作为背景，一再提及，一再交待，甚至不惜用三万字的篇幅，写了一个代前言，取名《海关》，附在前边。说到这篇文字，霍桑说：“这本书有一个前言，把我在海关的生活写在一篇速写里，这里那里有一两处发挥想象力的笔触，也许比正本叙述都更有吸引力。后者显然缺乏阳光。”正是在这个“代前言”里，他说他发现了一块红布片儿，“仔细查看，认得出是一个字母的样子。它是那个大写的 A 字母”。围绕着 A 字母的出现，前前后后两千多字，迷惑了许多读者和研究者，让他们以为这是真的，而非虚构。实际上，恰恰相反。后来的研究者们断定，霍桑从来没有发现过什么红布片儿上的 A 字母。他创作这部小说的唯一根据是当初殖民地的法律里明确规定，凡是犯有通奸罪的女人，胸前都要戴上代表通奸罪的 A 字母，即英文 a-dultery（通奸）第一个字母的大写体。把男女之间的那点事儿，具体为一个象征物，明明白白地挂在胸口上，这种惩罚看似文明，可设身处地为承受者想一想，是真够人受的。霍桑用《海关》这样一出搭戏（京剧里叫帽戏），吊起了读者的胃口，接下来的正本戏显然更有看头了。

A 字母的事儿一旦发生得不正常，不合法，其结果最能考验人的态度。一般说《红字》这部小说是写爱情和自尊的，主要表现在小说的女主人公赫斯特 · 普林身上。她从牢狱出来，胸前戴着刺绣精美的红字，怀里抱着刚刚出生的私生女，这一形象在牢狱门口一亮相，就奠定了她在美国文学、也可以说世界文学中不朽的地位。“赫斯特 · 普林比以往任何时候更有贵妇人的样子”，原因就是她偏偏做出了 A 字母的事儿！这是作者的态度。但是，在她所处的社会生活中，尽管是一个孤单的事件，一生中只发生了一次，她却不得不戴着羞辱的沉重的红字，用一生的修行和善举进行忏悔。值得注意的是，她的失身怀孕，首先不是她的道德堕落，而是宗教狂热的献身。在《迷惑中的牧师》一章中，牧师遇见了最年轻的少女会员，有这样一段描写：

> 他教会中的那些处女在他周围变得脸色苍白，成了与宗教感情密不可分的激情的牺牲品，她们竟然把这种激情想象为全部宗教，公开把这种激情带进她们雪白的胸脯，当作她们在祭台前义不容辞的献祭。

世界上的许多邪教都有处女献身，这是普遍现象。任何一种信仰，不论是宗教的，或是什么主义的，一旦发展到邪教的地步，这样的现象在所难免。在某种教义的煽动下，多数人的行为都是盲从的，盲目的。思考是在盲从和盲目产生不良的结果之后。赫斯特·普林戴上了A字母，被排斥在社会之外，每天的考验都不尽相同，人身失去了自由，但她沿袭了思考的自由。从旁观察芸芸众生，她明白：如果真相遍地可见的话，除了她自己胸前的红字，许多人胸前都会有一个红字。这种思考很深刻，一下子触到了男女性关系的要害：男女私情古来有之，区别仅仅在于公开和隐秘，有结果和没有结果（所以，避孕套被认为是二十世纪最重要的发明之一）。因此她经过多年的磨难、观察和思考，和迪梅斯戴尔牧师说："那是一种情欲难耐的罪过，算不上原则性的，甚至不是有目的而为。"又说："我们俩所做的事情，有它自身的神圣性。"这是赫斯特·普林这个女性形象逐渐丰满的重大要素。作者对她的这种转变这样评价："值得注意的是，思考最放得开的人，往往对社会外部的条例默然接受，不越雷池半步。思想足以让他们满足，不会把思想本身在行动的血肉之躯上浪掷。"由此，赫斯特能够认识到，尽管在上帝面前，她的灵魂丧失了，可她仍然要尽她所能，为别的灵魂服务。

赫斯特·普林从行为上的"贵妇人"转化为思想上的自由人，也是迪梅斯戴尔牧师从狂热的宗教活动家成为有血有肉的人的过程。他是一个毕业于牛津大学的高材生，献身宗教是他从小确立的志向。从老英格兰来到新英格兰，他一路激情，一路名声，成了当地教会宣讲教义的明星，拥有各阶层各个年龄段的崇拜者（"粉丝"）。他的事业貌似神圣、伟大，实际上只是一种虚妄社会的需要；他以为是响应社会，实际上被社会所利用。这是信仰走向极端的必然现象。好像什么都不重要，就剩他那点信仰至高无上。精神是一切，肉体是拖累。因为无法协调精神和肉体，肉体上发生的 A 字母事儿，使他的灵魂不再安生。他就是 A 字母罪过的另一半，却一直没有勇气公开承认。他在从事神圣、伟大的事业，即宣讲经文，拯救众生灵魂，可他本人的灵魂无法自救。一个职业宗教活动家，却被不安的灵魂折腾得睡不好觉，只得夜游，像一个没有着落的幽灵。直到小说的尾声部分，他的形象才逐渐清晰起来，却又是赫斯特·普林拯救他的灵魂的结果。《红字》的小说时间的跨度是七年，他饱受了七年内心的折磨。他才三十来岁，却总把一只手按在胸口上，面无血色，走路需要拄了拐杖。为了把他从折磨中拯救出来，赫斯特向他说明，和他一起生活的老人罗杰·奇林沃思是她的前夫。这下，迪梅斯戴尔牧师受不了了，这意味着他在众人面前的神圣形象，在他的情敌监视下完全破碎了。这是一个男人不堪忍受的。他先向赫斯特发脾气：

“……呶，赫斯特·普林，你根本、根本不知道这件事情是多么可怕啊！多么可耻！——多么丢人！——一颗有病的、有罪的心暴露给那只幸灾乐祸地窥视的眼睛，那是多么丑陋不堪啊！女人，女人哪，你对这件事情应负责任！我不能宽恕你！”

随后向赫斯特求救：

“你给我撑撑腰吧！教教我干些什么！”

赫斯特回答说：

“把你这种虚假的生活换成一种真实的生活。”

然而，一个人转换生活并不容易。有时候，生活的转换比生死转换都困难。人活在世，自身的生存只是一种自然现象，生存的价值却取决于社会，取决于周围人。常言道，活出个样子给人看。这是生活的魔圈儿，多数人都逃脱不了。迪梅斯戴尔牧师最后选择了公开身份，袒露内心里的红字，承认罪过，其意义也在这里。站在赫斯特·普林第一次公开受辱的绞刑架上，他向众人忏悔道：

> “赐予我这个燃烧的折磨，让我在胸膛上承受！把那个黑暗可怕的老人派遣来，让这种折磨总是如同红火炙烤一样！把我带到这里，在众人面前，以这种胜利的耻辱的死亡形式而死！倘若这些痛苦一直没有，那我倒是永远没救了！赞扬上帝的美名吧！他的意愿会完成的！别了！”

迪梅斯戴尔牧师说完这最后一句话，就咽气死了，但他勇于承担社会角色的责任的男人形象，却从此站立起来。

除了男女主人公，《红字》还有两个次要的角色。一个是赫斯特·普林的前夫罗杰·奇林沃思，他本来是一个纯粹而正直的人，具备一个学者和医生的眼光，看得出人肉体的疾病往往与精神息息相关，却因为仇恨心理变成了一个魔鬼。另一个是小波儿，精灵一样的孩子，是一种罪恶激情的沃土栽种出的花朵，是另一种形式的红字，赋予生命的红字。这两个人物的塑造虽不乏一些亮点，但看得出，作者仍是为了完善男女主人公的形象，证明他们所犯罪孽的正当性。

作者在《英文笔记》里说：“……把《红字》的最后一章刚刚写

完，我便把它念给我的妻子听——确切地讲是尽力把它念出来，因为我的声音起伏不定，忽高忽低，仿佛我被抛在暴风雨过后渐渐平息的大海上，随波逐浪。”《红字》一书的重大成就之一，是书中无处不在的象征手法。以A字母为象征的主旋律，监狱、教堂、绞刑架、总督的过厅、森林、天空、流星、溪水、青苔老树、阳光、游行队伍、选举讲演、坟墓……等等，都发挥了各自本身意义之外的象征意义。为了取得象征手法在表达上的力量，霍桑在汉字十五六万字的篇幅中，统共使用了六百七十五个感叹号；为了把意义表达得更深一层，统共使用了四百九十七个破折号；为了把多层含义表达得更细一些，统共使用了四百九十三个分号。这在别的小说家的作品里，不论霍桑的同时代作家还是或前或后的作家，是从来没有过的。这虽然与霍桑的写作风格有关系，与当时英国流行的文风有一点关系，但是作者显然在标点的运用上花费了心血，尤其感叹号。无论是我翻译过的作品，还是我所接触到的作品，从莎士比亚到意识流作品，没有一部作品像《红字》一样，在标点符号上花费这样的心血。就是被作者称之为前言的《海关》一文，三万多汉字，同在一本书里，仅仅二十七个感叹号，而正文中同样的篇幅，少说也会用到一百挂零个感叹号。作者试图把小说写出多么深厚的力量，以此可见一斑。

美国学者亚历山大·埃里奥特这样说：“这本书的结构像一出戏，开场、中心和尾声，都在殖民地波士顿公共广场上的颈手枷台上演出。”[1]美国的经典小说，自然是美国人评论更到位。全书共二十四章，从时间上看，前六章为一个单位，以后的十八章，都发生在七年之后。从内容上看，前六章仍然是一个单位，主要引出剧中的人物，尤以

---

①一九八四年版《红字》的前言，彭尼洛亚尔出版社。

女主人公赫斯特·普林的出场最著名。七章到十二章是一个单位，剧中主要人物的相互关系和冲突逐渐展开，罗杰·奇林沃思身体畸形，学识高深，以复杂的复仇心理和行为窥探迪梅斯戴尔牧师的内心世界，堪称美国文学史上的一种典型。十三章到十九章，剧中人物的性格描写深入而细化，情节因此颇具戏剧性，普林的坚强和坚韧、迪梅斯戴尔牧师的激情和怯懦、小波儿的怪异和开朗，都写出很高水平。二十章到二十四章，以迪梅斯戴尔牧师在公众面前承担责任并死去，写出了悲剧性高潮，又用最后短短一章，给了一个阴郁的诗意的传奇般的结尾。基本上六章为单位算一幕戏，每一章为一场次，四幕悲剧的结构很平衡，很匀称。作为一部长篇小说，《红字》具备这样的结构，不同凡响。

亚历山大·埃里奥特又说："普林(Prynne)、迪梅(Dimme)、奇尔(Chill)、波儿(Pearl)，请注意这些名字的音节发音怎样加强了书中无处不在的气氛，霍桑营造的那种独特的效果。"①毫无疑问，《红字》是霍桑酝酿的一场海洋风暴，故事中主要人物的名字，都要为这场风暴推波助澜的。Prynne(普林),Dimme(sdale 迪梅斯戴尔),Chill(ingworth 奇林沃思),Pearl (波儿) ,这四个人姓名简称的音节的发音，都在强调书中压抑而悲愤的调子：prin，主要、原则（在"赫斯特·普林"这个名字里，"普林"应是姓。按合法夫妻的名分，"普林"应是罗杰·奇林沃思的，而非赫斯特的。由此看得出，作者选用名字，是同样用心的）；dim,朦胧的，模糊的；chill,冷的，寒的；pearl,珍珠，精华，精粹。这样的刻意追求，英语读者一定能够感受到的。即便翻译成汉语，这些名字传达出来的含义，在一篇小说中也是很有分量的。这里正好要顺带说一下的是，因为是翻译文字，这些英语上的发音是不可能在译文中一一

①一九八四年版《红字》的前言，彭尼洛亚尔出版社。

体现的，因此本书的译名遵循了现今流行的译法，基本上采用了商务印书馆出版的《英语姓名译名手册》（第四版）的通译，自然主要是为了照顾发音上的特点。本来是遵循目前翻译的通例，却和美国学者的研究成果不谋而合，可算幸事。

苏福忠

二〇〇七年三月　于二人居

目　录

第二版前言

让作者大感惊讶的，而且（如果他这样说不会加重冒犯的话）又相当让读者感到有趣的，是发现他那篇写官场生活的速写，本来是介绍《红字》的，却在他周遭可敬的圈内人士中制造出了前所未有的大哗。确实，哪怕他把海关大厦付之一炬，然后把最后一块轻烟缭绕的余烬在某位可敬的人物的血水中湮灭，就算别人认为他对这个人物深恶痛绝，也不至于引发比这更热闹的轰动了。由于公众的指责会让作者不堪承受之重，倘若人们又认为他活该如此，那他就需要特别说明，他已经仔细把那些介绍文字读过，目的是修改或者删去其中所有可能被发现的谬误，并且尽力对那些他因之被认为有罪的不当之处进行最佳补救。然而，他重读的结果是，这篇速写仅有的突出特点便是坦率而真诚的良好用意，以及他在文中描写人物印象时所传达出来的一般准确性。至于敌意，或者任何类似的仇视，不论是个人的还是政治上的，他坚决否认这样的动机。这篇速写，也许整个儿去掉，对公众都不会有损失，对本书也不会有损害；不过，已然动手写出来了，他认为这篇速写就不会不是在更良好或更厚道的心情下写出来的，而且他力所能及，写出更生动的真实效果。

因此，作者别无良策，只好一字不动地将他这篇介绍性速写再次发表了。

塞勒姆，一八五〇年三月三十日

绣花的 A 字母

海关——《红字》的前言

想来有点异常——尽管不喜欢在炉边谈论我自己和我的身世——一种很想说说自己身世的情绪在我一生中竟然两次让我违反意愿，在公众面前开了口。第一次是三四年前发生的[①]，那次我讲给读者听——没法原谅，也没有世俗的理由，迁就的读者想象不到，冒昧的作者也想象不出来——把我在一所“老宅”极为清静的生活方式讲了出来。现在呢——因为，承蒙错爱，我很高兴发现了一两个过去听过我讲身世的读者——我再次主动与公众攀谈，把我在海关的三年经历讲一讲。《本教区牧师》[②]这样著名的例子，再也没有人亦步亦趋地效仿了。不过，真实情况好像是，在作者把他所写的东西交付社会公论时，他交谈的对象不是把他的书搁置一旁，或者从来不动它的多数人，而是理解他的少数人，甚至比多数他的同学或者同伴还理解他。有些作者，确实，比这做得更多，就是要把适合写出来的东西写到交心的暴露深度，哪怕只是专门写给一颗完全共鸣的心灵都会乐此不疲；仿佛印制出来的书，完全洒脱地交付广大的世界，自然应该看得见作者自己本性的支离破碎的部分，等拿他和书中的内容融会贯通后，才能把他生活的圆圈再画圆了。然而，说实话，这很难做得礼数周到，哪怕我们讲述得不偏不倚的地方也难做到。但是，因为思想冻结，语言麻木，只有讲话者和他的听众处于某种真实的关系，才可以理所当然地想象一个朋友，一个友善而聪颖的朋友，尽管算不上莫逆之交，却会一直在聆听我们的谈话；这时候，因为这种亲切的意识在化解我们天生的矜持，我们便可以把我们周围的环境娓娓道来，甚至谈起我们自己也如数家珍，不过还是继续把那个最隐秘的“我”藏在面纱后边。到了这一步，在这些界限内，我认为，一个作家才能讲述自己的经历，而不会侵犯读者的权利和自己的权利。

同样，人们还会看到，《海关》这篇速写遵循了某种常规，一种在文学作品中屡见不鲜的东西，比如谈一谈以下书页的素材是怎样来到了我的笔下，又比如提供一些让叙述内容具备确切性的证据。这点，事实上——一种让自己处于编者的真正地位的愿望，或者再多一点点，一种构成我的书卷的故事中最冗长部分的愿望——这点，也是唯一的一点，是我与公众确立个人关系的真正原因。在达到这个主要目的的同时，看起来只要多少添加些色彩，便不难对此前还不曾描写过的生活模式轻描淡写地表现出来，包括生活于其中的一些人物，因为作者碰巧是这些人物中间的一个。

我的故乡小镇塞勒姆，半个世纪以前，正值老船王德比[③]走红的日子，堪称一个忙忙碌碌的停船码头——不过现在到处都是朽木搭建的仓库，而且展示不出什么商业生活的迹象；也许，一只三桅船或者双桅船在了无生气的码头当不当正不正的地方往下卸毛皮；也许，在更近的地方，一艘新斯科舍[④]纵帆船在往下扔船舱里的木柴——我要说的是，就在这个败迹斑斑的停船码头的上首，海潮经常漫溢过来，沿岸而行，到达海陆交界处，就是一排建筑物的后边了，从一溜稀稀疏疏的野草中可以看出呆滞的岁月的痕迹——这里，从建筑物前窗看过去，眼前是一派没有生气的景象，而从这个角度隔水相望，迎面耸立着一座很有气

---

①指作者在《老宅青苔》前言里写的一些自身的经历。

②18 世纪的一部虚拟自传，作者佚名，借此书讽刺吉尔伯特·伯恩斯主教的作品《我这个时代的历史》。

③据称，德比是当时塞勒姆一带以船为业的名人，故有此戏称。

④加拿大的一个省份名字。

派的砖建大厦。在大厦屋顶最高点，每日上午不多不少三个半小时之内，合众国的旗帜或者迎风飘扬，或者在微风不兴中垂落；不过旗帜上的十三道条文是上下垂直，而非横向贯通，从此看得出这里坐落的是山姆大叔①政府的民政机构，不是军事基地。大厦的前面配置了一个前廊，六根木头柱子撑起一个阳台，阳台下边是花岗岩台阶，顺级而下，一直通向大街。在大厦的大门上方，悬浮着一只美国秃鹰的巨大徽标，舒展双翅，胸前有一盾牌，而且，如果我没有记错的话，每只鹰爪里都紧紧抓着雷电和倒钩箭。这只猛禽，生来就有习惯性的急脾气，利喙尖眼，一副气势汹汹的样子，一向好勇斗狠的态度，对循规蹈矩的芸芸众生威吓震慑；尤其警告所有的市民，仔细他们自身的安全，别在它翼下阴影所及的地方随便走动。然而，尽管它看上去气势汹汹的样子，许多人在这个时刻却在这只联邦秃鹰的翼下寻求庇护呢；我推测，人们以为她的胸脯一定柔软而舒适，像一只鸭绒枕头。可是，她并没有多么了不起的温柔，哪怕在她情绪最好的时候也一样，而且，或迟或早——往往早比迟多——动不动就飞离她的巢穴，用利爪抓一下，用尖喙啄一下，或者用她那些倒钩箭划出斑斑伤痕。

在上述交待的大厦周遭铺砌的地面——我们不妨统称为港口的海关地界——那些缝隙里生长出密密匝匝的野草，一看便知道近些日子没有大批的人来办事情，没有遭到踩踏。但是，在一年中的某些月份，上午经常办公繁忙，人来人往，踩踏也就更加频繁。这样的时刻也许能让上年纪的市民，想起最近那次与英国打仗的岁月②，那时塞勒姆本身就是一个港口；与现在的情形不一样，当时它自己的商人和船主并不嘲

---

①代指美国、美国政府、美国人等。

②指1812年美国对英国的战争。

笑它，只是后来他们听任这里的码头坍塌毁坏，而他们却一趟又一趟，越来越频繁，毫无必要而不知不觉，促进了纽约或者波士顿的商业流动，形成大势。在前边交待过的那样一个上午，三四只船碰巧同时来到了这里——通常都是来自非洲或者南美——也许在这里稍许停留后前往他处，频繁的脚步声响起，在那些花岗岩台阶上上上下下。在这里，你也许会赶在饱经海浪之苦的船长没有见到妻子之前，在这个港口里碰见他们，看到他们腋下夹着船上的文件，装在一个污迹斑驳的铁盒子里。在这里，也很容易碰见那些船主，或者兴高采烈，或者一脸阴沉，或者彬彬有礼，或者怒气冲冲，全看眼下这趟已经完成的航行，是不是实施了商业计划，随时可以把货物转手变成黄金，还是一下子把他置于种种不利的重压之下，谁见了他都尽量回避，唯恐沾惹上什么。在这里，同样，我们碰得见一身朝气的年轻职员——那些满脸皱纹、胡须花白、愁眉苦脸的商人的胚芽儿——他们对海上运输兴趣正浓，如同狼崽儿闻到了血腥气，已经把种种历险交给了船主的船只，这时候他们其实在一汪池水里驾驭模拟小舟倒是更加得心应手。在这种场合，另一种身影则是初次出海的水手，在忙着办理一张通行证；或者是刚刚到岸的水手，脸色煞白，身子软软的，在设法弄一张去医院的证件。我们也切不可忘记那些锈迹斑斑的小型纵帆船的船长，他们从不列颠的属地运来了木柴；他们穿一身防水油布衣，没有美国佬的那种机灵样儿，却对我们日渐衰落的生意做出了一份不小的贡献呢。

所有这些身份不同的人物聚集在一起，这也是他们常有的，与另一些杂七杂八的人搅和在一起，于是，一时间，把海关烘托成了一个闹闹哄哄的去处。但是，更常见的是，在那些花岗岩台阶上，你会看出来——如果是夏天，在大厦的进出口，如果是冬季或者天气恶劣的季节，则在相应的屋子里——一溜老资格的人物，坐在老式的椅子里，把椅子后腿向后倾斜，椅背抵在墙上。通常，他们沉沉入睡，不过有时候可以听见他们一起交谈，声音像讲话也像打鼾，没有一点精神头，听起来像济贫院里收留的人，也像所有别的依靠接济的人，比如吃慈善，又比如吃垄断劳力，以及别的什么，但就是不靠他们自己干活儿生活。这些老先生——像马太①一样坐在海关的接待处，不过不像马太那样容易听使唤，使徒的使命从不推诿——便是海关的官员了。

再向里去，靠左手走进前门，是一间屋子或者办公室，约有十五英尺见方，高高的屋顶；屋子里的两面拱顶窗户，展眼望去可见前边说到过的破败码头，而第三面窗户则面临一条窄窄的小巷，以及一段德比大街。通过这三面窗户，都能看见一家家杂货店，木匠铺，廉价服装店，以及船具店；这些店铺的门口周围，通常可以看见三五成群的老水手，或哈哈大笑，或嘀嘀咕咕，还有诸如此类的专吃码头饭的人逛来逛去。这屋子本身挂满了蜘蛛网，老漆已经剥落；屋子的地上铺了灰砂，这种铺地方式在别的地方早已经不用了；这屋子总体上邋遢不整的样子，人们很容易认定这是一处圣所，只是使惯扫帚和拖把这些魔术般工具的女人绝少光顾。家具摆设的样子呢，有一个附带宽大烟囱的火炉；一张松木桌子，桌子后面是一把三条腿凳子；两三把木头座椅，摇摇晃晃随时散架的样子；还有——可不能把藏书忘了——几个书架上堆放着一二十本《国会法案大全》，以及一部厚厚的《税收法》选本。一根铁皮管穿过天花板向上伸去，组成了一个传声系统，与大厦别的房间联络起来。在这里，大约六个月之前——要么在角落间踱来踱去，要么懒洋洋地坐在那把长腿凳子上，胳膊肘依托在桌子上，眼睛在早晨报纸的字

① 见《圣经 · 马太福音》9 章 9 节；马太是十二门徒之一，原为罗马帝国小吏。

里行间溜来溜去——尊敬的读者，你也许能够认出来那同一个人[①]，他曾经欢迎你进入他那间生气勃勃的小书房，阳光穿过柳枝，活活泼泼地照射在那座老宅的西墙上。可是，现在呢，如果你到那里去找他，你就打听不到那个民主党的海关稽查员了。改革的大扫帚已经把他清扫出了办公室；一个更有潜质的后继人穿上了他的那身威严的制服，口袋里揣上了他的薪水。

这座塞勒姆古镇——我的故里，尽管儿时和成年时都离开多年寄居他乡——留住，或者曾经留住，我的种种恋情，那种挂念之情在我实际居住在那里的岁月里却是从来没有认识到的。的确，就镇子的地理环境而言，表面看去平淡而无奇，主要由木结构房子占据着，简直没有一座房子堪称建筑上的美丽——房屋没有规则可循，没有如画的景致，也没有精致的设计，有的只是千篇一律——长长的懒散的街道不厌其烦地把半岛的所有区域都贯穿起来，一端是绞刑架山和新几内亚湾，另一端望去便是济贫院了——这些就是我的故镇的风貌，如果对一个散乱的棋盘怀有依恋之情，那么对我的故镇恋恋不舍也就在情理之中了。但是，尽管在别的地方我也照样会生活得无比幸福，可我内心深处对老塞勒姆怀有一种感情，既然没有更合适的叫法，我也只好权且称之为爱恋吧。这种感情也许归结于那些我的家族扎入土壤的纵深而久远的根须。现在算来，两个世纪又四分之一过去了，当初那个纯粹的大不列颠人，也就是叫我的姓氏[②]的那个最早的移民，在这蛮荒的林地居

---

①指作者本人。

②指哈桑（William Hathorne），于1630年从英格兰移民美国。作者的姓氏（Hawthorne）和这位祖先的自然一样的，后来作者出于对祖上专制的做法不满，故在自己的姓氏里加了一个W，以示区别。但作者毕竟是名门的后代，因此历史还是需要追叙的。

住地安家落户，后来这里便渐渐演变成了一个城市。在这里，大不列颠的后人有生有死，已经把他们的尘世肉身和这块土地混合在一起，每一小片土壤都和这凡人的身架无不息息相关，我只有凭借这身架才能在这大街上短暂地散步。因此，我说到的部分爱恋情怀只是尘土对尘土的感官上的共鸣而已。我的父老乡亲几乎无人明白这到底是什么；由于频繁的搬迁对家族来说也许更可取，他们也没有必要考虑弄明白这点有什么打紧的①。

但是，这种感情也有其道德上的性质。那位最早的祖先身影，家族传统赋予他一种模糊的暗淡的魁伟，就我的记忆所及，在我童年的想象中便出现了。这身影如今依然缠绕着我，引诱出一种怀念过去的乡情，我很难认为这种感情和镇子的现有形势有什么关系。我好像更为强烈地认为与这里的一所住宅有关系，因为宅主是一个庄重、大胡子、身穿黑色外套、头戴高帽的先人——他来得很早，带着《圣经》和腰刀，一派威严十足的样子走在未经踩踏的街道上，身影格外伟岸，如同一个战争与和平集于一身的人物——远比我自己更有资格为人所知，因为我的名字很少有人听说过，我的面孔也鲜为人见。他是一个士兵，一个议员，一个法官；他是教会的一个统治者；他具备清教徒的一切品质，有善良一面也有邪恶一面。他同时也是一个心狠手辣的迫害者，如同贵格会教徒②见证的，他们已经把他记入到他们的历史中，讲述他如何严厉惩办他们教会的一个女子的事件，这一笔恐怕将会流传更久远，超过任何关于他的善行的纪录，尽管他做过许多好事。他的儿子③，也继承了那种迫害人的精神，在驱逐巫士活动中让自己露了脸，巫士们的血可以

---

①是表述故乡情，也是表述作者的人身独立和思想独立。

②基督教的一个教派。

③指小哈桑（John Hathorne），在塞勒姆镇迫害巫士案中任法官。

公道地说在他身上留下了污迹。那一污迹确实渗透很深很深，他那埋葬在宪章街的干枯的老骨头上一定还残留着，如果它们还没有彻底化作泥土的话！ 我不知道我的两位先人是不是想到自己应该忏悔，请求上苍宽恕他们的种种残忍行径；也不知道他们是不是转生成另一种形态后，眼下在沉重的后果重压下痛苦呻吟。不管怎样，我，目前身为作家，作为他们的代表，在这里为他们承受耻辱，请求他们招惹的任何诅咒——如同我听说过的，也如同那个种族凄凉而不发达的境况许多年后证实其存在的——现在和以后都可以得以消除。

但是，毫无疑问，这两位严厉的不苟言笑的清教徒都应该想得到，他们犯下的罪过会得到足够的报应，悠悠岁月过去很久之后，这棵家族树的老树干，长满了太多的古老的青苔，会在它的末梢的枝儿上，生长出我本人这样一个现世报。我一贯珍爱的目标，没有一个是他们认为值得称道的；我取得的成功——如果我的生活，在家庭的圈子之外，曾经因为成功而风光一时的话——没有一点是他们看得上眼的，不认为是丢人败兴就算烧高香了。“他究竟是个什么人呢？”我的先人们的一个灰色影子对另一个嘀咕说。“一个写故事的作家！ 人生什么样的正经事儿不好——不管活一个人还是活一辈人，为上帝争光或者为人类服务，这算什么方式——非要干这营生呢？ 哎呀，这个不求上进的家伙，到底成了一个游手好闲的人啦！”这样的恭维话，隔着时间的鸿沟，传递在我的远祖和我本人之间。但是，他们想挖苦我，随他们去吧，反正他们本性里那些强壮的品质，已经和我的生性搅和在一块儿了。

这小镇子还处在婴儿和童年时期，这两个诚挚而精力充沛的男人便深深地扎了下来，这个家族从此以后在这里生存下去；还总是受人尊敬；就我所知道的，从来也没有一个不争气的家族成员丢过脸；不过，另一方面，最初的一两辈人过去后，也很少有人或者再也没有人做出过什么令人难忘的业绩，或者至少令公众刮目相看的壮举。一步步，他们差不多退出了人们的视野；如同老宅，街上这里那里还有几处，因为堆积了新的尘土，掩埋得离屋檐也就一半了。从父亲到儿子，一百多年来，他们都跟随大海活动；每一辈人，都有一位头发灰白的船长，从甲板上引退回老宅，同时一个十四岁的男孩又会在桅杆前占据那个一代传一代的位置，面对咸涩的浪花和飓风，而这些都是他的先人和远祖饱尝过的。这男孩，熬到了年头，也会从水手舱过渡到驾驶舱，度过一个风风雨雨的男人岁月，从世界漫游的活动中荣归故里，衰老，死去，把自己的泥身和故乡的泥土掺和在一起。一个家族这种长长的联系，安居一地，既是出生地，也是葬身地，在人类和地理方位上创造出了一种亲情，相当独立，不为他周遭的景观和道德环境的魅力所动。这不是爱，只是本能。这种新的居民——或者本人来自异国他乡，或者其父辈或祖辈来自外域——几乎没有资格被称作塞勒姆人；他没有牡蛎那样蜗居一地的概念，一个响当当的老住户，第三个世纪正在悄悄向他走来，他祖祖辈辈繁衍生息的地点，自然老死也不肯离去的。这个地方对他没有欢乐，那没有关系；他厌烦老旧的木头房子、泥与土、位置和感情死气沉沉、凛冽的东风以及冰冷的社会氛围，那也没有关系——所有这些，还有他在身边所见所想的随便什么差错，和蜗居一地的目的没有任何关系。魔力长生不息，而且强大有力，好像那片故土就是人间天堂。我的情况就是这样的。我觉得把塞勒姆当作我的家，几乎是命中注定的；所以呢，这里习以为常的那些风土人情和生活习性——一个家族的代表躺进了坟墓，另一个代表便接着在大街上大步流星地走动——也许仍然存留在小时候在老镇上所见所闻的日子里。不管怎样，这种感情证明这样的联系变成不健康的东西时，最终应该被割断。人类本性不会一直葳蕤茂盛，好比一个土豆，在同一块种乏的土地上，种了又种，一茬又一茬，总归要断代的。我的孩子是在别的地方出生的，即便我能左右了他们的福祉，他们仍会在不熟悉的土壤里生根发芽。

从这座“老宅”出头露面，正是我对故镇的这种奇怪的、呆滞的、没有快乐的依恋之情，让我到山姆大叔的砖建大厦里占据了一个位置，可我也许可以到别的地方去谋生，没准儿活得更好也未可知。我起身离去，不是第一次，也不只第二次——看样子一去不复返——可还是返回来了，好似那种糟糕的半便士钢镚儿；或者好像塞勒姆于我就是宇宙的中心，怎么也转不出去。就这样，一个明朗的早上，我走上了那截儿花岗岩台阶，口袋里装着总统的委任状，被人引见给一伙绅士，而他们今后将协助我承担大任，也就是海关的总稽查。

我特别怀疑——或者换个说法，我毫不怀疑——美国的公职人员，不管文职还是行伍，都会像我本人管辖下有这样一个家族式的团体。我打量过他们，那种“最老的居民”的去向便确定下来。这个时代上溯二十年，“收税官”这种独立的地位，让塞勒姆海关远离了政治沉浮的漩涡，而这漩涡一般情况下会把官职的保有权冲击得不堪一击。一名军人——新英格兰大名鼎鼎的军人——坚定不移地守住了他勇担职责的基座；而且，他因为数届连任的明智磊落态度保全了自己，从而守住了这一职位，在许多危险和震撼的时刻才能让他的下属安然无恙。米勒将军①是激进的保守派；这个人生性善良，这一品质轻易不会受到影响；他自己对熟悉的面孔非常依恋，很难随变化而变化，哪怕变化已经带来了毫无疑问的改进。因此，我接手我的管辖范围时，发现了几个上

①1812 年对英战争中的英雄；上文讲述的“军人”自然就是他。霍桑喜欢倒叙，渲染气氛。

年纪的老人。他们差不多都是饱经沧桑的船长，在各大洋历尽颠簸之后，毫不退缩地顶住了生活的暴风雨的吹打，最后随波逐流漂进了这个安静的小港湾；在这里，没有什么事情干扰他们，只有总统的定期选举带来一些恐惧，他们全都获得了崭新的生活节奏。尽管比起他们的同胞，他们也没有办法避开老迈年高，不过他们显然有这样那样的法宝延年益寿。他们中间的两三位，我可以肯定，得了痛风症和风湿病，或者也许就长卧病榻，一年中的大部分时间从来没有梦想过在海关打个照面；不过，挨过一个冬眠的冬季后，他们还会慢腾腾地走进五六月的暖洋洋的太阳下，懒散地履行他们所认定的职责，而且，他们一有自己的悠闲和方便，就再次躺在床上安歇。我必须承担罪责，是我让这些共和国的老资格公务员缩短了公职寿命。他们全都获准，在我的请求下，摆脱繁重的操劳，休息下来，而且没有过多久——仿佛他们唯一的生活原则一直是为国效力的那种热情，我对这点非常相信——就到那另一个更好的世界去了。这于我是一种虔诚的安慰，因为，由于我的干预，他们才有了足够的空间进行忏悔，反省那些邪恶的腐败的惯例，而且理所当然，每一个海关官员都会照例陷进去。海关的前门也好，后门也罢，都没有通往天堂的大道。

我手下的官员们大部分都是辉格党①。对他们由来已久的老哥儿们氛围，这位新来的总稽查不是政治家，真是三生有幸，而且尽管原则上是一个真诚的民主党，却公事公办，对政治服务的偏向既不接受也不迁就。如果做不到这点——倘若一个活跃的政治家受命担当这个有影响的岗位，轻而易举地和一个辉格党收税官处处作对，攻击他体弱多病难以履行本职工作——那么这群老伙计中就难有一个人能够呼吸公职生

① 共和党的前身。

活的空气，铁腕天使踏上海关台阶一个月后便会纷纷离去。在这样的事务上若按照既定的准则办事，对一个政治家来说，把那些满头白发的官员逐一送到断头台的利刃下，一点算不上渎职。显而易见，那些老家伙们很害怕我手下无情，做出这样一些无礼的事情。看到他们一见我到来就诚惶诚恐的样子；看到饱经半个世纪暴风雨的吹打，一张沟壑分明的脸瞅见我本人这样一个好好先生竟会变得铁青；看到一个接一个官员和我交谈，声音瑟瑟发抖，而这声音曾经通过喇叭高门大嗓地发号施令，让北风之神丧胆；这些都让我感到心疼，同时也觉得好笑啊。这些杰出的老人，他们知道根据早已定下来的规定——而且，其中一些人因为自己缺乏办公能力而心事很重——他们应该把位置让给更年轻的人，年轻人政治上更热衷，比起他们自己更适合为我们共同的山姆大叔效力。我也明白这点，不过从内心深处从来没有想到按照常识办事。因此，我自己的声誉理所当然地大受伤害，我担任公职的良心也相当难受，他们在我任职期间继续在码头上出出进进，在海关的台阶上上上下下。他们也花费了大量时间，在他们习惯的角落里，把他们的椅子倾靠在墙壁上，昏昏欲睡；不过，在中午以前他们也会清醒一两次，互相之间不烦打扰，成千上万次地唠叨那些老掉牙的海上故事和老套的笑话，这些已经成了他们中间的口令和暗号。

可以想见，他们很快发现，这个新来的总稽查不是一个头上长角身上有刺的人。所以，心情轻松起来，意识到继续被起用倍感高兴——至少为了他们自身利益，如果不是为了我们可爱的国家的话——这些老迈的好好先生承办各种职务上的正式手续。感官敏锐，戴着眼镜，他们窥视船只里的货物！ 他们总是小题大做，咋咋唬唬，可有时候却异常呆钝，允许更大的纰漏从指间漏过！ 一旦这样的疏漏发生了——比如满载的贵重的货物在光天化日之下，也许就在他们毫无疑虑的鼻子下边，偷运上岸——他们才倍加警惕，机敏异常，开始给货物上锁，而且上双道锁，为了保险还加上封条和封蜡，把那条失察的船只的通道统统封锁。这样的恶作剧发生后，他们先前的失察便无法严责，看情形对他们值得表扬的谨慎做法倒应该美言几句；既然任何补救的时刻不复存在，那么也只好对他们反应敏捷的热情加以认可，表示感激了。

只要人们不违反常情，不那么讨厌，我这方面便会屡犯糊涂，总看得见他们和睦的一面。我的伙伴的性格上这种更可取的一面，只要有更好的成分，通常总是我视野里最表层的东西，构成那种我据此认可的人品类型。由于这些海关老官员多数都有良好的品质，我的位置在他们看来具有家长式与保护性质，有利于增进友好的情感，我于是很快喜欢上了他们大家。夏天的上午，令人开心——酷热把多数人家的其他人几乎烤化了，却只是给他们半麻木的体质带来温吞的暖意——令人开心的事儿便是聆听他们在后门旁边瞎扯，一如往常，他们齐刷刷一排仰起椅子，靠在墙上；你就听吧，过去数代人冷冻起来的俏皮话被暖化了，伴着笑声从他们的嘴唇边淙淙流了出来。外表上看，老年人的欢乐和孩子们的快活颇有共同之处；智力呢，充其量也就是一种深沉的幽默感，很难称得上智力了；这两样东西都有了，那就是一缕在表面跳跃的光束，把阳光和欢快兼而有之的东西赋予绿色的树枝和灰色老残的树桩。但是，在一种情况里，那是真正的阳光；在另一种情况里，那就更像朽木的磷火了。

读者一定要理解，把我的一干杰出的老朋友老态龙钟的样儿讲出来，这不公道，让人难受。首先，我的下属并不是清一色的老人；其中一些人年富力强，能力出众，精力过人，和那种恶煞星笼罩的懒散而依赖的生活模式根本两码事儿。再说，年龄的缕缕白发，有时候就是一所维修良好的智慧屋的茅草屋顶呢。但是，就我这个团队的多数人来说，我要是把他们大体上说成一伙令人厌倦的老家伙，从他们多种多样的生活经历中没有积攒下什么值得保存的东西，这话也没有什么大错。他们好像把实践智慧的所有金谷子随手抛洒了，他们本来享有太多的收获机会，却存心视而不见，一味往记忆里储藏谷糠。他们兴趣盎然地谈论他们早上的早餐，或者昨天的、今天的、明天的晚餐，却避而不谈四五十年前发生的船难，也避而不谈他们亲眼看见过的世界奇迹。

这地方的海关之父——那位鼻祖，不仅是这一小群官员的头儿，而且，我敢说，也是全美国这个令人尊敬的海上稽查员团体的创始人——是一个常务的收税官。他完全称得上税收系统的嫡系儿子，在羊毛里浸染，或者更确切地说，在紫色中出生①；因为他的先人，一位革命时期的上校，这个海港的前稽查官，已经为他专门谋下了一个职位，然后任命他填补这个空缺，那是多少年以前的事儿了，如今活着的人很难有谁还记得。这位稽查官，我第一次看见他时，已经是一位八十来岁的老人了，而且毫无疑问是冬青树中最奇妙的标本之一，你一辈子苦苦寻找，能发现这样一个都心甘情愿。他面色红润，身板结实，穿着一件亮晶晶纽扣的蓝色外衣，干净利落，他步子敏捷而活泛，还有他那种老当益壮的开心样儿，横竖看上去——确实算不上年轻了——就是“母亲大地”孕育出来的一个崭新人胚儿，丝毫没有年老体衰的迹象。他的话语和笑声，在海关里回音袅袅，一点没有老年人说话时的那种瑟瑟颤抖和呼哧带喘的老态；它们都是从肺腔深处发出来的，如同雄鸡打鸣儿，或者好似号角吹起。把他仅仅看作一只动物——看作别的什么还不那么容易呢——那倒是一个百看不厌的目标呢，瞧他那一副无比

---

①原文是“... dyed in the wool, or rather, born in the purple ...”古时候羊毛和紫色都是贵重的象征，这一短语的相应汉语应为“彻底珍贵”与“生来高贵”之义。从上下文看，不如照字面译出生动，有味道。

健康和格外矫健的体格，瞧他到了如此高龄而能力不减，仍可享受十足的乐趣，或者说八九不离十的乐趣，都是他早已瞄准或者早已设计好的。对自己在海关的生活听之任之，领一份定期的薪水，多少有点担心撤职却不必时时挂在心上，这毫无疑问有利于他轻松地打发时光。但是，原始的更潜在的原因，还在于他的动物本性难得的完美，在于智力凑合够用，还在于道德和精神的成分很少掺合在一起；的确，后边这两项品性，勉强到达一定程度，使得老绅士不至于四肢着地行走。他没有思想的力量，没有感觉的深度，没有讨厌的感伤情调；一句话，什么都没有，只有为数不多的平凡的本能，再有就是强健的体格必然会产生的快乐的脾性，不用怎么费心，就把本职工作干得颇受人尊重，得到了普遍的认可。他曾是三任妻子的丈夫，她们都早早去世了；他是二十个孩子的父亲，他们多数在童年或者成年的各个年龄段也同样回归尘土了。有人也许推测，这点会引起足够的忧愁，弥漫在那最灿烂的脾气里，层层渗入，弄出一种黑色来。我们的老稽查官却全然不是这样的！ 一声短暂的叹息，足以打发掉这些悲哀的回忆的全部重负。叹息声刚落，他立马会像光屁股的婴儿一样嬉戏玩闹起来；情绪转换之快，远胜于这位稽查官的下属职员，后者虽然只有十九岁，却是两个人中间更老成更庄重的。

我过去观察和捉摸过这位元老级人物，那种好奇心，我认为，比引起我的注意的任何其他人性表现都更强烈。一点没错，他是一种罕见的现象；从某一点审视，他完美无缺；从所有别的视点看，他则非常肤浅，非常易变，非常费解，一个全然可有可无的人物。我的结论是，他没有灵魂，没有心灵，没有脑子；如同我早说过的，什么都没有，只有几许本能；可是，同时呢，他性格的寥寥几样材料非常狡猾地拼凑在一起，缺陷应有的痛苦感觉竟然没有，不过，在我这方面，我所发现的东西已经让我感到十分满足了。也许很难的是——确实很难——想象他在来世会怎么生存，因他看样子太入世，太沉湎于声色享受了；但是他在这现世没有枉活，看得出他会寿终正寝，活到最后一口气；比起田地里的动物，他没有更高的道德责任感，但是比动物享受的范围却要广泛得多，可又有动物所具备的天生免疫力，不受老年带来的凄凉和灰暗。

在一点上，比他那些四条腿兄弟，他具有很大的优势，那就是他能够回味一顿顿美好的餐饭，这在他吃喝生活的幸福中占有不小比例呢。他的美食主义算得上一种令人愉快的高品位；听他谈论烤肉如同腌菜和牡蛎一样让人馋涎欲滴，胃口大开。由于他没有更高级的品性，他把全部精力和才智都用来促进他胃口的乐趣和益处，也不会牺牲和毁坏他的任何精神天赋，因此听他开口就谈吃鱼、吃鸡、吃肉铺的肉，谈论把这些美味摆上餐桌的各种最佳方法，对我来说总是十分开心，深感满足。他回忆起那种可口的美味，不管实际的宴席过去多少年了，都似乎能把猪或火鸡的香味带到你的鼻子底下。他味觉享受到的美味，六七十年过去了都迟迟不去，仍然活灵活现，如同他早餐刚刚吞食过的羊排一样新鲜。我听到过他在餐桌上咂嘴响舌地用餐，宴席上的每位客人，除他之外，都早已成为虫豸的美味了。想见那些已成虫豸美味的幽灵在他面前不停地站起来，真有些不可思议；它们在他面前不生气，不惩罚，倒好像在感激他过去对美味的鉴赏，设法把一层层没完没了的享受复制出来，既有虚无的，又有感官的。一块鲜嫩的牛排，一块牛犊的后腿，一块猪排骨，一块特色鸡肉，或者一只值得赞美的火鸡，也许在老亚当斯[①]的时代就成为他餐桌上的当家菜了，如今仍念念不忘；我们民族后

---

① 当指约翰·亚当斯，美国第二任总统，于1797至1801年间执政，《独立宣言》的起草人之一；他的儿子约翰·昆西·亚当斯为美国第六任总统，于1825至1829年执政，以一贯反对扩展农奴制而著称；故有“老亚当斯”与“小亚当斯”之称。

来所有的经历，以及所有给他个人生涯带来的光明与黑暗，都与他擦肩而过，如同吹过的微风，没有给他带来什么微小的长久的影响。这位老人一生的主要悲剧，就我所能判断的，是一只与他相处的大鹅带来的不幸，大鹅在二十或四十年前死掉；大鹅的样子令人嘴馋，可是到了餐桌上，却表现得坚不可摧，动刀动叉都没有撼动皮肉，最后动了斧和锯才分割开来。

不过，按说这篇速写是告一段落的时候了；可是，我又乐意接着再拉长一些篇幅，因为，在我所认识的所有人中，这位仁兄是最适合做海关官员的人。多数人，出于篇幅所限我不想再多说的种种原因，都会因为这种生活的特殊模式而遭受道德上的伤害。这位老稽查官却对此毫无反应，而且，如果他继续呆在他的岗位上直到最后时刻，那他也如当初一样感觉良好，坐在餐桌前照样有一副好胃口。

有一幅肖像，要是缺了，我的海关人物画像画廊就会不可思议地显得不完整；可是，对这幅肖像我相对少有机会观察，我因此只能勾勒出寥寥几笔轮廓。那就是对收税官的一些交代，我们威武的老将军，他的军旅生涯非常辉煌，他因此曾统治过西部一片蛮荒之地，二十年前来到这里，度过了他丰富而辉煌的生命的尾声阶段。这位勇敢的战士，已经打发走了差不多七十个年头，目前只是在继续完成他的世俗征程的剩余路途，年老体衰，不堪重负，就是他自己精神活跃的各种回忆的军旅乐章，也不能帮他轻松多少了。他那曾经冲锋陷阵的脚步如今颤颤巍巍。只有在一个仆人的搀扶下，而且用手吃力地扶着铁栏杆，他才能缓慢而痛苦地走上海关的台阶，而且，一步一挪地走过地板，好不容易坐到壁炉边他习惯的椅子上。他习惯坐在那里，带着几分蒙眬的宁静凝视着来来去去的人影；他身边的文件翻阅得沙沙作响，处理政务大呼小叫，讨论事情高一声低一声，说起职位多一句少一句；所有这些声响和环境都好像只是若有若无地触压他的感官，很难开通路线，到达他沉思的内心。他的脸，一派宁静，充满温和与善意。如果有什么东西引起他的注意，他的五官间便会闪现出礼貌的兴趣的表情；这表明他内心尚存光明，只是智慧灯的外部导体在传达过程中把那些光束阻隔了。你越深入他脑海的腹地，便越能感觉到它的健全。倘若没有什么东西引发他讲话，或者聆听，他的脸很快会恢复以前不乏愉悦的宁静，因为这两样活动显然会让他劳神费力。审视这种表情，倒也不觉痛苦；因为，尽管影影绰绰的，这种表情还没有风烛残年的那种痴呆样儿。他生就的身架，本来就强壮而魁伟，目前还没有溃散到散架子的地步。

但是，在这样不利的条件下，观察和界定他的性格，是一件困难的事情，如同凭借想象力寻迹并建造一座古堡，比如泰孔德罗加①，看见的只是其灰色的破碎的废墟。这里那里，墙壁也许保留得基本完整，但是别的地方却仅仅是没有形状的土丘，一种使狠劲儿的笨样儿，经历长年累月的和平和荒废，上面长满了野草和少见的杂草。

然而，带着爱慕之心观看这位老武士——因为，我们两个之间交流虽然有限，可我对他怀有的情愫，如同所有认识他的两足动物和四足动物一样，说有感情也许没有什么不恰当的——我能够看出他肖像上的主要特点。他肖像上的那种高贵的英雄品质十分显眼，看得出那不是纯属偶然而是理所当然的东西，他已经因此赢得了赫赫名声。我认为，他的精神从来不是由一种不安的行动表明的；他的精神在他生活的任何时期都一定需要一种冲动，让他行动起来；不过，一旦活动起来，遇到障碍就能克服，树立的目标就要达到，放弃和失败都不属于这个人。以往在他本性中漫溢的热情，至今还没有熄灭，从来就不是那种在火焰中

① 纽约州东北部的一战略要津，现为博物馆。

闪闪烁烁的东西；那根本就是一种燃烧得通红的烈焰，宛如炼铁炉里的铁水。沉重，坚固，实在；这就是描述他处于静态的措辞，即使在我所说的那个时期，这样的衰老过早地悄然侵蚀他也一样。但是，即使在那个时候，我也想象得出，一旦某种兴奋情绪深深地进入他的意识中——一种足够响亮的号角声把他没有死掉、只是沉睡的所有能量唤醒——那他还能够把他那病人袍子一样的老残躯甩掉，丢开老年的拐杖，握住一把战刀，又像一个武士那样上阵去。而且，就是在如此紧张的时刻，他的样子还是不动声色。然而，这样一种表现，只是想象中描绘的情景；这不是预测的，也不是要求的。我在他身上所看到的——显而易见，如同泰孔德罗加坚不可摧的古堡，前边已经作了再恰当不过的比喻——是他面相上那种执著的沉稳的耐力，这在他早年也许就积少成多，固定下来了；是那种凛然正气，如同多数天赋一样，沉稳阔大不可撼动，恰似一吨铁矿一样不易锻打和不好处置；是那种慈悲为怀，如同他在奇珀瓦河或者伊利堡率军打仗一样勇往直前，我认为这种仁慈和那个时代所有喜欢争吵的慈善家的爱心完全一样，堪称真正的印记。他曾亲手砍杀过人，不过我不大知道——敌人当然纷纷倒下，如同大弯镰刀扫过，野草叶子齐刷刷躺下一般，因为他的精神散发出了所向披靡的能量，冲锋的锐气势不可挡；然而，尽管在战场上这般杀气腾腾，可他内心从来没有那么多残忍，连一只蝴蝶翅膀都不忍心信手扯下。我还没有遇见第二个人，会像他的内在的慈悲一样，让我这般信心满怀地大声疾呼。

许多棱角分明的性格特征——还有那些在一幅素描中构成相同外表一点不可或缺的东西——在我见到这位将军之前，一定消失了，或者模糊了。所有纯粹的高雅的品质，一般说来都是极其短暂的，转眼即逝；造化对待人类的废墟没有格外垂怜，不曾栽种那些在败隙朽缝中扎根并汲取养分的崭新美丽的花卉，不像它在泰孔德罗加古堡遗址上播撒攀墙花那般慷慨。然而，就优雅和美丽而言，还是有些值得注意的看点。一缕幽默的光彩，时不时地，会穿过面纱隐隐约约的遮挡闪现出来，令人愉快地映射在我们的脸上。一样与生俱来的优雅，历经童年和少年之后，在成年男人性格中虽然少见，却在这位将军对花朵的亮丽和雅致喜爱情调中体现出来。一位老军人，在世人眼里也许只以头戴溅血的桂冠为荣耀；然而，这里这位老军人却像少女一样，对花簇格外偏爱。

在那边，这位英勇的老将军习惯坐在壁炉旁；而我这个总稽查呢——但凡可以避免，便很少主动和他交谈，招惹这种困难的差事——喜欢站在远处，从旁观看他安静甚至近乎麻木的面容。他似乎躲开了我们，尽管我们就在几码之外察看他；相距很远，尽管我们就从他的椅子旁边走过；遥不可及，尽管我们伸出手去就可以够到他。也许，他在自己的思想里过着真实的生活，比在收税官办公室这样不适宜的环境中真实得多。列队的队形变换啦；战斗的厮杀啦；三十年前响彻耳际的古老军乐的啸鸣声啦——这样的场景和声音，也许，仍旧活跃在他的智力世界里。与此同时，商人和船长，整洁的职员和粗鲁的水手，出出进进；这种商业的海关生活吵吵嚷嚷，在他周遭变成连续不断的窃窃私语；无论人与事，这位老将军看样子都维持了最疏远的关系。他在海关这地方，如同一柄老剑——眼下锈迹斑斑，可是在战场前线曾经寒光闪闪，剑刃儿上也仍然有光闪亮——置身副收税官办公桌的墨水台、文件夹和胡桃木尺之间，真是难以物尽其用啊。

在新写和重塑这位尼亚加拉前线的伟岸军人——能量真实而简单的人——的过程中，有一件事情帮了我的忙。那就是回味他那句难忘的话——“我来吧，长官！”这话总是在孤注一掷的英勇事业的危急关头脱口而出，一下子道出了新英格兰不畏艰险的灵魂和精神，千难万险不在话下，一切困苦迎刃而上。在我们国家，如果勇武精神可以报以授勋的荣耀，这句话——看似好像很容易说出口，却是他面临危险而光荣的任务时才会讲的——则是这位将军盾牌纹章上最恰当的最佳铭文。

对一个人的道德和智力健康大有裨益的做法，便是主动与自己截然不同的人相处，感受他们的生活习惯，尽管他们很少在意他的苦心经营，而且他也只有跳出自己的视界才能欣赏他们的领域和能力。我生活中的种种事件经常为我提供这样的好处，但是从来没有我连续担任海关公职期间这般丰盈完整，这般五花八门。特别有那么一个人，我观察他的性格，让我得到了有关天才的全新观念。他的天赋偏重于生意人的那种：果断，精明，头脑清楚；眼光能把所有疑难问题看透，而且具备把所有疑难问题理顺澄清的能力，好比魔术师舞动手中的魔棍一样轻而易举。从小在海关长大，这里是他施展身手的天地；许多棘手的生意，对门外汉来说无从下手，一到了他面前便会变得丁是丁，卯是卯。在我看来，他就是他那个阶层的典范。一点没错，他就是海关本身；或者，不管怎样，他就是驱动各种各样的齿轮不停地运转的主发条；因为，在海关这样一个机构里，被任命的官员都紧盯自己的利益和便利，却很少考虑他们是否适合履行职责，也必定不肯到别处去寻找他们身上缺乏的本事。这样，一种必要性在所难免，如同磁铁吸引铁末子，我们这位生意人主动承担了大家遇到的种种困难。一副轻松的屈尊态度，宽宏大量地对待我们的愚蠢——对他有序的头脑来说，这与犯罪相距不远了——他一出面，只需稍稍动一动手指，便会把难题处理得像日光一样明白无误。人们对他的评价一点不亚于我们，他的同行朋友。

他为人正直，无可挑剔：那在他来说是自然法则，而非一种选择或原则；他的正直就是像他一样无比清晰无比准确的智力的主要条件，在管理事物时能做到诚实，守时。他良心上的污点，如同进入他职业范围的任何事情一样，会以同样方式让这个人苦恼，远比账目平衡的一个错误更不可饶恕，或者记录本页子上的一个墨点更难以容忍。这里，一句话——这在我的生活中是少见的情况——我遇到了一个完全适应他所面临的环境的人。

就是这样一些人，我如今在和他们打交道。既然掌握在老天爷的手中，我就往好的方面想：我被硬性安排在一个与我过去的习惯格格不入的位置上，那我当认真对待，这个位置上不论有什么利益，我都要悉数收拾起来。与布鲁克农场的那些喜欢梦想的同道①共同实施过艰苦而不切实际的计划；在爱默生②这样一位知识人士机敏的影响下生活过三年；与埃勒里 · 钱宁③一起，在阿萨白思④的落枝燃起的篝火旁度过了那些无拘无束的日子，包括奇妙的高谈阔论；在瓦尔登湖旁的小茅屋里，和梭罗⑤谈起过松树和印第安人遗迹；先是对希拉

---

① 在布鲁克农场生活的包括许多知名人物，霍桑是其中之一。该农场的创建者为乔治 · 利普莱，始于 1841 年，终于 1847 年，这一乌托邦实体以失败告终。

② 爱默生（1803—1882），美国思想家、散文作家、诗人，美国超验主义运动的主要人物，强调人的价值，提倡个性绝对自由和社会改革，作品有《论自然》，诗集有《五月节》等。

③ 钱宁（1780—1842），美国基督教公理会自由派牧师、著作家，信奉上帝一位论，1825 年组成美国一位论协会，主张神学人文化，反对蓄奴、酗酒、贫困和战争。

④ 美国的一条河流。

⑤ 梭罗（1817—1862），美国作家，超验主义的主要代表人物，主张回归自然，代表作《瓦尔登湖》已成为美国知识分子的经典，如 E · B · 怀特等著名作家；反对蓄奴制和侵墨战争，其《论公民的不服从》一文，曾影响过俄国作家托尔斯泰和印度圣雄甘地。

德[①]文化的高尚情操发生共鸣，随后变得挑剔起来；坐在朗费罗[②]的壁炉边，感受了诗歌情感的熏陶——这些生活过去之后，终于是我发挥我本性里其他功能的时候了，我得用我至今没有一点胃口的食物喂养一下自己。对一个认识阿尔科特[③]的人，为了换一换胃口，即使是老稽查官也求之不得呢。在某种程度上，我把这视为一种自然平衡的系统的证明，一种不缺乏基本成分的完善的组织的证明，那就是，有这样值得记住的同事，我能很快与完全不同的品质的人融洽在一起，永远不会为这样的变化嘀嘀咕咕了[④]。

文学，不管它的运作还是它的目标，如今很少在我的考虑之内了。在这一时期，我连书都不在意了；它们都离我而去了。造化——除了人性中的造化成分——天地间拓展出来的造化，在一种意义上，躲避我了；所有想象力的愉快，已经上升到精神的境界，从我的脑子里溜掉了。一种天赋，一种才能，如果还没有离去，那也在我的内心搁置起来，没有精神气儿。如果不是我还明白，我自己完全可以随意回忆过去随便什么值得的东西，那么，所有这一切都有一些令人酸楚的味道，说不出来的凄凉。确实，一点没错，这样一种生活，不可能处之泰然地一直过下去；要不然，用不着把我改造成任何值得我花工夫转变的样子，这种生活就会把我永远弄得面目全非了。但是，我从来没有认为这只是

---

① 希拉德，一位慈善家，律师，霍桑的朋友。

② 朗费罗（1807—1882），美国诗人，曾任哈佛大学近代语言教授，主要诗集有《夜吟》等，长篇叙事诗《伊凡吉林》等，曾翻译过但丁的《神曲》。

③ 阿尔科特（1799—1888），美国先验论哲学家、教育家、改良家，为推行其激发人们的推理能力并“唤醒灵魂”的教育理论，曾创办若干所儿童学校，但以失败告终。

④ 本段堪称这篇超长随笔的“文眼儿”，不仅是小说《红字》的对照背景，而且追叙了美国文学和文化渐渐成型的基础。文人的聚与散，为思想，而不是为利益，霍桑的经历是很好的解释。

一种暂时的生活。我耳边总有一种预言的本能，一种低声的悄语，那就是，在不长的时间里，只要习惯的新改变对我真有好处，变化是一定要到来的。

与此同时，我在那里做税收稽查官，而且，就我所能认识到的，还是一个很称职的稽查官呢。一个有思想、有想象、有理智的人（不妨说他比这种稽查官应有的这些素质高出去十倍），而且只要他愿意给自己揽麻烦，随时可以成为一个事务缠身的人。我的同僚，还有我因为公职在身需要打交道的生意人和船长，都没有另眼看我，也许还没有把我看成另一种人。我估计，他们谁都没有读过我写的一页东西，而且就是读过所有的作品，也不会把我当棵葱看；就算那些无利可图的书页是出自彭斯[1]和乔叟[2]那样的手笔，也同样于事无补，尽管他们两位和我一样，当时曾做过海关官员。这是一个很好的教训——不过也许往往算得上严厉的教训——这让一个梦想文学名望、靠文学跻身世界名人的人明白，一旦跨出那个他在其中被认可的窄小的圈子，圈外人多么不把他所取得的和所瞄准的那点名气当回事儿。我知道，我不是特别需要这个教训，不论是警告的方式还是谴责的方式，都不需要；但是，不管怎样，我还是彻底汲取了这个教训；真相摆在了我的眼前，让我深感疼痛，或者长叹一声才能排解，回想起来毫无快活可言。称得上文学谈话的，没错，是有一个海军军官——一个出色的家伙，与我一道进入海关，出去却比我稍晚一些——经常拉着我讨论一两个他喜欢的题目，比如拿破仑或莎士比亚。还有那个收税官的下属职员——一个年轻的

---

①彭斯（1759—1796），苏格兰诗人，大量苏格兰民歌经他重新创作，成为琅琅上口的好诗，比如《我的爱人是红玫瑰》和《友谊地久天长》等等。

②乔叟（1340—1400），英国诗人，代表作为《坎特伯雷故事》；对英国文学影响很大，因此有“英国文学之父”的美誉。

绅士，有人私下传言，时不时会在山姆大叔的信纸上写下（几步远的地方看过去）看起来像诗歌的东西——瞅准时机就和我谈论图书，当作我可能精通的正事交换看法。这就是我所有的文人间的交往；这对我的需求足够了。

我的名字是否在书皮上用大号烫金字印上，我也不再寻求，不再关心，只是面带笑容地想到，这名字成为另一种时尚了。海关打戳员用模板和油墨在辣椒袋、燃料篮、香烟盒子以及各种征税商品上盖下我的名字，证明这些物品已经付了关税，按常规通过了海关。攀附在了这样少有的著名车辆上，承认我的存在，就名字能够带到的地方，被带到了过去从来没有到过的地方，而且，我希望，今后再也不会去的地方。

然而，过去并没有死去。一旦闲得时间长了，那些曾经似乎十分旺盛和活跃的思想，尽管曾被安置得那么安静，还是再次抬头了。过去岁月形成的习惯在我内心复苏的最明显的一次，便是把过去带入了文学写作的法则之内，促成了这篇我眼下正在写作的奉献给公众的速写。

在海关的二层楼上，有一间大屋子，里边的砖墙和裸露的椽子一直没有用护墙板和泥灰覆盖上。这所大厦——原先是按照港口老式的商业开拓规划设计的，以为后来会生意兴隆，却一直没有成为现实——内部空间很大，占用者很难弄清楚怎样才可物尽其用。因此，这间宽敞的大厅，正好在收税部门的上方，如今都没有装修完毕，而且，尽管陈旧的椽檩上到处都是丝丝缕缕的蜘蛛网，可看起来却仍在等待木石匠工来完工。屋子的一端，凹进去一块，堆放着若干木桶，一个摞一个，装满了一捆捆官方文件。大量的比较小一些的废物散乱地摊在地板上。想来令人心酸，多少个日子、星期和月份的辛苦劳作都白白用来处理这些陈旧的文件，现在堆在地上成了累赘，藏在这个被人遗忘的角落，人们再也不屑多看一眼了。可是，再一想，大量其他手稿——上面倒不是这些枯燥的官方文牍，而是创造性头脑的思考和深邃心灵的丰富内涵——也同样埋没了；更要紧的是，那些手稿在它们走时的日子都没有派上用场，不像这些成堆的文件还物尽其用了，而且——最令人心酸的是——它们没有为它们的作者换来一点舒适的生活，而海关的职员只要用笔胡乱划拉几下就衣食无忧了！ 然而，作为区域性历史的材料，也许并非完全没有价值。毫无疑问，塞勒姆过去的商业统计方面，也许可以寻找得到，顺便还能领略一下这地方的诸侯一般的商人——老船王德比啦——老比利 · 格雷啦——老西蒙 · 弗里斯特啦——浏览一下诸多昔日的重量级人物的回忆性文件；不过，在他们堆积如山的财富没有开始萎缩之前，他们扑粉的头①还没有进入坟墓呢。现在构成塞勒姆贵族阶层的那些家族，大部分创始人在这些文件中可以寻踪觅迹，看得见他们一路走来的微小而模糊的始端，一般说来都起始于大革命以后的各个时期，随后渐渐成势，兴旺发达，他们的子孙便据此认定家族就已建立的地位。

大革命之前，各种记载是很缺乏的；海关早期的文件和档案，在国王的官员们一起随着英国军队逃往波士顿时，也许携带到了哈利法克斯②。这一直是一件让我遗憾的事情；因为，回溯到摄政时期③，那些文件中一定有许多参考材料，从中窥得见被遗忘或被记住的人物以及古老的习俗，让我分享其中的快活，正如同当初我在“老宅”附近的田地里捡到那些印第安人的箭头一样欢喜。

不过，一个悠闲的雨天，我来了运气，发现了一些小有兴趣的东

---

①有身份的人戴扑粉的假发，是当时的一种时尚。

②这里应指加拿大的哈利法克斯，而非英国的。

③指英国克伦威尔执政时期（1653—1660），是英国资产阶级在议会说话算数的重要阶段。

西。翻腾堆在那个角落的废物；打开一份文件又一份文件，辨认那些早已沉没在大海或腐烂在码头的船只的名字和那些商人的名字，后者不仅眼下在交易所从来没有听说过，就是在他们长满青苔的墓碑上也很难辨认了；浏览这些东西，心情颇感悲哀，凄凉，兴趣可有可无，如同我们端详一具死气沉沉的僵尸——尽力调动我那懒得使用的想象，利用这些干枯的骨头拼凑成一座古镇比较光明一面的形象，因那时印度还是一个全新的地方，只有塞勒姆这地方通往那里——我无意中把手放在了一个小包上，却见它仔细地包在一张古老的发黄的羊皮纸里。这个包裹皮看样子是一份官方文件，很有些年代了，那时候职员们都用笔挺而正规的字体，写在比现在更厚实的材料上。这物件有些东西很快引起了一种本能的好奇心，我不由得解开了那捆绑包裹皮的褪色的红带子，觉得一样宝贝立刻要展现在眼前了。展开羊皮纸一道道硬褶子，我看见原来是一份委任状，上有射利[①]总督的手迹和印章，任命一个名叫乔纳森·皮尤做塞勒姆英王陛下海关的稽查官，管辖范围是马萨诸塞海湾地区。我记得看到过（也许在《费尔特年鉴》上）稽查官皮尤先生的讣告，那是八十多年前的事情；同样，在近年的一份报纸上，我又读到圣彼得教堂这所建筑物修缮期间，在小墓地挖掘他的遗骸的报道。如果我的记忆没有错，我这位可敬的前任没有留下什么东西，只是一具残缺的尸骨，一些寿衣碎片，以及一个像模像样的拳曲的假发；它不像它曾经装饰过的那个脑袋，保存得非常令人满意。可是，在检查那张羊皮纸委任状包裹起来的那些文件时，我发现了皮尤先生的精神部分以及他脑子里的运作情况，倒真比那个拳曲的假发装饰过的那个可尊敬的头颅本身有些意思。

---

①威廉·射利曾两次就任马萨诸塞的总督（1741—1749，1753—1765）。

简单说来，那些都是文件，不是官方的，却具有一种私人性质的，或者，至少是他的私人能力所为，一看就知道是他亲手写出来的。我估算，这些东西隐没在海关的故纸堆里，唯一可靠的事实是皮尤先生死得很突然；这些文件也许保存在他的办公桌里，他的后任从来不知道是些什么东西，或者认为与收税业务有什么关系。在把那些档案转移到哈利法克斯时，这个纸包经检查与公务无关，留了下来，此后再也没有人打开过。

这位古老的稽查官——我推测，他职务范围内的事情也没有多少烦扰他——似乎把他的一些闲暇时间花费在了各种调研上，比如一件当地的古董，或者其他类似性质的事件。这些可以为脑子提供一些小小不言的活动的材料，要不然脑子就会渐渐生锈的。他的部分材料不久为我所用，在那篇名为《主街》的文章里派上用场，收入本版的第三卷里。剩余的那部分呢，以后也许会物尽其用，体现同等的价值；或者，如果我出于对故土的敬仰而要完成一件非常虔诚的使命，也有可能把它们利用起来，编写成一部塞勒姆的正史。同时，任何有识之士都可以利用它们，只要有心又不乏能力，尽可以从我手中接过这个无利可图的苦差事。最后实在不行，我还考虑把它们交付埃塞克斯历史学会呢。

不过，这个神秘的包裹最吸引我的注意力的东西，是一样细红布做的物件，尽管红布用旧了，褪色了。那上边有金丝刺绣的痕迹，不过磨损得很厉害，很难看出原来的样子；因此，金色丝线几乎不剩什么，色泽零星可见。很容易看出来，它是用精妙的针线功夫缝制出来的；上面的针脚（我也是通过精通这些神秘手艺的女士们确认的）表明那是一门如今失传的艺术，即使把那些丝线一根根拆下来，也难以恢复这门手艺了。这块红布片儿——时间久远，磨损厉害，亵渎的蛾子侵害，它已经萎缩成一小块布片儿了——仔细察看，认得出是一个字母的样子。

它是那个大写的字母 A。精确地量一下，每一笔画正好是三又四分之一英寸长。毫无疑问，它是用来做服装上的饰物的；但是，它如何佩戴，有什么级别和荣誉，它能带来什么尊严，却是一个谜了（这方面的标新立异，这个世界流行的时尚可谓瞬息万变呢），我看不出破解的希望。然而，它令我莫名其妙地产生了兴趣。我的两只眼睛紧紧盯在那个古老的红字上，无法转移视线。可以肯定，那红字里有些深层的意义，非常值得翻译出来，而且那意义仿佛是从这个神秘的象征物倾泻出来的，不知不觉间传达给我的情感世界，却不让我用心去分析。

这般迷惑不解之际——在各种假说中苦思冥想，这个字母是不是那些白人过去设计的一种装饰物，引起印第安人的注意——我不经意地把它放在了我胸口上。这下我似乎感觉出——读者也许会笑话，可千万别怀疑我的话——我好像觉得，当时我的情绪一下子高涨起来，不只是肉体上的，几乎就像内心燃烧起来了；仿佛那个字母不是红布片儿，而是红烙铁。我浑身一阵抖动，不由自主地松开手，任它掉落在地上了。

一味出神地注视着那个红字，我此前一直没顾上查看一小卷儿陈旧的纸，也在红布里掖着。我这时展开它，欣喜地发现是那个老稽查官的笔迹，相当完整地解释了整件事情的来龙去脉。几张大页纸上写满了一个叫赫斯特·普林的生平和谈话，这人在我们的先人看来是一个非常值得注意的人物。在马萨诸塞这地方的早期岁月，即十七世纪末叶，她活出了样儿。稽查官皮尤先生时代在世的老年人，他记下了他们口头传说的许多事情，他们小时候都记得赫斯特·普林，她已是一个年纪很大的女人，却算不上老迈，一副端庄与稳重的样子。她养就的习惯是，几乎说不清从什么时候起，以一个义务保姆的身份，在乡间四处走动，各种各样的好事儿，只要干得了，她无所不为；另外，她主动在一切事情上为人排解，尤其心灵方面的麻烦；因为这些付出，一如这样一个为人着想的人的必然结果，她赢得了众多人的尊重，如同对待天使一般，然而我设想，在另一些人看来则是一个闯入者，一个烦人的人。顺着那份手稿再往下看，我发现了有关这个非凡的女人别的作为和苦难的记录，其中大部分读者尽可在取名为《红字》的故事中领略；应该牢记在心的是，那个故事中的主要事实都在稽查官皮尤先生的记载中有根有据。那些原始的文件以及那个红字本身——一种难得一见的文物——仍然在我手中，不管谁被这篇记叙文引起浓厚的兴趣，要求先睹为快，我都会毫无保留地出示。我也一定会让人们明白，既然我对这个故事进行了艺术加工，对其中塑造的人物所受影响的动机和感情方式加入了想象成分，那我就不会让自己只是在那个老稽查官的六七张大页纸的范围里打转转。恰恰相反，我为自己松绑，随意或恣意发挥想象力，越丰富越好，仿佛那些事实全部是我自己发明出来的。我所要争取的是，故事的轮廓要真实可靠。

这件事情在某种程度上，把我的心思引回到了旧轨道上。这里好像具备了一个故事的基本成分。我深深地感觉到，那位古老的稽查官，身着一百多年前的服饰，头戴那顶不朽的假发——与他一道葬入坟墓，却没有烂掉——仿佛在海关这间弃用的屋子里与我相遇了。他神态自若，威严，肩负国王陛下的使命，国王宝座格外耀眼的光辉令他神采奕奕。天呐，多么不一样啊！ 一个共和国官员一副吊死狗①的样子，身为人民的仆人，只觉得自己微不足道，比主子们的最低下的人都低着一等呢。老稽查官伸出幽灵一样的手，他那模糊而威严的身影，把那个红

① 英文 hang-dog，有卑鄙的、下贱的、羞愧的、卑躬屈膝的、羞愧萎缩的等多层意思，似不如照字面意思译出传神。

色标志交给我，并把那一小卷解释的手稿也交给我。用他那幽灵一样的声音，郑重地告诉我，出于对我忠于职守以及尊他为上的态度的郑重考虑——他理所当然地认为自己是我公职上的前辈——务必把他那件陈旧的虫蛀的苦心经营制作，告诉世人。“把这事儿做了吧，”稽查官皮尤先生的幽灵说，使劲点了点他的头，那因为那个难忘的假发而看上去很有威仪的头——“把这事儿做了吧，好处全都是你自己的！ 你短期内会需要它的；因为你的时代和我的时代不一样了，那时候一个人的公职是一份终生契约，往往可以传后。可是，在老普林夫人这件事儿上，我告诫你要相信你的前任的记忆，这是毋庸置疑的！”于是，我对稽查官皮尤先生的幽灵说：“我会的！”

因此，关于赫斯特·普林的故事，我费了不少思量。一连数小时，这个故事都是我沉思冥想的题目，我在屋子里踱来踱去，或者成百次地从海关前门一直走到侧门，再返回来，不厌其烦。老稽查员、验秤员和计量员一定倍感烦恼和痛苦，因为他们昏昏欲睡的状态让我来来回回的脚步打扰了，嗵嗵的踩踏一点不为人着想。回想起他们过去的习惯，他们总说，稽查官在后甲板上散步呢。他们也许以为，我唯一的目标——确实，一个健全的人心甘情愿行动起来是为了这唯一的目标——就是为午餐练出一个好胃口。不过说实话，胃口呢，沿着过道吹拂的东风不停地刺激，这样不知疲倦地活动对它真的好处多多。海关的氛围对想象和感受的微妙收获，简直难以成就，因此，如果我在这个位置上呆够十届总统的任期，那我怀疑《红字》的故事到头来是不是还能交到公众面前了。我的想象力成了一面失去光泽的镜子。它失去了映照效果，或者只有可怜的模糊映照作用，我尽心尽意放进去的人物怎么也折射不出来。我在我的智慧锻炼炉里燃烧出来的热量，怎么也不能把叙述中的人物加热了，锻打成型。他们既没有激情的烈焰，也没有感情的温馨，依然保持了那种僵尸般的生硬，盯着我的脸不放，露出一种死板的狰狞的干笑，分明是在挑衅。“你能把我们怎么样呢？”那种表情好像在说，“你也许有过一点能耐，左右过一伙虚构的人物，可惜那点能耐一去不复返了！为了区区一只公职金饭碗，你都把那点能耐出卖了。那么，去吧，去挣你的薪水吧！”长话短说吧，我自己想象中的那些死气沉沉的人物，在嘲弄我的愚笨，倒也不是没有公正的理由。

不仅仅在这三个半小时之内，也就是山姆大叔理当占用我每天生命的那段时间，这种要命的麻木状态牢牢控制着我。它还控制我在海边的散步，而且在乡间走动也不放过——这种活动不多，也不是很情愿——这时候我调动自己去寻求大自然心旷神怡的魅力，只要我一走出那所“老宅”的门坎儿，那种魅力便会让我的思绪为之一振，充满活力。还是这种麻木状态，对我智力的能量也不放过，在家中纠缠我，在我那间几乎毫无缘由称之为书房的房间里沉沉地压迫我。即便深夜我坐在凄凉的客厅里，这种麻木状态也仍驱之不去，只有柴火和月亮在闪烁，我努力虚构着想象中的场景，期待第二天也许会在明亮的纸页上涓涓流出，呈现五彩缤纷的描述。

如果想象的才能在这样的时刻都拒绝活动的话，那它真可以说是没有希望了。在一间熟悉的屋子里，月光格外煞白地降落在地毯上，把地毯上的图案清晰地照射出来——虽然把所有物体都映照得毕露无遗，却和早上或者中午的能见度大不一样——此时的月光对一个浪漫作家是再合适不过的灵媒，正好和他的虚构客人寒暄一番。这里具备众所周知的活动场所的那种小型家庭氛围；每把椅子都有各自的特征；那张中心桌子，上面摆了针线筐，一两本书，以及一盏熄灭的灯；沙发；书架；墙上的画儿——所有这些局部物体，看得一清二楚，在这种不同寻常的光照下灵光闪现，好像失却了它们的实体，变成了空灵的东西。

没有哪样东西太小或者太微不足道，可以避免这样的变化，全都获得了应有的尊严。一只孩子的鞋；安坐在小小柳条车里的玩具娃娃；跷跷马儿——一句话，凡是白天用来玩耍的东西，现在都多出来一种陌生感和遥远感，尽管仍然像白天光照下那样栩栩如生。这样一来，我们这间熟悉的房间的地板上成了一块中立地带，像是真实的世界，也像是缥缈的仙境，“真实”和“虚幻”在这里不期而遇，彼此又渗透着对方的性质。幽灵可以来到这里，与我们和睦相处。一直保持这样惊现意外的场景，那是求之不得的，只因我们打量周遭，可以发现一个已然离去却可亲可爱的身影，看见它静静地坐在这样魔幻般的月光下，那神态让我们怀疑它是否远道而来，抑或就从来没有离开过我们的壁炉边。

若隐若现的炭火具有不可或缺的影响，产生了我描写场景的效果。它把平淡的光亮映照在屋子各处，墙壁和天花板上可见淡淡的红色，在家具的光亮上折射出粼粼碎光。这种温暖的光和寒冷的月光的空灵混合在一起，仿佛把人类温情的心灵和情感传导给了想象力虚构出来的各种形态。它把各种形态从雪白的映像转变成了男人和女人。瞅一眼镜子，我们能看见——映象反复往来的视界内——半燃半灭的硬煤烧乏的红光、地板上煞白的月光以及画儿上亮点与阴影的反复转换，一幅画儿从现实中渐渐远去，却距离想象力越来越近。随后，在这样的时刻，这样的场景就在眼前，倘若一个人形单影只地坐着，还不能梦见各种奇怪的事情，把它们制作得像真的一样，那他永远不需要尝试写作浪漫故事了。

可是，就我自己而言，海关的全部经历，月光和阳光，炉边的火光，在我的视界里是完全一样的；它们没有一样比跳动的烛光更有用处。整个情感层面以及与情感联系的天赋——虽然不是很丰富很有价值，却是我最后的东西——都离我而去了。

然而，我相信，如果我尝试一种截然不同的写作秩序，那么我的才能也许不会如此没有头绪，无法施展。比如说，我也许很满意地写写一个老船长的身世，如今做了稽查官，我要是不写一写简直不知好歹，因为差不多每过一天他都会展示一番他讲故事的非凡天赋，逗得我哈哈大笑，深为钦佩。如果我能留住他讲述风格的活灵活现的力量，以及本性教给他如何转换叙述的幽默渲染，那么我从心里相信，那结果会给文学带来一些崭新的东西。或者，我随时都可以找到一个更加正经的差事。每天生活的物质形态把我逼迫得晕头转向，却试图把自己抛向另一个时代，这是一种愚蠢的行为；或者，我那肥皂泡般的难以捕捉的美丽因为实际环境的鲁莽触动而破灭，时时刻刻都在发生，我还坚持创造空中楼阁一样的世界，同样是犯傻的行为啊。更可取的努力，是把思想和想象力渗入今日那浑浊的实体，从而让它变成晶莹的透明体；是把那种开始变得不堪重负的负担转化为精神；是坚定地寻求藏于微小而琐碎的小事间以及我现在交往的寻常百姓的背后的真正牢固的价值。错误是我犯下的。展现在我面前的生活篇章似乎枯燥，平庸，那只是因为我没有探寻到它的深层的意义。一部我即将写出来的书就在那里呢；一页接一页呈现在我眼前，仿佛书页上面写满了转眼即逝的现实，而且如同写下来的东西一样迅速消失，这只是因为我头脑缺乏洞察力，我的手又没有落笔生花的灵巧。未来的某天，也许，我会记起来零星的碎片和不连贯的段落，随后把它们写下来，发现它们在书页上变成了黄金的文字。

这些领悟来得太迟了。在此刻，我只是意识到，曾经的快活感受，如今成了无望的磨难了。对于这种事态，没有什么理由诉说委屈。我已经不再是一个凑合编撰贫瘠故事和随笔的写手，已经成了一个凑合的好海关稽查官了。就这么回事儿。可是，不管怎么说，没完没了地怀疑自己的智力在萎缩，这终归让人不开心；或者像乙醚从药瓶里挥发了，尽管你没有意识到，仍是不开心；所以，每看上一眼，你发现更少的挥发性残留物，也还是不开心。对这一事实，无可置疑；而且，检查一下我自己和别人，我关于公职对性格的影响得出了一些结论，对这种生活模式非常不利。也许，我今后利用某种别的形式，把这些影响开拓出来。这里只要说明一点，那就是海关官员，只要长期任职，很难成为一个值得称道或受人尊敬的人，原因还很多；其中一个是借以维持局面的职位占有权，另一个是他的营生的本质，这点呢——尽管我相信是诚实的——很是另类，因为他加入不到人类联合努力的行列中。

一种影响——我相信是看得出来的，不管谁占据了这种职位，身上多多少少都会有的——是，在他依靠在共和国的巨臂上时，他自己应有的力量就离他而去了。按他本性的虚弱与力量所占比例的程度看，他失去了自立的能力。如果他占据本性的力量的份额不同寻常，或者，官职使人变弱的魔力在他身上发挥作用的时间不是很长，那么他失去的力量也许可以赎回来。革职的官员——真幸运，这样狠心的一推，把他及时推进一个斗争的世界里去奋斗——也许可以回归自己，原来什么样儿，还成为什么样儿。他通常总守着自己的阵地直到自行垮掉，然后拖着疲惫的身体撤离出来，在生活的崎岖小道上趔趄行走，竭尽全力。认识到他自己已经垮掉——他锻炼出来的刚劲儿和柔劲儿都丧失了——在以后寻求外界对自己的支持时，永远只能眼巴巴地东张西望了。他那满怀的持续的希望——一种错觉，面对所有的沮丧，明知不可能偏不当回事儿，只要他活着就不放过他，而且，我想，如同霍乱的阵阵发作，就是他死了也还会折磨他一阵子——是他最终由于一些侥幸的条件巧合，将会官复原职，而且不用等待很长时间。这种信念，高于别的一切，不管他可能梦想从事什么事业，都会窃取其中的精髓和好东西。为什么他要吃尽苦头，费尽周折，把自己从泥淖中拉扯出来呢？

看吧，用不了多久，山姆大叔的巨臂就会伸过来拉他一把的。为什么他要在这里谋生路，或者到加利福尼亚去淘金呢？ 看吧，他不久就会好事临头，也就一两个月的时间，从山姆大叔的口袋里分得一小袋亮闪闪的金币。看起来真是怪可悲的，浅浅的一点为官的甜头，竟足以让一个可怜的家伙患上这种独一无二的顽疾。山姆大叔的金币——并没有对这位德高望重的老先生不敬的意思——在这方面具有一种让人中魔的性质，如同魔鬼的工钱。不管谁触摸它，都须看好自己，否则他会发现这笔买卖对他非常不利，即便不会搭上他的灵魂，也会搭上灵魂的许多更好的品质；比如灵魂的毅力，灵魂的勇气和韧性，灵魂的真诚，灵魂的自立，以及所有成就男人气概的好东西。

这是远处一种美好的前景！ 这位稽查官并没有真正汲取教训，也并不承认他彻底完蛋了，继续留任也好，被辞退也罢，还都有救。然而，我左想右想，却一点不觉舒服。我开始变得郁闷，不安；一次又一次窥探内心，看看那里可怜的资产流失了多少，看看剩余的东西已经伤害到了何种程度。我反复盘算，我在海关还能呆多久，而且还能公开说是一个男人。说实话，我最担心的是——由于从来不会有一项政策采取措施，把我自己这样一个安静的人赶走，一个公职官员从本性上也不会主动辞职——因此，我的主要麻烦是，我可能在稽查官这个位置上熬到满头白发，年老体弱，像老稽查官一样变成另一个畜生一般的人。难道不可能吗？ 我面前只有这种难捱的办公室生活，最终也只会有这位老资格朋友的结果——午餐时间就是一天的中心，其余的时间过得像一只老狗一样，在太阳下打瞌睡或者在阴凉下打盹儿。一个人倘若觉得在自己的才能和感情的整个区域里活一辈子，就是幸福的最后定义，那么这就是一种凄凉的前景！ 然而，所有这样的时间里，我只是在庸人自扰而已。天意为我考虑事情更加周到，相比之下我只是为自己瞎着急。

我做稽查官的第三年有一件值得注意的事件——采用《本教区牧师》一书的口吻说——是泰勒[1]将军当选了总统。很有必要的是，为了全面评估官场生活的种种好处，在一个敌对的政府继任之际审视一下那个任职者。他的位置当时让人厌烦透了，而且，就是把偶然性都算上，一个讨厌的人可能占据位置都是令人不快的；无论从哪方面都看不到好的一面，尽管在他面前出现的最糟糕的事件，也许可能就是最好的。不过，对于一个自尊而理智的人来说，这是一种奇怪的经历，因为他知道自己的利益掌握在极不爱他又不理解他的个人手中，而且由于二者必居其一，他宁愿受到他们伤害，也不愿意为他们效力。奇怪的经历还在于，一个在竞争中保持平静的人，竟然看见了取胜时刻显露出来的那种渴望血腥的样子，而且意识到他本人就在被喝血的对象之列！ 人类丑陋的品行多多，可这是更丑陋的嗜好——我现在看到的品行发生在比他们的邻居不见得更糟糕的人们身上——变得十分残忍，却仅仅因为他们拥有伤害的权力。如果断头台，一旦用在公职持有者身上，是实实在在的事实，而不是一种说说而已的比喻，那么我竭诚相信，获胜的党派的活跃党员会激动不已，不惜把我们的脑袋统统砍掉，还会感谢上苍赐予这样的良机！ 在我看来——获胜也好，落败也罢，我一直是一个冷静而好奇的观察者——这样恶毒与复仇的凶猛刻毒的精神从来不是我自己党派诸多胜利的特色，不像现在辉格党表现出来的那样。按一般情况来衡量，民主党上台执政了，那是因为他们需要执政了，因为多年来的实践把执政促成了政治战争的法则，除非不同的体制宣布问世，在

---

① 泰勒（1780—1850），军旅生涯以对墨战争为荣，也因此当选为美国第十二任总统，不过任职十六个月就去世了。霍桑的这些文字，表明他对对墨战争持反对态度，也批评了辉格党的泰勒不容不同政见者的做法。

这点上嘀嘀咕咕，无异于软弱，无异于懦夫。不过，获胜已成习惯，他们因此而慷慨大度。他们知道得饶人处且饶人，只要他们看见饶人的理由；他们要出手了，斧头也许确实锋利，但是斧刃儿上很少涂抹恶意的毒素；他们也没有可耻的习惯，对刚刚砍下的头颅，还要再踢上一脚。

长话短说，尽管我的境遇只是令人扫兴，可我仍有许多理由祝贺自己成为落败的一方，而不是获胜的一方。如果此前我一直算不上最热心的党派人士，那么我现在，在这危难的时刻，却对我所偏向的党派极为敏感了；也有些类似遗憾和羞愧的东西难以释怀，因为把种种机遇理智地算一算，我看见自己留任的前景远远好于我的那些民主党仁兄。但是，谁能看见鼻子上方一英寸远的未来呢？ 我自己的脑袋竟是第一个落地的！

一个人脑袋落地的时刻，我倾向认为，很少或者从来不会正好是他一生中最为得意的阶段。但是，如同我们遇到的大部分不幸，如果受难者把落到头上的事件想得最好而不是最坏，即使如此严重的事件也可以带来补救和安慰。我的情况很特殊，安慰性的题目就在手边，而且，真的，早在派上用场之前，就在我的沉思中考虑已久了。想想看，我对官位早已厌倦，萌生辞职的念头已非一日，我的运气还真有点像一个人产生了自杀的念头，而且，尽管超乎他的希望，却正好遭到了谋杀。在海关，如同过去在“老宅”里，我打发走三年时光；一个不算短的时段，让疲劳的脑子得以休息；一个不算短的时段，打破了旧的知识分子的种种习惯，有了培养新习惯的余地；一个不算短的时段，甚至是太长了，一直生活在一种非自然的状态里，对任何人来说都是在做毫无益处、毫无快乐的事情，而且让我摆脱了那种至少让我不再有躁动的冲动的辛苦。再说，考虑到这种无礼的解职，本位卸任的稽查官被辉格党人认作敌人，总的说来也没有多么郁闷；因为他对政治事务并不热心——他更喜欢随心所欲地漫游，田野广阔而宁静，所有的人都可以在这里相见，不愿意把自己局限在那种狭小的小路上，仁兄们在这里必须躲躲闪闪——他的民主党兄弟有时候因此还会责问他是不是朋友。现在，他已经赢得了殉难的桂冠（尽管不再有脑袋来戴它了），责问的疑点可以看作解决了。毕竟，他也不具备什么英雄的气质，看样子被一脚踢开倒是更为显得正派，因为与他乐意站在一起的党派一起落败了，在众多更有身价的人纷纷倒下之时，这比充当一个孤独的幸存者更可取；再说了，在一个敌对的政府的怜悯下苟且四年之后，被迫重新确立自己的身份，要求一个友好的政府恩赐更加受辱的怜悯，那才让人无地自容呢。

与此同时，新闻界抓住了我的事端，而且一两个星期抓住我不放，在我被免职的落难之际，还让我在报纸上频频出头露面，如同欧文笔下的无头骑士①一般；身置鬼蜮一般，阴森森的，恨不得被活埋了，落得一个政治上死人应有的下场。拿我自己打比喻，就说这么多吧。这位真实的人呢，他的脑袋始终好好地长在他的肩膀上，已经为自己找到舒心的结论，那就是凡事都有最好的一面；花了些钱买来墨水、纸张和钢笔，收拾开长期冷落的写字台，又当起文人来。

这下，我的那位古老的前任，稽查官皮尤先生，悉心写下的那些文字，就有了用武之地了。长期无所事事，智力上的机械零件都生锈了，需要活动一段时日，才能编撰故事，写出差强人意的效果。话说回来，尽管我的思想完全专注于这个差事，可在我看来，写出来的东西仍有一种严峻而阴郁的色彩；和煦的阳光下滋长了过多的不快情绪；各种温柔的熟悉的影响，把大自然和真实生活的几乎所有感觉都软化了，而且，

---

①欧文（1783—1859），美国建国后的早期作家，有“美国文学之父”美称，代表作《美国见闻》，其中以美国本土背景写作的《瑞普·范·温卡尔》和《睡谷传奇》等作品，赢得世界文坛的尊重。

无疑还会软化它们的每种画面，因此揭示的东西就太少了。这种魅力不足的效果也许是由于还处在未完成的彻底变革时期，仍然处在故事形成的沸腾的混乱之中。但是，这并不表明作家的脑海里没有振奋之情；因为他在这些没有阳光的幻想的幽暗处徘徊，较之他撤离“老宅”以来的任何时候，都感觉更为高兴。一些用来组成这个集子的较短的文章，是我不情愿地退出公共生活的辛劳和荣誉以来陆续写出来的，剩余的文章却是从各种年刊和杂志收集来的，发表的日期很久远，转了一大圈儿后，回来又成为新鲜的东西了①。由于政治断头台这一比喻贯彻始终，整个集子可以考虑取名《一个断头稽查官的遗稿》；这篇我现在要收笔的随笔，如果一个谦虚的人在世时发表自传成分过多，那就权当一个从坟墓那边写下的东西而予以谅解吧。愿整个世界充满和平！ 愿我的朋友们幸福！ 愿我宽恕我的敌人们！ 因为我呆在平静的王国里了！

海关的生活如同身后的一场梦！ 那位老稽查官——我很难过地顺便提一句，被一匹马撂下踩死了；否则他一定会永远活下去的——他，以及所有别的和他一起坐在海关收税处的老人家，已经成了我眼前的影子了；满头白发，一脸皱纹，我的想象力过去经常玩味，现在却永远抛在一边了。那些商人——平格里、菲利普斯、舍帕德、厄普敦、金博尔、博特拉姆、亨特——这些，以及许多别的名字，六个月前还是我耳熟能详的——这些航海的人士，好像在这个世界占据了非常重要的地位——这么短暂的时间就和我失去了一切联系，不仅在行动上，连记忆里都无踪无影了！ 费了不少力气，我才回想起这几个人物的形象和名称。同样没有过多久，我的故镇将会穿过记忆的雾霭影影绰

① 在写作这篇文章时，作者原打算与《红字》一起发表几篇较短的故事和随笔。经考虑还是推迟发表这些篇什更可取。——原作者注

绰出现在我眼前，隔着一层团团包围的迷雾；仿佛它不是真实地球的一部分，而是云端里的一个走样的村子，只有想象中的居民居住在那儿的木屋里，行走在那里朴实的巷子中和那条主街呆滞而冗长的环境里。从此以后，他不再是我生活中的现实了。我是别的什么地方的市民。我那些好镇民将不会对我抱有遗憾；因为——尽管故镇只在我的文学写作中和别的东西一样亲切，可在他们的眼中还很重要，而且会为我带来愉快的回忆，让我记住这里是一代代先人的住地和坟地——对我来说，那里从来没有一个文人要求的宜人的氛围，从而催熟他脑子的大丰收。我在别的面孔中间将会做得更好；而这些熟悉的面孔，不用多说，没有我也会过得同样美好。

也许，不过——啊，欣喜若狂、得意洋洋的念头！——这个现今民族的子子孙孙也许有时会厚道地记起我这个描写往日生活的写手，等到那时的考古学家来了，站在镇子历史难忘的遗址上，将会指出镇上唧筒[①]的所在位置！

---

①《镇上唧筒》是霍桑的一篇著名随笔，写于 1835 年。

一　牢狱门口

一大群留胡子的男人，身着褪色的衣服，头戴灰色的尖顶帽，其中还有女人，一些戴着兜帽，一些什么也没有戴，都站在一座木头修建的大厦前面，大厦的门是一色沉重的橡木，上面镶满大头铁钉。

开发新殖民地的先人，不管他们原本构想什么样子的人类道德和幸福的乌托邦，可到头来还是认定乌托邦中少不了他们最起码的种种实际需要，把处女地划出一部分来做墓地，另一部分做牢地。根据这个惯例，可以十拿九稳地推断，波士顿的先人们在康希尔周遭划地修建起第一所牢狱，几乎同时顺理成章地在艾萨克·约翰逊[①]的地界上围绕他的坟墓，规划出了第一块坟地，渐渐地便成了国王教堂老坟地里所有汇聚一地的坟墓的核心了。可以肯定，波士顿城成型十五或二十年后，那座木质牢狱已经饱受风雨剥蚀，裸露岁月的刻痕，那恶狠狠阴沉沉的正面，越发一副森森凶险的样子。橡木大门上粗夯的大头铁钉锈迹斑斑，在这新大陆[②]里看上去比什么都陈旧不堪。如同所有与犯罪息息相关的东西一样，那扇橡木大门似乎压根儿就没有过光鲜年轻的时候。在这座难看的大厦前，有一块草地横亘在大厦和街道的车辙之间，上面长满牛蒡、苋菜、毒莠，还有简直不堪入目的草木，它们显然在这土壤里得到了相宜的养分，因为这土壤早早地就生出了文明社会的黑花，也就是牢狱。但是，在门口的一边，几乎扎根在门槛边，是一簇野生的蔷薇花，在这六月间，开满暗香浮动的花朵，由不得让人联想到会把它们的香气和柔美奉送给路过的囚犯，奉送给出来受刑的判刑的犯人，表明在造化的心灵深处还有对犯人的爱怜和善意。

这丛蔷薇花，难得一遇的机缘，竟能在漫长岁月中生生不息；然而，眷顾它的那些参天的大松树和大橡树长久倒下之后，它是不是还能从严酷的老迈的荒野中存活下来——或者，有相当的权威说法可以相信，它是不是还会在圣安妮·哈钦森[③]走进牢狱之际从她脚下硬拱了出来——我们倒是用不着非有个说法不可。在我们讲述的门槛旁边一眼就看见了它，现在又要从这预兆不祥的门口一路讲述下去，我们情不自禁，摘下一朵蔷薇花，把它呈现给读者。我们希望，它不妨看作是在车辙里找到的甘美道德的花朵的符号，或者为一个人性脆弱和悲苦的故事的阴暗结局，添些亮色。

---

①艾萨克·约翰逊（1666—1706），美国早期殖民者之一，马萨诸塞殖民地的奠基人。后文多处提及此人。

②原文大写，多译“新大陆”，因后文多处提及“旧世界”，此处采用了“新世界”的译法，以照顾美国这个新建国家。

③安妮·哈钦森（1591—1643），英国唯信仰论的女领袖，移居美国后被驱逐。

玫瑰与墓园

二　市场

也就是两个世纪之前，一个夏天的早上，位于监狱巷的牢狱前的那片草地上站满了很大一群波士顿居民，他们的眼睛全都紧紧盯着那扇满是大头铁钉的橡木门。换了别的什么居民，或者换在新英格兰历史上较晚的时期，这些良民胡子拉碴的面相上凝聚的那种冷峻的表情，一看就知道可怕的事情就要发生了。这种表情预示着某个广为人知的罪犯行刑在即，法官的判罚就是公众情感习惯接受的判决。然而，清教徒性格的早期特征就是严厉，这种表情因何而生，很难推断出明确的结论。它也许表明一个偷懒的奴仆，或者一个父母交给公家管教的忤逆的孩子，绑在鞭刑柱上接受体罚。它也许表明一个唯信仰论者①，一个贵格会教徒②，或者其他异教狂热分子，就要被鞭打出城外，抑或一个闲散无居的印第安人喝了白人的烈酒满街滋事，要被鞭打一顿驱赶进森林的深处。它还可能表明，一个巫婆，如同希宾斯老婆子，就是那个地方长官的泼辣寡妇，就要吊死在绞刑架上了。不管发生什么事情，在场观看的人都会做出同样的冷峻神情；一地居民渐渐养成这种表情，是因为在他们看来宗教和法律差不多是一码事儿，连他们的性格都渗透了宗教和法律的情愫，把公共纪律最温和与最严厉的条文视若同等，敬畏心理兼而有之。一个罪人置身绞刑架边，从这样一群旁观者寻求的同情，自然只有漠然和冰冷。换一种说法，我们当今的时代，一种也许招致嬉笑和嘲讽的刑罚，换在那个时候，却只能得到横眉冷对的威严面孔，和死亡本身的惩罚没有多大区别。

我们的故事开始叙述的这个夏季的早上，人们会注意到一种情况，人群中有几个女人，看样子对即将出现的不论什么惩罚都很有兴趣。那个年代没有那么多讲究，身穿衬裙和撑裙的女人走进大街小巷没有什么禁忌，就是仗着不算柔弱的身体，又赶对了场合，硬挤到绞刑台旁边的人群中观看行刑，也是寻常之事。道德上，也算物质上，旧英国出生和养大的那些太太小姐们，较之和她们相隔六七代的漂亮的后人，品相要粗糙得多；因为，通过代代相传的链子，每一个环节上的母亲都会传给自个儿的孩子更纤细的骨架，都会传给自个儿的孩子更娇柔更齐整的美貌，哪怕性格上的力量和坚毅没有比自个儿缺少多少。那些这时站在牢狱门口的女人们，与总体上可以代表女性的不让须眉的伊丽莎白的时代③，相距不过半个世纪。她们是伊丽莎白的同胞姐妹；她们故土的牛排和啤酒，还有丝毫没有加工的道德食粮，一古脑儿涌进了她们的体内。因此，明亮的早上的太阳，照在她们的宽阔的肩膀上和饱满的胸脯上，以及红扑扑的圆脸上，这些都是在那遥远的岛国上发育成熟的，在新英格兰的天地还没有来得及变得苍白和纤瘦。更有甚者，这些主妇说话锋芒外露，高门大嗓，多数都是这个样子，不管话锋还是调门儿，换在今天一准会把我们吓一大跳。

"太太们哪，"一个年届五十面相阴沉的主妇说。"我跟你们说说我的一点想法吧。要是我们这些上年纪的好名声的教会成员，把赫斯特·普林这样的败类收拾了，那就是为社会干了大善事。好太太们，你们认为怎样？要是那个小奸妇站在我们五个人跟前接受审判，就像眼下在这里扭成一股劲儿，能够像那些可敬的执法官们那样判刑一样，轻易

①指单纯依靠信仰而不必遵从道德法规就能得到拯救的人。

②基督教的一个派别。

③伊丽莎白一世（Elizabeth I，1533—1603），英国女王（1558—1603），在位最长的女王之一，也是英国史上最有建树的执政者之一。恢复英国国教，击退西班牙无敌舰队（1588），确立海上霸权，奖励工商业，发展对外贸易，促进文化艺术繁荣，终身未婚。后文多处提及她的时代。

放过她吗？老天爷，我想决不会的！”

“人家说，”另一个女人说。“可敬的迪梅斯戴尔先生，她的虔诚的牧师，看到这样的丑事出在自己的会众里，伤心透了。”

“执法官们都是敬畏神灵的绅士，可是过分心软了——这可一点不假，”第三个老气横秋的主妇说。“再怎么心软，他们也应该在赫斯特·普林的脑门儿上用红烙铁烫下个印子。我敢说，赫斯特太太要是知道这招，一准吓得软瘫了。可是她——这只大破鞋——哪会在乎在她衣服的胸口上贴了什么东西呀！哼，走着瞧，她会用胸针把那玩意儿挡上，或者用异教徒饰物盖住，像过去一样在大街上厚着脸皮浪荡！”

“喔，不过呢，”一个比较温和的年轻妻子，牵着一个孩子，插话说。“她愿意把那个标记挡上就让她挡上吧，可痛苦总是留在她心里的。”

“不管在她衣服的胸口上，还是在她脑门儿的皮肉上，我们谈论标记和印子干什么？”另一个女人叫起来，这几个自命执法官的女人中数她难看，也数她心狠。“这个女人给我们所有的女人带来耻辱，罪该万死。这种罪恶无法可依吗？当然有，《圣经》和法典上都写得明白。那就让那些执法官自作自受吧，他们不按法律办事，他们的老婆和女儿也会走上邪路的！”

“老天爷行行好吧，好主妇，”人群中一个男人嚷嚷说，“除了绞刑架所带来的那点有用的惧怕，女人就没有别的操守吗？这话可真是狠毒透了呀！别吵吵了，好太太们！看看牢狱的铁锁在转动，普林夫人本人一会儿就出来了。”

牢狱的门从里边渐渐打开，最先，像一条黑影出现在太阳光下，狱吏出来了，一副阴森可怕的样子，身边挎着腰刀，手持警棍。他这副样子和打扮就是清教徒法典的化身，要人们知道对罪犯严惩不贷，他的职责就是按照程序对犯人履行最近身的最后手续。他左手把警棍直通通杵出去，右手抓着一个年轻女子的肩膀，使劲往前边拉去；走到牢狱门口，那女子把他甩开，动作干净利落，有一股性格中自然的尊严和力量，随后走出牢门，仿佛是她自觉自愿走出来的。她怀里抱着一个孩子，婴儿三个月的样子，眨着大眼睛，把小脸转向一边，躲开白天十分扎眼的光线；这是因为自降世以来，她就只习惯牢房那种灰暗的光线，或者监狱里其他昏暗的房间的光线。

这个年轻女子——小婴儿的母亲——整个人站在人群面前亮相，看样子她的第一个反应是把小婴儿紧紧地抱在怀里；这一反应不完全出于做母亲的疼爱，也是借此把那个缝制在她衣服上的标记遮掩住。但是，她很快明白过来，小婴儿就是她蒙羞的标记，用她来遮挡另一个标记是丑上加丑，于是她把小婴儿放在臂弯里，面颊觉得烫烫的，却还做出一种高傲的微笑，而后又用一种大大方方的目光，把她同城的居民和邻居打量一下。在她的衣服的胸部，有一块细红布，布边装饰了精致的刺绣和金线交织的锦绣图案，红布上就是那个字母 A。字母缝制得颇具艺术韵味，充满丰富的华丽的繁盛的想象力，效果奇佳，成了她衣服上相得益彰的装饰；那身衣服就很夺目，和时代的气息十分合拍，只是大大超出了殖民地限定费用条例所允许的范围。

这个年轻女子高挑个儿，完美的优雅的身段近乎无可挑剔。她长了一头乌黑的好头发，色泽闪闪的，把阳光折射出了一种流光，一张脸呢，五官端正，面容姣好，十分美丽，黑黑的眉毛和凹进去的黑眼睛更是抢人眼球。她那贵妇人的长相，和那个时代的名门闺秀的女性仪表十分吻合；她散发出来的是端庄和威严，不是纤巧、轻盈和难以言表的优雅，这些只是现在认可的女性特征。赫斯特·普林比以往任何时候更有贵妇人的样子，按照这种说法的旧时的含义，就数她从牢狱出来的时刻了。那些过去认识她的人，原以为看见她在灾难阴云的笼罩下会一蹶不振，黯然神伤，这下看见她的美丽大放异彩，团团包围她的不幸和丑行蜕变成了一团光环，不免惊讶异常，甚至吓了一跳。也许实际情况是，敏感的眼尖人看得出其中某些非同寻常的痛苦东西吧。她的服装，毫无疑问，是她在牢狱里专门为了这个场合缝制的，差不多都是按照她自己的想象设计而成，服饰彰显的桀骜不驯与标新立异的特别之处，看样子是要表明她的精神态度，表明她情绪中的那种不顾一切的劲头。但是，吸引大家眼睛的焦点，而且，仿佛把当事人都改变了样子的焦点——在场的不论男女，过去和赫斯特·普林都很熟悉，这时却觉得好像是第一次看见她——正是那个红字，绣制得异常精致，在她胸部熠熠生辉。它产生了魔力的效果，把她从平常的人类联系中拉了出来，又把她送进了她自己的圈子里。

“她做针线活儿很有几下子，没错。”女观众里有人品评说；“可是，有哪个女人，能像眼前这个厚脸皮贱货一样，鼓捣出这样一个方式让人开眼啊！哼，好主妇们，这不是在当着我们神圣的执法官们的脸面发笑吗？这不是在借着我们尊贵的绅士们做出的所谓判罚大出风头吗？”

“要说解恨，”那个脸色最硬的老婆子咕哝说。“恨不得我们能把赫斯特夫人那身上好的衣服从她那好看的膀子上脱下来；至于那个红字，就算她刺绣得那么奇巧，我还是想赏她一块我害风湿病用的法兰绒，做一个与她更般配的！”

“嗽，悄声点，邻居们，悄声点吧！”她们中间最年轻的一个同伴小声说；“别让她听见你的话！那个刺绣出来的红字的每一针，她都感觉刺在她心上啊。”

那个阴沉的狱吏这时用手中的警棍做了一个姿势。

赫斯特·普林与波儿

“让开了，好人们，让开了，看在国王的名分上！”他嚷嚷说。“让开一条道吧；再说，我保证，普林夫人会安置在一个地方，男男女女大人小孩都可以去看看她这身奇装异服，从现在一直看到下午一点钟都行。马萨诸塞这块民风纯正的殖民地是有福的，罪孽暴露到光天化日之下了！走吧，赫斯特太太，到市场上显摆你的红字吧！”

看热闹的人群中立刻闪出了一条小路。狱吏在前面开道，后面紧跟着成群结队拧眉立目的男人和面容不善的女人，赫斯特·普林开始向指定她接受惩罚的地方走去。一群急惶惶好奇的学校孩子，对眼前的事情不明就里，只知道这事让他们放了半天假，在普林的前边乱跑，不断回过头来打量普林的脸，打量普林怀里那个眨眼睛的婴儿，也打量普林胸前那个让她蒙羞的红字。在那时候，从牢狱到市场没有多远的路。不过，囚犯的经历另当别论，走起来就有一段距离了；因为，尽管普林的举止十分高傲，可是她每走一步都是在忍受煎熬，毕竟那些人都在围观她，好比她的心灵已然被抛在大街上，人人都可以踏上去踩上几脚。但是，在我们本性里有一种成规，又稀有又宽厚，受难者对他眼前的折磨所带给他的伤害深度，压根儿并不知晓，主要是事后的阵痛难以忍受。因此，带着一副近乎平静的神色，赫斯特·普林打发走了她这段煎熬，来到了一座绞刑架旁边，就在市场的紧西头。绞刑架位于波士顿最早的教堂屋檐下不远的地方，一眼看去就像是一处附属建筑物。

这种绞刑架，其实就是部分当作惩罚机器来用的，现在呢，经过两三辈人，不过是我们见到的历史的和传统的东西罢了，可是在过去却是人们眼中杀一儆百的物件，警示人们遵纪守法，做个良民，其作用无异于法国恐怖党人惯用的断头台。说白了，它就是颈手枷的台子；台子上立着那个惩戒工具的架子，正好适合人的脑袋钻进狭小的套圈里，把圈套支撑起来让观众注视。这种非常典型的侮辱手段，用木头和铁的装置框界起来，效果倍增。我以为，违反我们共同本性的这种恶劣手段——不管个人的种种罪过是深是浅——再没有比禁止罪人藏起他蒙羞的头脸更加极端的了；这种惩罚的本意就是要让人丢人现眼。但是，赫斯特·普林的情况，因为在别的案子中并不少见，对她的判罚是让她在这个台子上站够一定时间，不必把脖子钻进那个套圈里，把头死死卡住，遭受引颈弓背之苦，这种丑陋的刑具最可恶的特征因此格外突出。她十分明白应该扮演什么角色，便上了几级木头阶梯，站在街道上高及人肩的台子上，在周围的人群面前把自己亮出来。

倘若在清教徒的人群中有一个罗马天主教教徒，他看到这个美丽的女人服装华丽，安之若素，怀里抱着孩子，也许会看得出神，不由得想起圣母的样子，那可是许许多多著名的画家竞相绘制的形象呢；有些东西会勾起他的联想，真的，不过要借助别的比对，联想到那位无罪的母亲的样子，怀里的婴儿将会救赎这个世界。这个场合，在人类生命神圣无比的品质中体现出深不可抹的污点，产生了强烈无比的效果，世界因此在这个女人面前愈显黑暗，在她生养的那个婴儿面前愈加迷失。

这种场合不会没有复杂的畏惧，只要在同胞身上看到罪过和羞耻就一定总会有复杂的畏惧，因为社会还没有腐败到看见这种情景莞尔一笑而不知战栗的地步。赫斯特·普林就在眼前，正在丢人现眼，谁看了都不会无动于衷。倘若赫斯特·普林被判死刑，人们看她被处死可以无动于衷，不会对量刑过重窃窃私语，但是他们决不会冷酷无情，如同身处另外的一个社会，在像眼下的示众场面中只知寻求嘲笑的话题。哪怕众人中出现不良倾向，要把这事搞成一场笑话，那也会被制止和镇压，因为现场一派肃穆，连总督都在现场压阵，几个同僚陪同助威，还有法官、将军和城里的几个牧师也亲临现场了；所有这些人物都或坐或站在会议厅的阳台上，俯视着那个台子。这样的人物构成了观众的一个部分，又不失地位和官位的威严和尊敬，可以顺理成章地推断出，这桩秉法判定的罪行含有一种毫不含糊、警示众人的意义。在现场的感染下，人群表现得阴沉、肃静。这个不幸的罪人强作自定，尽量像一个女人一样表现完美，面对成千冷漠的眼睛带来的重压，因为全场的人都在死死地注视她，目光都集中在她的胸间。这种场合，简直不堪承受啊。她生来感情用事，为人热情，她已经磨练过自己，敢于面对公愤构成的毒刺，面对公愤酝酿出来的各种各样的侮辱；可是，公众心理的那种严重的情绪构成的性质则更为可怕，她宁愿看见所有那些不苟言笑的面孔扭曲为嘲弄的快活表情，而她成为嘲弄的对象。倘若人群里爆发出哄然大笑——每个男人、每个女人、每个尖声尖气的孩子，都发挥各自的角色——那么，赫斯特·普林可以对他们所有人还以苦涩而自嘲的微笑。但是，她命中注定要忍受的苦难铅块一样沉重，她时时刻刻都感觉到好像她一定得使出肺腔的全部力量尖叫一通，纵身从绞架台上扑向地面，要不然她就会发疯。

然而，整个场景里她虽然是最显眼的目标，可一阵又一阵这场景好像从她眼前消失了，或者，至少，在她眼前模糊地闪烁起来，如同一团不完整形状的鬼影似的映象。她的心，尤其她的记忆，异常活跃，不停地把别的场景带到眼前，而不仅仅是这个小镇铺砌粗糙的街道，地处西部蛮荒之地的边缘小镇；她眼前出现了别的面孔，而不仅仅是从那些尖顶帽檐下对她怒目而视的面孔。各种最微不足道、最细碎缥缈的回忆、幼年和小学的光阴、嬉戏玩闹的活动、小孩子家的争吵以及少女年华的家庭琐事，都一一涌上心头，同时还间杂着她随后生活中的所有至关重要的事情；脑海里的画面一幅接一幅，一幅比一幅清晰生动；仿佛所有的图画同样重要，所有的图画如同一场演出。这种情形可能就是她精神上的一种本能的手段，通过脑海里一一浮现这些变化不定的形式，从此情此景的现实的残忍重压和艰难中解脱出来。

即便这样，兀立平地的绞刑架仍是一个视点，把赫斯特·普林从幸福的幼儿时代一路走来的全部路途暴露在她的眼前。站在那个备受折磨的扎眼之处，她又看见了老英格兰她的故乡和老家；看见了一所破败的灰色房子，一副穷酸惨淡的样子，但是在门廊上方还保留着隐约可见的盾形纹章，那是古老世家的标记。她看见了父亲的脸，头发稀少的大前额，受到尊敬的白胡须飘动在老式的伊丽莎白时代的皱领子上；还看见她的母亲的脸，一副关爱和操心的神情，总是铭刻在她的记忆里，即便在她亡故之后，仍然频频在她女儿的人生路途上设置仁慈忠告的障碍。她也看见了她自己的脸，闪耀着姑娘家的美丽，让那面她曾经习惯打量的幽暗的镜子从内向外熠熠发光。在那面镜子里，她看见了另一张脸，一个岁月摧折的男人的脸，苍白，消瘦，儒雅，眼光昏花，那是因为在灯光下阅读一本本厚书把眼熬坏了。然而，还是那两只昏花的眼睛，却有着一种罕见的洞察力量，用来体察人类灵魂时很有穿透力。这个书房和回廊里走动的身影，在赫斯特·普林女性的想象中依然清晰，稍稍有些畸形，左肩膀比右肩膀略略高出一些。接下来，在她那记忆画廊里，浮现了弯弯曲曲的狭窄街道、高高的灰色房子、高耸的大教堂以及公共大厦，历史悠久，建筑风格迥异，一派欧洲大陆的城市风貌；那里曾经有一种新生活在等候她，仍和那个身体畸形的学者联系在一起；一种新生活，却是一种依赖陈腐的东西喂养的新生活，好比残败的墙壁上的一团绿苔。终于，这些转换无常的场景远去了，清教徒殖民地的简陋市场又回到眼前，镇民们全都聚集起来，纷纷向赫斯特·普林投去冷峻的目光——是的，投向她自己——她就站在颈手枷台上，怀里抱着一个婴儿，字母 A，殷红色，用金线刺绣得奇异多端，就在她的胸口上！

这难道是真的吗？她把孩子拼命地抱在胸前，孩子受不了哭叫起来；她垂下眼睛看着那个殷红的字母，还用指头摸了摸，使她自己确信怀里的婴儿和羞耻是真实的。是的！——这些就是她面临的种种现实——其他一切都已经远去了。

三　认出

成为众人严厉的关注的目标，这让她感到内心局促不安，这个红字的佩戴者最终缓和下来，是因为她在人群外辨认出来一个人，占据了她的思绪，挥之不去。一个印第安人，身穿土著服装，站在那里；但是红种人并不是英国殖民地的难得一见的客人，这样的时刻一个红种人按说不会引起赫斯特·普林的特别注意；也决不会把她脑海里的别的目标和念头挤走多少。可在印第安人的旁边，显然看得出还有一个伙伴，一个白人站在一旁，穿着一身文不文野不野的奇怪服装。

他个头不高，面孔纹路很深，不过仅从皱纹上看还不算年纪很大。他的眉宇间有一种超出常人的智慧，好像一个人在智力方面具备了相当程度的开发，却不能左右肉体保持其一致，凭借种种明显的征象让人一目了然。虽然他的服装半洋半土，用一种貌似随意的穿戴打掩护，用心良苦地遮掩或者抵消他身上的特质，可是赫斯特·普林很容易就看出来这个男人的肩膀一边比另一边高出一些。认出来这个消瘦的面孔的一刹那，看清楚了那个稍稍畸形的身影，普林又一次把婴儿紧紧地往怀里抱，不由自主地用猛劲儿，那可怜的婴儿被挤压得受不了，哭叫起来。然而，做母亲的却好像没有听到似的。

这个陌生人来到市场，在普林注意到他之前，已经用眼睛盯住了赫斯特·普林。一开始，一种漫不经心的样子，如同一个人主要习惯体察内心活动，外部的方方面面在他看来都没有多少价值，无关紧要，除非它们和内心的什么东西产生共鸣。但是，很快，他的眼光变得锐利而有穿透力。眉宇间扭结出一丝苦苦挣扎的恐惧，如同一条蛇在五官间急速游动，哪怕短暂地停止，整个盘起来的身子便会袒露无遗。他由于情绪变化强烈，脸色阴沉起来，不过同时又依靠意志的力量控制起来，只要瞬间不注意细察，人们还会以为那是一种平静的神色。过了一会儿，那种阴沉的抽搐渐渐展平了，再难看得出来，最终消融在他本性的深沟厚河里。他发现赫斯特·普林眼睛紧紧盯着自己的眼睛，看见她已经认出他来，他缓缓地平静地伸起手指，在空中做了一个手势，把手指放在了他的嘴唇上。

随后，他拍了拍站在他身边的一个市民的肩膀，做出一副恭敬和客气的样子，和市民搭话。

“请问你，尊敬的先生，”他说。“这个女人是谁？——因为什么让她站在那里当众丢丑？”

“你在这一带一定是个外乡人吧，朋友，”市民回答说，好奇地打量着提问题的人以及他身旁的土著伙伴。“要不然，你肯定听说过赫斯特·普林夫人，也肯定听说过她的丑行。她在虔诚的迪梅斯戴尔牧师的教区搞出了一桩大丑闻，听我说没错。”

“你说对了，”对方回答说。“我是外乡人，一直浪迹天涯，实在也是万不得已。我不管在海上还是陆地上都事事不顺，吃尽苦头，而且在南边异教徒居民中被拘留了多年；现在这位印第安人把我带出来找人赎身的。所以，你可不可以把这个女人的罪孽，也就是赫斯特·普林——我把她的名字叫对了吗？——把她的罪孽跟我说一说，到底什么大罪竟让她站在了那个绞刑架旁？”

“一定的，朋友；我想你听了一定会打心眼儿里高兴的，你过去吃了很多苦，又是在那种蛮荒地区，”市民说。“这下终于来到了一个能把罪孽找出来的地方，而且当着官老爷和老百姓的面进行惩罚，就像我们虔诚的新英格兰一样。那边那个女人，先生，你要知道，原本是一个有学问的男人的老婆，那男人出生在英格兰，可很久以来一直在阿姆斯特丹生活，多年前他动了念头，打算漂洋过海，来和我们马萨诸塞人一起碰运气。他为此先把自己的老婆打发过来，自个儿在后边打理一些必要的事情。真是的，好心先生，两年多来，或者不到两年时间，这个女人一直在波士顿住着，可那个有学问的先生，也就是普林先生，一直杳无音信；这位年轻的妻子呢，你瞧瞧，就放纵了自个儿，走了邪路——”

“啊！是这样——我听明白你的话了，”外乡人说，干笑了一声。“你说的这种有学问的人，早应该在他的书本里弄懂这种事情。不过，先生，你爽快一点，说说那个小婴儿的父亲会是谁呢？普林夫人抱在怀里，我看那婴儿只有三四个月大吧？”

“说实话，朋友，这件事情还是一个谜呢；得由但以理[①]这样的人来破解这个谜团，”市民回答说。“赫斯特夫人绝对不肯开口说明真相，地方长官们憋破脑袋也白搭。也许那个罪人就在这里看着这个可悲的场面，世人不知道他是谁，可他忘记了上帝把他看得一清二楚。”

“那个有学问的人，”外乡人说，又干笑了一声。“应该亲自来把这个谜团弄清楚才是。”

“要是他还活着，把这件事情弄清楚就是他的本分。”市民回答说。“哎呀，好先生，我们马萨诸塞的地方长官们一直认为，这个女人年轻漂亮，毫无疑问是受了诱惑才开始堕落的——再说了，明摆着，她的丈夫也许葬身海底了——因此他们一直不忍心严惩不贷，用我们公正的法律来制裁她。论罪过应该是死刑。可是，他们下不了狠心，怜香惜玉，只判普林夫人在这个绞刑台上站够三个小时就行了，只是体罚完了，普林夫人今后的生活要在她的胸前戴一个丢人败兴的标记。”

---

① 《圣经》里的人物，《旧约》里有《但以理书》，是他所写，公道的裁判者。

“一种高明的判刑啊！”外乡人说，庄重地点了点头。“这样一来，她以后就是一个活生生的罪孽训诫了，那个丑恶的字母会随她走进坟墓。可是，令我耿耿于怀的是，那个与她一起作奸犯科的家伙怎么也应该站在绞刑台上，一起陪绑才是。不过，他迟早会露出原形的！——尽人皆知！——尽人皆知！”

他向那个喜欢攀谈的市民客气地点点头，随后，和他身边的印第安人耳语了几句话，他们两个从人群中走了出去。

这情形进行之际，赫斯特·普林一直站在绞刑台上，两眼一刻不停地看着那个外乡人；因为看得十分专注，时时刻刻绷着神经，她眼前明明白白的世界里的所有别的目标好像都消失了，只留下了他和她。也许，这样的见面若换在别的场合，倒比现在她与他见面更不堪设想，毕竟中午火热的太阳热辣辣地照在她的脸上，把脸上的耻辱照得明明白白，她的怀里还抱着犯罪生下的婴儿，全体市民又都纷纷赶来，好像过节一样，争相观看她的容貌，观看她那本来应该在炉边安静的火光里、在家里的温馨灯影里、在教堂肃穆的氛围里才看得见的容貌。这样的见面虽然不堪承受，可是她却感觉到了这些拥拥挤挤的人群在眼前，未尝不是一种掩护。这样站在这里，他与她之间相隔那么多人，倒比他们单独相见，面面相觑，要好得多。她好像躲出来寻求庇护，到大庭广众面前寻求庇护，害怕一旦这样的保护从面前消失的时刻会到来。脑海里翻腾着这些念头，她很难听见她身后有人喊叫，她的名字有人一直喊叫了好几遍她都听不见，而且喊叫声又高又重，所有在场的人都听见了。

“听见我叫你了吧，赫斯特·普林！”有人大声喊道。

早已经交待过，赫斯特·普林所在的绞刑台正对面，是一个露台，或者露天的廊子，是从会议室延伸出来的。那时候，这地方就是发布公告的地方，地方长官来这里会面，连同公布这样的告示的所有仪式一并

阿瑟·迪梅斯戴尔

举行。我们正说着的这个场景，总督贝林厄姆亲自坐镇，他的椅子周围是四个警官，手持长戟，很有气派的样子。总督在帽子上插了一根黑色的羽毛，大氅上绣有一条花边，里边是一件黑色的天鹅绒紧腰短衣；他是一个上年纪的绅士，皱纹里写满了一段来之不易的经历。他成为一个社团的带头人和代表，没有任何不相配的缺憾，它的起源和进步，以及目前的发展现状，不是依赖青年人的冲动，而是依赖成年人冷静和锤炼过的精力，依赖老年人的老到的理智；社团完善得这样有章法，完全是因为它很少想入非非，很少抱有奢望。其他重要人物，把总督大人围在中间，也都与众不同，威严十足的样子，隶属同一个时代，神圣机构的外表需要人们感觉到具备神圣性。毫无疑问，他们都是大好人，公正，贤明。不过，如若从全人类的大家庭选举出同样数目的智慧而正直的人，那也不是轻而易举的事情，因为他们不能草率行事，审判一个犯罪女人的心，也不能颠倒黑白，不分善恶，怎么也要和赫斯特·普林现在扭过身来面对的圣人们的铁石心肠打个平手。赫斯特·普林似乎也意识到，的确，不管她或许期望什么样的同情，那只会藏匿在面前众人的更大更温暖的心胸里；因为，这个不幸的女人抬起眼睛向露台望去，脸色一下子失去血色，浑身不由得打颤。

让她分神聆听的声音，是受人尊重的著名人物约翰·威尔逊喊叫的，他是波士顿最年长的牧师，了不起的学者，在这个行当里如同同辈人一样毫不逊色，自然也是一个和善的平易的人。不过话说回来，他的和善与平易的品质，比起他的聪明才智，修炼得显然不够悉心周到，而且事实上成了他的羞耻之物，而不是什么自我庆幸的东西。他站在那里，便帽下露出一节儿灰白的头发；两只灰色的眼睛由于习惯了书房暗淡的光线，在晴朗的阳光下不停地眨着，如同赫斯特怀里的婴儿的眼睛一样。他看上去像是我们在陈旧的训诫书前边看到的黑乎乎的雕刻画像；而且与这些雕刻画像一样，没有什么权利可以挺身站出来，如同他现在站在那里一样，对人类的罪过、情欲和痛苦这个问题进行调解。

“赫斯特·普林，”牧师说，“我已经和我这位年轻的兄弟费了不少口舌，你过去有幸一直在他那里听他讲道，”说到这里，威尔逊先生把手放在了身边那个脸色苍白的年轻人的肩膀上——“我费了不少口舌，听着啊，才让这个虔诚的年轻人明白他应该来应对你，对着老天爷的面，当着这些智慧的正直的长官面，在全体市民监听下，把你罪孽的可恶和黑暗之处指出来。他比我更了解你与生俱来的性情，应该更清楚使用什么样的词句，不管软言细语还是咄咄逼人，反正是要攻克你的死硬和固执；这样一来，你才能不再隐瞒那个勾引你堕落到这个地步的男人的名字。可是，他却和我唱反调（尽管他这个年龄智慧欠缺，却具备一个年轻人的心软之态），说在光天化日之下，在大庭广众面前，强迫一个女人公开说出她自己心中的秘密，是有悖于女人的本性的。真的，我费尽口舌让他明白，丢丑是因为犯下了罪孽，而不是因为把罪孽说出来。迪梅斯戴尔兄弟，你对这样说有什么看法，再说说行吗？不是你就是我，反正得有人来触及这个可怜的罪人的灵魂吧？”

露台上那些严阵以待的可敬的人物中间响起了一阵窃窃私语；总督贝林厄姆把他们私下议论的意思转达出来，口气虽然居高临下，但是对那位正在听他说话的年轻牧师还有分寸，不乏尊重。

“好心的迪梅斯戴尔牧师，”他说。“对这个女人的灵魂，你责任重大呀。所以，你应该努力说服她幡然悔悟，坦率开口，也算你的努力有个交待，有个结果。”

这话一出口，立刻把全体听众的眼睛都吸引到了迪梅斯戴尔先生的身上；他是一个年轻的牧师，来自英格兰一所名声显赫的大学，把时代的所有学问都带到了我们这荒蛮的森林地带。他能说会道，对宗教充满热忱，已经让他在自己的职业里得到回报，赢得很高的名声。他生得一表人才，令人瞩目，白皙的前额又直又阔很帅气，两只棕色的大眼睛满含忧郁，嘴呢，除了紧紧地闭上，动不动就会抖动起来，表明既有神经质的敏感，也有自我克制的巨大力量。尽管他天赋很高，学术成就斐然，可是这个年轻的牧师身上却有一种气象——看上去很忧郁，很紧张，一副惊慌失措的样子，好像一个人自己觉得找不着北，在人类生存道路上迷失了方向，只有在他自己某个隐居的地方才感觉轻松自如。因此，只要他的种种责任允许，他便会在人行小道的阴影里行走，保住自身的单纯和稚气；一旦场合相宜，思想不乏朝露般的纯洁、清新和芳香，正如许多人说的，天使般的辞令便会打动他们。

就是这样一个年轻人，牧师威尔逊先生和总督在众目睽睽之下公开引见，要他开口讲话，让所有在场的人都听得清楚，引导出一个女人的灵魂深处的秘密，可这颗灵魂即便陷入污泥也依然圣洁。他的处境异常尴尬，他的脸颊因此失去血色，嘴唇不由得抖动起来。

“和这个女人说说话吧，我的兄弟，”威尔逊先生说。“这是她灵魂觉醒的时刻，所以，如同可敬的总督说过的，对你自己的灵魂也是重要时刻，因为你的灵魂要对她的灵魂负责啊。”

牧师迪梅斯戴尔低下头，看上去像是在默默祈祷，随后向前走去。

“赫斯特·普林，”他说，倾身靠在露台上，向下紧紧盯着普林的眼睛。“你要仔细听着这个好人儿说些什么，弄明白我不堪承受的重负。如果你觉得通过对话可以让你的灵魂得到平静，觉得尘世的惩罚可以让拯救更加有效果，那么我定要你讲出你那个一同作孽的罪人和一同受罪人的名字！务必不可对那个人心怀错误的怜悯和仁慈，不肯开口说话；因为，相信我好了，赫斯特，尽管他将会从高位走下来，和你一起站在那里，站在你羞耻的台座上，可是那总比一辈子遮掩一颗犯罪的心，要好得多。你不肯开口，除了引诱他错上加错——是的，简直是助纣为虐——还会在罪孽上多一层虚伪，其他还会有什么好处吗？老天爷已经让你受到公开的耻辱，你就应该乘机当众克服你内心的罪恶以及外表的忧愁。你要明白，现在送到你唇边的酒，苦是苦，可益处多多——他也许没有勇气拿起来一口吞下——你却无论如何不能让他拒绝啊！”

这位青年牧师的声音，悦耳，丰富，深沉，时续时断，让人心颤。如此明白无误表达出来的感情，要比言辞中的直接含义更能在众人的心中引发回响，让听众产生一致的同情。就连赫斯特怀里的小婴儿也受到了同样的感染；因为小家伙向来茫然的目光这时转向了迪梅斯戴尔先生，小胳膊抬起来一些，发出半喜半忧的咿呀声。这位牧师的规劝听起来很有说服力，人们不能不相信赫斯特·普林一定会说出那个罪人的名字；要不然，那个罪人本人不管处在高位还是低位，也一定会出于内心难以遏止的需要而迫不得已，来到这个绞刑架台边。

赫斯特摇了摇头。

“女人哪，切不可越过老天爷慈悲的限度啊！”牧师威尔逊先生喊叫起来，声音比刚才严厉许多。“那个生来就会咿呀学语的小婴儿，都赞同和肯定你所听见的规劝了。说出那个名字来吧！只要说出来，你再表示忏悔，就有可能取下你胸前那个红字了。”

“决不说！”赫斯特·普林回答说，没有再看威尔逊先生，却看向那个更年轻的牧师那两只深沉而忧虑的眼睛。“这红字已经深深地烙下了。你们取不掉的。但愿我能忍受他的痛苦，也忍受得了我的痛苦！”

“说吧，女人！”又有人喊叫起来，声音冰冷而无情，是从绞刑台周围的人群中发出来的。“说吧；让你的孩子有个父亲吧！”

“我不会说的！”赫斯特回答说，脸色变得像死人一样，但是对这个声音仍然做出回应，因为她对这个声音再熟悉不过了。“我的孩子一定会找到一个走入天堂的父亲；她永远不会知道一个人世间的父亲了！”

“她不会说出来的！”迪梅斯戴尔牧师嘟哝说，倾靠在露台上，手放在心脏上，一直在等待他规劝的结果。他现在仰身站起，长长地呼吸一口气。“女人的心真是充满了惊人的力量和宽宏啊！她不会说出来的！”

这年纪较长的牧师早已对这个场合做了精心准备，看出来这个可怜的罪人的心灵处在难以开导的状态，便转而对群众发表了一篇关于罪恶的讲话，不仅谈论到罪恶的种种支脉，而且不断提及那个耻辱的字母。他不厌其烦地大谈特谈这个标志，在一个多小时里，他的喋喋不休在人们的头上滚过一遍又一遍，在人们的想象中激起了新的恐惧，好像用地狱深坑的火焰把那标记浸染成了殷红色。与此同时，赫斯特·普林一直站在那蒙羞的绞刑架台上，眼睛炯炯有神，一副疲惫的漠然的样子。那个早上，她承受了造化所能承受的一切；而且因为她的生性不同凡响，没有一下子昏厥而躲过不堪承受的折磨，她的精神只能在磐石般的无感觉的硬壳下面寻求掩护，而肉体生命的各种机能仍然保持完好。在这种状态中，那个说教者的声音在无情地轰隆隆作响，却在她耳边没有什么作用。那个婴儿，在普林饱受煎熬的后一段时间，大哭大叫起来，响彻天空；普林机械地努力让婴儿停止哭叫，可是看样子她对婴儿的哭叫没有心疼。还是那种宁折不弯的样子，她被带回了牢房，从公众眼里走出去，关进了牢狱的大头铁钉镶嵌的大门里。那些目送她的人们窃窃私语，说那个红字射出一缕火红的光芒，沿着牢狱里黑黢黢的通道在闪亮。

四　会见

赫斯特·普林返回牢里，一下子进入一种神经兴奋的状态，需要一刻不停的看护，否则她会对自己乱掐乱打，或者会对那个可怜的婴儿做出一些丧失神智的行径。夜晚到来的时候，看样子不可能仅靠呵斥和威胁的惩罚让她平静下来，乖乖听话，狱吏布拉克特先生认为请一位医生来看看比较稳妥。他把医生看作是一个具备技术的人，对所有基督教的医学科目精通，对野蛮人关于森林里生长的药草和根茎那些知识也得了解。说句实话，不仅是赫斯特·普林本人，更当紧的是那个孩子，非常需要职业医生的医治；那个婴儿一直从母亲的乳房里吮吸养分，好像连同所有的混乱、痛苦和绝望也一并吮吸下去了。小东西现在遭受着痛苦的痉挛的折磨，她那小小躯壳儿，成了赫斯特·普林一整天经受过的精神痛苦的活生生的版本。

紧跟在那个狱吏身后走进阴暗的牢房，露面的是那个样子非常个别的人，他当时挤在人群中，让佩戴红字的人一直对他怀有很大的兴趣。他被安置在牢狱里住下，不是因为怀疑他犯下了什么罪过，只是这样处置他最方便，最合适，单等行政长官们和印第安的部落酋长对他的赎身有个说法。他的名字据说叫罗杰·奇林沃思。狱吏把他领进牢房，逗留一会儿，对他进来后牢房里出现的相对安静感到惊奇；因为赫斯特·普林立即变得死一般平静，只有那个孩子还在不停地呻吟。

“朋友，请把病人单独交给我吧，”医生说。“相信我，好心的狱吏，你这牢房里很快就会相安无事的；而且，我向你保证，普林夫人从此以后会完全服从监狱里的公正的管制，一定不会再有你先前看见她的那种表现了。”

“好啊，要是阁下能做到这一步，”布拉克特狱长回答说，“那我肯定会把你看作道行很深的人！一点没错，这个女人完全像一个中邪的人；能用的手段都用过了，只差叫人来用鞭子把她身上的邪气抽出来了。”

这个外乡人走进牢房时带着职业应有的那种冷静，与他自称医生的身份很相称。狱吏退出牢房后，他和那女人面对面相见，样子依然没有变化，因为她当时对人群中的他格外注意，已经暗示他与她之间有过非同寻常的关系。他首先对孩子进行检查；不用说，那个孩子躺在脚轮矮床上扭来扭去，哭声吵人，也无法让人断然扔下别的事情，专心来安慰普林。他细心地检查那个婴儿，接着从他的衣服下边取出一个皮夹子，打开。那里边看样子装着药物，他取出一些和水搅拌在一起。

“我过去钻研过炼金术，”他说。“后来在对各种药用植物的性能很有研究的民族中间呆过一年多，这让我成了一个更有造诣的医生，比许多有学位的医生强许多。看看，女人家！这孩子是你的——她可不是我的——她也不会把我的声音当成一个父亲的声音。所以，你亲自动手把这药喂下去吧。”

赫斯特·普林推开递过来的药，同时带着强烈的焦虑之色注视着医生的脸。

“难道你要拿这个无辜的孩子进行报复吗？”她小声说。

“糊涂的女人家！”医生回答说，一种不冷不热的口吻。“我怎么会对这个错误出生的可怜孩子进行伤害呢？这药品很灵；要是这是我的孩子——没错，我自己的，也是你自己的——我也只能给孩子吃这种药。”

她仍然在犹豫，实际上，此刻正处于一种不知如何是好的心境，他把婴儿抱在自己怀里，亲手把药喂了下去。很快，药见效了，医生的话是真的。小病人的呻吟声平息了；她的痉挛抽动也渐渐地停止了；而且，几分钟过去，如同小孩子家疼痛过后常有的习惯，小家伙进入一种深沉而舒服的睡眠。这位医生呢，这下可谓名副其实了，接着开始照料那位母亲。他平静地极为仔细地给她号脉，端详她的眼睛——这一打量让她心沉，心颤，因为这种打量是那么熟悉，又是那么陌生和冰冷——最后，对这番审查感到心满意足了，才着手调制另一副药剂。

“我不知道‘忘河[①]’，也不知道‘忘忧药[②]’，”他说；“可是我在蛮荒之地学到了许多新的秘密，这里用的就是一种——印第安人教给我的一种配方，是我用自己的一些学问，比如帕拉切尔苏斯[③]传授的古老的知识，换得的。喝下去吧！这药比起一颗无罪的良心，也许医治效果不够明显。可是我无法给你一颗无罪的良心。不管怎样，这药可以让你起伏不定的情绪平静下来，好比把油泼在大风暴的大海的浪涛上。”

他把杯子递给赫斯特，她接了过去，眼睛缓缓地诚挚地看着他的脸；确切地说不是一种害怕的眼神，但是充满了怀疑与询问，对他到底是什么用意一时看不明白。她又看了看自己熟睡的孩子。

“我想到过死，”她说——“希望一死了之——甚至祈祷过死，如果我还可以像祈祷其他任何事情的话。但是，如果死亡就在这杯子里，我请你再想一想，然后你看着我一口喝下去。看见了吧！这杯子现在就在我的嘴边了。”

“那就喝吧，”他回答说，仍然像刚才一样冷静，不为所动。“你对我了解得太少了吧，赫斯特·普林？我的用意会如此浅薄吗？就算我

---

①希腊神话中的一条河，人喝了河里的水，可以忘掉过去。

②希腊神话传说中的一种药。

③帕拉切尔苏斯（1493—1541），瑞士医师、炼金家，发现并使用多种化学新药，促进了药物化学的发展，对现代医学作出了贡献，著有《外科大全》以及关于梅毒的论文。

想出了一套报复计划，还有比让你活着更能达到目的吗？——给你药吃，消除伤害，避免生命危险，不是更好吗？——这样一来，这个火烧火燎的耻辱就可以一直在你胸前燃烧了吧？”他说话当儿，把长长的食指放在那个红字上，这下那个字母，仿佛它就已经烧得通红，好像会把赫斯特的胸口烤焦。他注意到她不由自主的样子，微笑起来。“所以，好好活着，承受你的命运吧，面对男男女女的目光——面对你称之为丈夫的目光——面对那个孩子的目光！为了你可以活下去，把这剂药喝下去吧。”

没有更多的忠告，没有延宕，赫斯特·普林把杯子里的药喝下去，在那个有医术的人的示意下，她坐在了那个孩子正在睡觉的床上；随后，他把牢房里唯一一把椅子拉过来，在她身边坐下来。在这些准备活动进行时，她不由得浑身哆嗦起来；因为，她觉得——现在把应有的人道，或者原则，或者也可以说是一种加工过的残忍，为了减轻肉体上的痛苦，他不得不一一履行——他接下来要以一个受她伤害最深、深得难以治愈的男人的身份，好好对待她了。

“赫斯特，”他说。“你掉进这个深坑，或者可以说走上耻辱的绞刑架台上，我不会追问你究竟怎么回事儿，到底怎么发生的。理由是不用深究的。那是我犯了糊涂，你又有软弱之处。我呢——一个有思想的人——一只钻在书堆里的书虫子——一个已经腐朽的人，花费了我的大好年华去满足对知识的渴求——像你那样的青春和美丽，我哪能消受得了啊！从我出生的时刻起，我就不该想入非非，以为知识的天赋可以在年轻姑娘的幻想中遮掩肉体上的缺陷！人们说我很有智慧。如果智慧的人料理自己的事情有过什么先见之明，那我早已应该看透这一切了。我本该知道，我走出那辽阔的可怕的森林，走进这基督教徒居住的殖民地，我两眼首先看到的东西就是你本人，赫斯特·普林，一个耻

罗杰·奇林沃思

辱的雕像，正站在众人面前。是的，我们，一对新婚夫妇，一起走下古老的教堂的台阶，从那个时刻起，我就应该看到我们通道的尽头，那个红字的大火焰在熊熊燃烧！”

“你知道，”赫斯特开口了——因为她虽然压抑到这种地步，可是她还是不能忍受向她的耻辱的标志悄悄刺来的这一刀——“你知道我对你毫无保留。我没有感觉到爱情，也没有假装样子。”

“没错，”他回答说。“都是我糊涂啊！我说过这话了。不过，直到我生活的那个难忘时期，我都是白活在人世间的。这世界原来这么了无生气！我的心是一块偌大的栖居地，容得下很多客人，可是又孤独又寒冷，没有一眼居家的火炉。我渴望燃烧起一眼炉火！这似乎算不上一个不着边际的梦吧——我已有一把年纪，生性也郁郁寡欢，生得又体形不整——这种简单的幸福，到处都有，伸手可得，全人类都可以获得，当然也可以成为我的呀。所以，赫斯特，我把你吸入我的心里，吸入心胸的最深处，由于你在内心存在就能产生温暖，我凭借这种温暖就可以倾尽全力让你温暖。”

“我让你饱受痛苦了，”赫斯特咕哝说。

“我们彼此让对方受到伤害，”他回答说。“我让你受害在先，是我先辜负了你花朵一样的年华，和我的老迈之躯缔结了一种虚假而不自然的关系。所以，好歹我不是一个没有思想、空谈哲学的人，不会寻求报复，不会挖空心思对付你。你与我之间，一杆秤依然平衡，不高不低。不过，赫斯特，那个伤害我们两个的男人还活着！他是谁？”

“别问我！”赫斯特·普林回答说，直愣愣看着他的脸。“这点，你永远不会知道的！”

“你是说永远吗？”他立即接话说，脸上露出了一种阴暗的自以为得计的微笑。“永远不会知道他！相信我吧，赫斯特，很少有什么东西能永远瞒住——外部世界也好，无形的思想领域也罢，哪怕到了某种深度——只要有人把心操到，把心用到，非把一桩秘密弄明白不可，那就没有解不开的事情。你也许可以对那些打听究竟的人群保守秘密。你也许还可以对牧师和地方长官们保守秘密，像你今天做到的那样，他们很想从你心里把那名字挖出来，给你的耻辱台上找一个陪伴。可是，我不一样，我要依靠他们所不具备的官能追究到底。我要找出这个男人，如同我在书中寻求真理，又如同我利用炼金术寻找金子。同情之心，人皆有之，我因此能把他辨别出来。我会看见他浑身不自在。我自己也会浑身抖动，突然间就来了，事先没有一点意识。他迟早一定会落到我的手心里。”

这个满脸皱褶的学者的两眼瞪着赫斯特·普林，闪闪放光，她把两只手紧紧扣在胸间，生怕他立刻会把心中的秘密看出来。

“你不愿意把他的名字说出来吗？可他依然逃不出我的手心，”他接着说，一脸自信的神色，仿佛命运之神和他串通好了。“不像你，他衣服上没有缝缀上耻辱的字母，但是我可以在他的心上看见那个红字。不过用不着为他担心！不要认为我会搅乱老天爷亲自惩罚的方法，或者，我自己什么都得不到，让他落入人类法律的清算中。你也不要以为，我会动用什么手段要他的命；不会的，也不会损害他的名声，如果照我的判断他是个很有名声的人的话。让他好好活着吧！让他躲在表面的名誉背后吧，只要他做得到！可他还是逃不出我的手心！”

“你的种种行为好像是怜悯，”赫斯特说，感到不解和害怕。“可是你的话听起来让人不寒而栗啊！”

“你既然曾是我的妻子，我还要和你商量一件事情。”学者接着说。“你一直保守你的奸夫的秘密。同样，你也得替我保守秘密吧！这块土地上没有人认识我。不要告诉任何人你曾经把我称作你的丈夫！

在这里，就在这块土地蛮荒的外围，我会把我的帐篷搭起来；因为，在别的地方，我是一个浪迹天涯的人，和人类利害关系隔绝的人，而在这里，我找到一个女人，一个男人，一个孩子，在他们和我自己之间，存在着种种最亲近的恩怨。不管爱还是恨，也不管正当还是错误，赫斯特·普林，你和你这个人，都是属于我的！我的家就是你所在的地方，也是他所在的地方。可是，你别出卖我啊！”

“你这样做究竟要想得到什么呢？”赫斯特问，她不明白为什么受到这个秘密的约束，身子紧缩了一下。“你为什么不把自己的身份公开，马上把我抛弃了？”

“也许是因为，”他回答说。“我不愿意承担一个失节的女人的丈夫要蒙受的耻辱。也许还有别的理由。不过够了，我的目的是不管活着还是死了，都不让人知道真实身份。所以，要让世人知道你的丈夫已经死了，他已经杳无音信了。说话，打招呼，表情，都别把我当成你认识的人！更要紧的是，别把这个秘密告诉那个你知道的男人。如果你在这点上有负于我，那可要当心啊！他的名誉，他的地位，他的生命，统统捏在我的手心里。你可要当心啊！”

“我会为你保守秘密的，如同我为他守住秘密一样，”赫斯特说。

“发誓吧！”他紧追不舍。

随后，她发了誓。

“好的，普林夫人，”老罗杰·奇林沃思说，以后他就要以这个名字出现了。“我让你自己生活；带着你的婴儿自己生活，戴着那个红字自己生活！怎么样，赫斯特？你的判刑是要你戴着这个标记睡觉吗？你难道不害怕夜里做噩梦和坏梦吗？”

“你为什么对我微笑？”赫斯特询问，对他眼睛里的表情感到无所适从。“你真像那个在我们周围的林子里神出鬼没的‘黑男人’[①]吗？你是要引诱我钻入圈套，证明我的灵魂不可救药吗？”

“不是你的灵魂，”他回答说，再次微笑起来。“不是，不是你的！”

①魔鬼的信使或魔鬼本人。

五　赫斯特做针线

赫斯特·普林的拘留期这下到了。牢狱的大门被打开，她终于走到了阳光下，尽管阳光一如往常，可是对她病态的郁闷的心境来说，好像阳光别无他用，就是要把她胸前的那个红字暴露无遗。也许，她第一次没有人押送着走出牢狱的门坎儿，倒比前边所说的在众目睽睽之下更难熬，尽管她当时在当众受辱，所有的人都被召集来向她指指戳戳。当时，她能够顶得住，是因为她神经反常，绷得紧紧的，她性格中不服气的精力全力以赴，她才可能把那个场面转变为一次惨淡的胜利。还有，那是一个单个的孤立的事件，她一生中只发生了一次，因此她可以不管三七二十一，调动起足以应付许多平静岁月的生命力量，去迎接那次耻辱。那惩罚她的法律——一个铁面无私的巨人，在它的铁腕里，既有支持的活力量，也有消灭的力量——当初把她稳稳托住，让她度过了她当众受辱的可怕的煎熬。但是现在，这次没有人押解走出牢狱的大门，是要开始日复一日的生活；她必须凭借她天生的普通的资力维持日常生活，把日子过下去，要不就会掉下生活的底层。她不能再向未来借支，帮助她渡过当前的苦难。明天自有明天的考验需要对付；下一个明天也只会如此，下下一个明天也不会例外；每天的考验都不尽相同，可是非常相同的是那么难以言说的苦楚，简直不堪承受。遥远的未来日子一个接一个，要一个个熬过去，还有同样的负担她要接受，而且一直承担下去，永远不能撂下；一天天的日子，一年年的岁月，会在耻辱的重负上增加它们的痛苦。她要打发所有的岁月，丢掉她的个人特征，成为讲道士和卫道士可以随意拿来说事的通用标志，他们可以借此生动地具体地述说女人脆弱而罪恶的情欲的形象。他们会如此这般地让年轻的纯洁的人对她另眼相看，红字的火焰在她胸前燃烧——另眼看待她这个体面父母生养的孩子——另眼看待她这个有朝一日也将成为一个女人的婴儿的母亲——另眼看待她这个曾经清白的女人——那样子，那身子，那存在，都是罪恶的标志。而且，她必须带进坟墓的耻辱，会成为她坟墓上唯一的墓碑。

也许看来令人不可思议的是，她面前的世界很大——她的判决没有严格要求她留在清教徒殖民地那么辽阔、那么不着边际的界限之内——她可以自由地返回她的出生地，或者前往任何其他欧洲国家，在那里隐姓埋名，以新的面貌出现，脱胎换骨，仿佛换了一个人似的——她还可以穿过向她敞开的阴暗而纵深的森林地带去生活，她不受拘束的本性也许和那里的民族可以相容，因为他们的风俗和生活与宣判她有罪的法律格格不入——也许看来令人费解的是，这个女人仍然把那个地方当作她的家，可那是一个唯一她必须充当羞耻的样板的地方啊。然而，有一种宿命，一种感情，挡也挡不住，避也避不开，具有决定命运的力量，总是逼迫人类停留在一个地方盘桓，如同幽灵一样出没，那里发生的一些重大的闻名的事件，给他们的终生涂上色彩；而且，越是舍不得离开，人生可悲的色彩就越是浓厚。她的罪过，她的耻辱，是她深深扎进土壤的根须。仿佛这是一次新生，比她第一次出生具有更强壮的融合力，把这所有别的移民和漂泊者还远远不习惯的森林地带，变成了赫斯特·普林荒蛮而冷清的家，却是终生的家。所有别的土地的光景——哪怕是英格兰乡下的那个村子，幸福的儿时和纯洁的少女时代都好像让母亲保管起来了，如同很久以前脱掉的衣服一样——在她看来都比较陌生了。把她紧紧拴在这里的链子，是铁做的，死死拴住了她最深处的灵魂，永远也挣脱不了了。

另外，也许是——无疑就是这么回事，尽管她把那个秘密隐藏起来，不管什么时候从她内心挣扎出来，像一条钻出洞来的蛇，她就会变得面色苍白——也许是另一种感情让她呆在那个与厄运息息相关的场景和小路上吧。在那里住着一个人，在那里有过一个人的脚步，她认为她自己和这个人联系在一起了，尽管世界上没有人认可，却会把他们一起带到最终的审判台前，把审判台变成他们的婚姻圣坛，共同对付没完没了的惩罚的未来世界。一次又一次，灵魂的引诱者把这个念头塞进赫斯特的思绪里，嘲笑她竟然抓住这种热烈而疯狂的欢乐，然后又竭力逼迫她抛弃这种欢乐。她几乎不敢直面这个念头，来不及审视便把它匆匆埋进了土牢里。她强迫自己所信仰的——她得出结论，她最终之所以继续居住在新英格兰的动机——一半是真情，一半是自我欺骗。她对自己说，这里是她犯下罪孽的地方，那么这里也应该是她接受人世惩罚的地方；这样，她每天受辱的折磨也许会最终把她的灵魂清洗干净，造就另一个她已经失去的纯洁之躯，而且因为甘受苦难，修成正果，这纯洁之躯更接近圣体。

赫斯特·普林因此没有逃离。在这座城市的郊外，在这半岛的边缘地带，却远离所有别的居住地，有一座小小的茅屋。这是较早的移民修建的，后来被抛弃了，因为周遭的土地十分贫瘠，无法耕种，加上它的地理位置比较远，难以接近那个已经形成移民生活习俗的社会活动的范围。这小屋位于海岸边，面向大海的港湾，向西边可以看见森林覆盖的丛山。一片低矮的树木，也是半岛上仅有的一片树木，并没有把小茅屋完全隐藏起来，好像就是要人看出来这里有什么东西，情愿被隐藏起来，或者至少应该被遮挡起来。在这个寂寞的小茅屋里，有几样她使用的简陋的东西，得到了一直监视她的地方长官的准许，赫斯特带着她幼小的孩子，住了下来。一种怀疑的阴影也接踵而来，笼罩了这个地方。孩子们因为年龄很小，不明白这个女人应该关闭在人类活动的范围之外，会悄悄走过来，观看她在小茅屋的窗户边穿针引线，站在门口干活儿，在小花园里劳作，在通向城市的小路上走动。他们看清楚了她胸前那个红字，便会产生奇怪的相互感染的恐惧，一哄而散。

赫斯特的环境很孤独，世上没有一个朋友来露面，可是她也没有出现没吃没喝的危机。她拥有一门好艺术，尽管生活在一块活动余地相对狭小的土地上，却足可以让正在成长的婴儿和自己有吃有喝。这门艺术——当时和现在一样，几乎是女人唯一可以掌握的技艺——便是针线活儿的手艺。她戴在胸前的那个刺绣得非常巧妙的字母，是一个技术精细而富于想象力的标本，连宫廷里的贵妇人也喜欢亲自学会这门手艺，在她们的锦绣配金的质地上刺绣出更丰富更崇高的人类造诣的装饰。的确，在这个地方，深暗的素色是清教徒衣服样式的主要特点，她刺绣的精美物件也许很少有人索要。但是，时代的趣味，不管需求什么，都倾向这种精细的做工，不会不对我们的刻板的祖先们产生影响，因为他们毕竟抛弃了许多好像很难废除的时尚之物。公众的庆贺典礼，比如圣职任命活动啦，地方长官就任仪式啦，以及新一届政府向民众证明自身权威的所有形式啦，都像在执行一项政策，具有一种庄严而有序的仪式，一种阴沉而故意的庄严。深折的绉领，苦心制作的飘带，以及刺绣华丽的手套，全都被认为是有官位的人炫耀权柄的必需品；就是有身份有财富作后盾的个人也随时能得到允许，享有这些威仪之物，哪怕杜绝浪费的法律禁止平民阶层进行这些活动和大同小异的铺张浪费也无妨。还有丧事的服装——不管是尸体的衣衾，还是活人致哀的黑色丧服和白色披麻上的多种象征性花样——也都往往离不开个性鲜明的需求，这样的劳作正是赫斯特·普林所能提供的。就是婴儿的衣服——那时的婴儿身穿很有样子的袍子——也不乏这样劳作和挣钱的机会。

渐渐地，却不算很慢，她的工艺品成了现在称之为时尚的物件。或许因为对这样命苦的一个女人产生了同情；或许因为那种病态的好奇心凭空高估了普通甚至不值钱的东西；或许因为和现在屡见不鲜的情况一样，当时另有隐情让一些人知道了，另一些人却蒙在鼓里；或许因为赫斯特真的填补了一种她不做就没有别人做的空隙；不管因为什么吧，反正她根据情况能做多少小时针线活儿，就能随时找到活儿挣来工钱。也许虚荣心就是要抑制自身，才会穿上她的两只有罪的手缝制的礼服，参加隆重而庄严的典礼吧。总督的领子上看得见她的针线活儿；军人佩戴的绶带上看得见她的针线活儿；牧师款领带上看得见她的针线活儿；婴儿的小帽子饰物上看得见她的针线活儿；死者的棺椁上看得见将会在地下霉烂腐败的她的针线活儿。但是，根据记载却没有一例表明，她的针线活儿曾用来点缀过覆盖新娘纯洁的红扑扑的面颊的白纱。这一例外表明社会对她的罪过感到厌恶，一直如鲠在喉。

赫斯特别无他求，只求维持生计，过着粗茶淡饭苦行僧般的生活，对自己严格要求，只让孩子吃喝用度多少丰富一点。她自己的穿戴是最粗糙的布料缝制的，一身青色，素得不能再素；只有一件装饰物——红字——却是她命中注定要戴的。在孩子的穿戴方面呢，情况不同，明显看得出一种很有想象力的新颖，或者，我们可以换个说法，一种别出心裁的独创，这样的奇装异服的确为小姑娘家早期显露出来的那种空灵可爱增色不少，但是细细看去却也不乏更深的韵味。关于这点，我们以后还要谈到。除了在孩子身上打扮一下，付出一笔小小的费用，赫斯特把她所有的剩余钱财都用来接济别人，接济比自己更苦的人，尽管这些人经常侮辱接济他们的人。许多她本来可以用来提高手艺的时间，却都用来为穷人缝制粗糙布料的衣服。也许有一种忏悔的理念贯穿在这样的劳作中，她因此的确牺牲了许多快乐，把许多时间都用来做这样粗

赫斯特做针线

针大线的针线活儿了。她本质上生就一种丰富的、妖冶的、东方人的东西——一种追求华丽之美的趣味，只有体现在奇巧的针线活计中，在她生活所有可能出现的机遇中，再没有别处可以展现了。女人从精致的穿针引线中获得的愉悦，是男性不能理解的。对赫斯特·普林来说，针线活儿就是一种表达她生命情欲的方式，并且从中得到慰藉。如同所有别的欢乐，她把针线活儿带来的愉悦当作一种罪孽加以拒绝。这种没有实质内容的病态的良心扭曲，恐怕算不上真正的坚定的忏悔，只是某种值得怀疑的东西，某种在深层产生错误的东西。

依靠这种态度，赫斯特·普林在这个世界总算找到了一个角色。她性格中有与生俱来的精力，才能又出众，这人世间不可能把她全然抛弃，虽然已经给她戴上了一个标志，而且这个标志比起该隐[①]额头那个烙印，更让一个女人不堪承受。但是，在与社会的所有交往中，还没有发生什么事情让她感觉到她是属于人世间的。每个手势，每句话，甚至她接触的那些人的沉默，都往往意味深长，表明她是被抛弃的，非常孤独，仿佛她居住在另一个星球，和一般人交往是通过别的感官和感觉，而不是人类的器官。她远离道德的利害关系，却总躲不开道德的利害关系，如同一个幽灵返回熟悉的壁炉边，再也不能让自己显身；再没有与家人欢聚的微笑，再没有与亲戚同悲的哀悼；或者，一旦这世界连续表示它被禁止的同情，那也只能唤醒恐怖和可怕的反感。这些情绪，实际上，以及人世间最刻毒的蔑视，似乎就是她在众人心里保留的唯一份额了。这不是一个体贴的时代；她的身份，尽管她心里很清楚，而且无论如何也不会忘记，仍然常常因为有人狠狠地触碰最娇嫩的痛点，让她历历在目，看得无比清楚，如同一处新的伤疤。我们前面已经讲过，那些

① 《圣经》中亚当的长子，因杀害自己的弟弟而获罪。

穷人，尽管她把他们当作接济的对象，他们却经常荼毒那只向他们伸出去救助的手。有身份的贵妇人呢，也好不到哪里去，她因为承接针线活儿走进她们的家门，她们便习惯性地向她的心口洒下苦涩的点点毒汁；有时她们像配制仙丹一样暗中把毒素组合出来，靠这一招女人能把琐碎小事配制出杀人不见血的毒药；有时她们出口伤人，在受难人毫无防范的心口当胸一击，如同在一个溃烂的伤口上粗暴地捶了一下。赫斯特长期磨练自己，已经刀枪不入了；她对这些伤害从不回应，只是她那苍白的脸颊会不由自主地泛起一片红晕，随后又沉入她内心的深处。她忍受得了——确实是一个殉道者——但是她绝不为敌人祈祷；她害怕，虽然她有宽恕的胸怀，可是祝福的话语不听使唤，一出口会变成一种诅咒。

持续不断，方式方法成千上万，她感觉到了伤痛带来无以数计的刺痛，这就是清教徒法庭费尽心机为她设计出来的无休止的、永远活跃的刑罚。牧师们站在大街上进行劝解教导，立即会招来围观的人群，把这个可怜的有罪的女人团团围住，有的耻笑，有的皱眉。倘若她走进教堂，满以为可以分享宇宙之父①的安息日的微笑，却往往遭逢不幸，发现自己成了借题发挥的例子。她渐渐对孩童害怕起来；因为他们从父母亲那里获得一种模糊的观念，感觉这个讨厌的女人身上有些可怕的东西，瞧她总是悄悄穿过城市，从来没有一个人陪伴，只领着一个孩子。所以，让她先过去之后，他们会远远地尾随其后，尖声喊叫，说出口的词语在他们的脑子里没有清晰的含义，但是对她来说却照样可怕，因为那些无意识中喋喋不休的小嘴唇总不消停。那听起来好像在说明，她的耻辱已经妇孺皆知，整个大自然都知道了；倘若连树叶都在窃窃私语这

---

①这里当指上帝。

个黑色的故事——倘若连夏天的轻风也在喁喁细语这个黑色的故事——倘若连冬季的寒风还在高声呼叫这个黑色的故事，那也不会给她造成比孩童的喊叫更深的刺痛。一种新的目光细细打量一次，她就会感到一次特别的折磨。当陌生人好奇地打量那个红字时——没有一个陌生人会视而不见——他们在把那红字重新往赫斯特的灵魂里烙烫一次；所以，她经常情不自禁地用手遮挡那个标志，却又总是想管住那只手。然而，后来，连习惯的眼神也同样让她饱受煎熬了。那种熟人投来的冷冰冰的注视难以忍受。自始至终，长话短说，赫斯特·普林总是有这种可怕的担忧，觉得人的眼神在盯着那个标志；那个地方永远不会长起厚皮；恰恰相反，那个地方在每天的折磨中变得更加皮薄肉嫩了。

然而有时候，许多天中有一次，或者许多个月中有一次，她感觉到一种眼神——一种富有人情的眼神——注视那个耻辱的烙印时，好像带来了短暂的宽慰，仿佛分担了一半她的痛苦。紧接着，痛苦又统统涌回来，随之而来的是更加深层的刺痛；因为，在那短暂的间歇中，她已经犯下新的罪过。是赫斯特一个人犯下罪孽的吗？

她的想象力受到了一些影响，而且，如果她过去具有比较软弱的道德和智力性格的话，那么由于她生活中出现陌生而孤独的痛苦，现在就更是如此了。来来去去，走的都是孤独的脚步，置身这个她同外界接触的狭小的世界里，赫斯特时不时看见——哪怕统统是幻想，却十分强大，不可抗拒——或者感觉或者幻觉，那个红字已经赋予了新的意义。她因相信而颤抖，可又不能不相信，那个红字让她欣慰地认识到，别人心里也隐藏着罪恶。一次又一次，揭示就这样出现了，她因此感到恐惧。它们究竟是些什么呢？它们只是那个可恶的天使在用心险恶地搬弄是非吗？这个坏东西莫非在开导她这个苦苦挣扎的女人，不顾已经把她坑害得半死，还要她明白，纯洁的外皮之下都是谎言吗？还要她明白，如果真相遍地可见的话，除了她赫斯特·普林胸前的红字，许多人的胸前都会有一个红字在闪烁吗？抑或，她必须接受这些揭示——模糊不清也罢，明白无误也罢——当作真相接受吗？她的一切痛苦经历中，这种意识比什么都可怕，比什么都可恶。这让她迷惑，也让她震惊，各种场合中不管多么不合时宜，这种意识都会呈现得活生生的。有时，她正从某个可敬的牧师或者地方长官的身边走过，他们都是虔诚和公正的楷模，古风可敬的时代都体现在他们身上，是可以和天使相提并论的人物，可她胸前的那个耻辱的标志却会令人欣慰地让她跳动一下。“什么邪恶的东西近在咫尺呢？”赫斯特会追问自己。她很不情愿地抬起眼睛，眼前却看不见什么人物，只有现世中的这种圣人的身影！还有，她正好遭遇了某个太太道貌岸然的冷脸，按照众口一致的传说，这位太太一辈子都在胸口装着冰冷的雪，可一种神秘的姐妹相称之感却会油然而生。这位太太胸口里不见阳光的冰雪，与赫斯特·普林胸前燃烧的耻辱，两者之间莫非有什么共同之处吗？或者，那种过电般的麻嗖嗖的感觉会又一次让她温暖——“瞧瞧，赫斯特，这里就是一个伙伴啊！”——随后，抬头看去，她会察觉一个少女的眼睛正在偷看那个红字，悄没声地侧目而视，又迅速避开，脸颊立时露出淡淡的冷冷的红晕，仿佛这么一瞬间的窥视，她的纯洁便或多或少地被玷辱了。啊，恶魔，你的护符就是那个要命的标志，你真的不在年轻人或者老年人身上，留下点什么东西，让这个可怜的罪人加以尊敬吗？——这样把信仰失去，是罪孽造成的最可悲的结果啊。这个因为自身的脆弱和男人的无情法律而成为可怜的牺牲品的女人，从人们的接受程度可以证明，她还没有整个腐败，因为赫斯特·普林还在努力相信同胞中谁都不像她自己一样有罪。

在那些悲哀的古老时代，俗人们总是把他们想象力中所感兴趣的东西，赋予一种匪夷所思的恐怖，于是把这个红字编造出一个故事，我们也就巴不得再把它杜撰成一个传说。他们真的相信，那个标志不仅仅是一块红布，在染缸里浸染过而已，而是由地狱的大火烧红的，只要赫斯特·普林在夜间走动，它就会闪闪发光。我们必须说，它把赫斯特的胸口深深地灼伤了，也许传说中包含着更多的真相，是我们现代人的怀疑态度不可能接受那么多的。

六　波儿

我们还没有好好交代一下波儿呢；那个小家伙，她那清白的生命，得到莫测高深的天意的眷顾，绽放出一朵可爱的不朽的花朵，一种罪恶激情的沃土栽种出来的花朵。这个苦命的女人，看着小孩长大，看着每天都更加灿烂的美丽，看着在这孩子小小五官间抛撒闪烁的阳光的才智，觉得是那么不可思议！她的波儿啊！——赫斯特·普林就是这么叫她的；叫这个名字不是针对她的长相，因为她的长相不像这个名字所暗示的一样平静、清白、水光光的。她把这个婴儿叫成“波儿”是因为千金难得——是倾其所有才买到手的——是做母亲的唯一财宝！多么不可思议，没错！人们标明这个女人有罪在身用了一个红字，这个红字如有魔力一般带来灾难性打击，除了和她自己一样有罪在身的人，没有谁会对她表示同情。人们这样惩罚她的直接结果，便是上帝送给她一个可爱的孩子，小家伙在同一个受辱的怀抱中生长，把她母亲永久地与世人的种族和后代联系起来，而且最终会成为天堂里享福的灵魂！不过，这些念想并没有让赫斯特·普林希望更多，倒是担忧更多。她知道她的行为犯下了罪过；她因此相信犯罪的结果不会好。日复一日，她忧心忡忡地审视这孩子正在展现的秉性，一直害怕看出来一些阴暗的野性的特质，是和孕育她的那桩罪孽一脉相承的。

当然，她的生理上没有缺陷。长相完美，活泼好动，小胳膊小腿生来灵巧轻便，这个婴儿很配在伊甸园里养大成人；很配留在那里，和天使们一块儿玩耍，哪怕人世间第一对父母被赶了出来。这孩子生来就有一种优雅，却不一定与没有缺憾的美一同存在；她穿在身上的衣服，不管多么俭朴，总是让旁观者过目难忘，仿佛那种服装就只有她能穿才做出来的。不过，小波儿不穿乡下衣服。她的母亲，出于一种以后会更加明白的病态的目的，购置能够得到的最好的布料，让她的想象才能充分发挥出来，在孩子的衣服上巧做剪裁，精心装饰，在公众的眼前展示。这样穿戴起来，这个小人儿真是抢眼极了，这也正是波儿自身本色美的光彩，在这些也许会让可爱之处黯然失色的华丽的外衣衬托下焕发出来，在暗淡的小屋地板上，她身边有一圈流光历历在目。话说回来，就是换一身土里土气的衣服，哪怕因为孩子在泥土里玩耍弄得又破又脏，一穿到她身上就如画儿一样相得益彰。波儿的举止融入了一种无限变化的魅力；在这一个孩子身上折射出许许多多孩子的影子，既有农家婴儿的那种野花的艳丽，也有千金小姐的那种小小的华贵。但是，在这一切之外，更有激情奔放的一面，一种色彩的深度，是她永远不会失去的；倘若她长大成人的过程中，变得比较软弱，比较苍白，那她也就不是她自己了——那也就不再是波儿了。

这种外表的多姿多彩，就是她内在生命的体现，是她内在生命再好不过的说明。她的天性看起来也颇具深度，如同不乏多姿多彩一样；不过——要不然是赫斯特的种种惧怕欺骗了她——她的天性与她出生的那个世界缺乏联系和适应。这个孩子对清规戒律总是不能顺从。让她存在于世，一条大戒律便随之破坏了；结果这生命的成分也许美丽而辉煌，但是所有的成分都乱了套；或者，这些成分有它们自己的秩序，那个变化和排列的点在它们中间寻找起来却很困难，或者不可能找到。赫斯特揣摩这个孩子的性格——真的具体说来却又是模糊不清，丢三落四——只能凭记忆，想一想波儿从精神世界汲取灵魂、从物质世界汲取肉体的那些重大时刻，她自己又是什么样的情形。做母亲的充满热情的状态是媒介，婴儿的道德生命的光线就是通过这个媒介传送给未出生的婴儿的；不管那些光线原来是多么清白和清澈，都会深深地浸染上红色和金色、火色、玄色，以及干扰物质的未减弱的亮色。最要紧的是，赫斯特的精气神儿，在那个重大时刻，侵入了波儿的灵肉。她从波儿身上辨认出了野性、刚烈、挑战的气质，辨认出了她奔放的脾性以及一些她内心郁结的犹豫和沮丧的云块。它们现在由于小孩子性格中的那种朝霞而变得鲜亮起来，然而在日后人世间的生活中，却又很容易酝酿出暴风雨和旋风。

在那时候，家庭的管束可比现在严格多了。给脸色看、严厉的呵斥以及经书上极力主张的经常动用棍子进行管教，是家常便饭，不仅用来惩罚孩子犯下的过错，而且当作有益的管理办法，帮助孩子成长，促进孩子学好上进。然而，赫斯特·普林是这孩子的单身母亲，极少动用过分的严厉措施在这方面犯错误。不管自己的错误和不幸怎样，她还是引以为戒，对这个由她来负责的小生命早早地使用温情，却不失严厉的控制。可是，这差事她做起来并不顺手。笑脸和冷脸多次使用过之后，赫斯特最终不得不靠边站，听任这孩子按自己的性子发展了。肉体上的强制和管束，当然，在施行中是管用的。至于其他管束办法，不管针对她的脑子还是心胸，小波儿也许会听，也许不会听，要看管教她的那会儿她高兴不高兴了。波儿还是怀抱里的婴儿时，她的母亲就渐渐熟悉了她的一种特别的神情，她一看到这种神情，就明白一切都是徒劳的，坚持、规劝和乞求，都是没有用的。那是一种非常富有才智的神色，却很难说得具体，是那么倔强，有时那么歹毒，可一般说来又伴随着一种野性的精神流动，赫斯特在这种时候由不得暗自发问，波儿到底是不是一个人类的孩子。她倒好像一个快活的精灵，在小茅屋的地板上玩一会儿想入非非的游戏后，调皮地一笑，转身不见了踪影。每当她那两只野性的乌黑发亮的眼睛出现这种神色时，就会让她给人一种奇怪的远在天边、不可触摸的感觉；仿佛她在天空翱翔，可能转眼消失，如同一缕闪烁的光线，不知从何处来，不知到何处去。看着这样的情景，赫斯特忍不住会向那孩子奔过去——追逐那十之有九会开始奔跑的小精灵——一把把她揽在怀里，抱得紧紧的，一口接一口狠狠地亲着——不仅因为热情洋溢的爱，还因她要让自己相信波儿是有血有肉的，不是纯粹的幻觉。可是，波儿被揽在怀中时发出咯咯的笑声，尽管满是快活和音乐，却让做母亲的比先前更加怀疑了。

这种令人迷惑的、难以理解的魔力一次又一次出现在赫斯特和她唯一的宝贝之间，那是她付出昂贵代价才买来的，已成了她的整个世界，她自己因此感到心痛，有时突然就纵情大哭起来。这时，也许——因为很难断定哭声是怎样影响波儿的——波儿会蹙紧眉头，把小拳头攥得紧紧的，把小五官阴沉下来，变成了一张凛然不可侵犯的生气的小脸。有时候，她会重新大笑起来，笑声比先前还大，如同一件对人类的忧愁无知无觉的东西。或者——不过这种情形不经常发生——她会悲从中来，难受得哭起来，断断续续哭诉对母亲的爱，哭得那样心碎，好像要证明她有心肝。然而，赫斯特对这种突如其来的柔情，很难心安理得地接受；它来得猛，去得也快。桩桩件件想着这些事情，做母亲的觉得像是在唤醒一个精灵，可是，在实行魔法的过程中没有遵循规则，便没有得到那句关键咒语，无法控制这全新的难以捉摸的机灵劲儿。只有这孩子躺下来平静地入睡，她才能真正舒心起来。这时，她彻底放心下来，得到几小时酣畅的、安静的、甜美的幸福；直到波儿醒来——也许她刚刚抬起那小眼皮儿，那种倔强的表情在闪耀了吧。

多么快呀——快得不可思议，真的！——波儿转眼到了能够和社会交往的年龄，不只是看看母亲常挂在脸上的笑容，听听母亲的反复唠叨！如果赫斯特·普林能够听见波儿清脆的鸟鸣般的声音，和别的孩子喧闹声混合在一起，那是多么幸福的时刻啊！如果她能够在一群嬉戏玩耍的孩子乱喊乱叫中，听出她自己乖乖宝贝的声音，那又是多么幸福的时刻啊！然而，这是不可能的。波儿生下来就被排斥在婴儿世界之外了。她生来就是邪恶的小鬼，就是罪孽的标徽和产品，没有权利呆在施洗礼的婴儿中间。看起来，什么都没有本能更神通广大，这孩子靠本能便领略到了她的孤独；她领略到命运已经画出了一个不可逾越的圈子，把她团团围住了；长话短说吧，她领略到她的身份和别的孩子的身份是完完全全两回事儿。自打赫斯特从牢狱里出来，她在公众场合露面就一直带着她。她在这城里走来走去，波儿也跟着走来走去；一开始在怀里抱着，后来成了小姑娘就带着，成了母亲的小陪伴，她的小手满把紧紧拽着母亲的食指，倒腾三四个小碎步才能跟上赫斯特一步。她看见殖民居住区的孩子们，有的在街边的草地上，有的在家户的门坎儿边，按照清教徒的教养所允许的一套东西，他们为图自己快活搞恶作剧，或者扮演上教堂的样子，或者扮演拷问贵格派教徒的把戏，或者假装和印第安人打仗剥头皮，或者卖弄巫术那一套玩意儿互相吓唬。波儿在一旁观看，而且看得很专心，但是从来没有主动上前套近乎。如果有孩子来搭话，她也不会回话。如果孩子在她周围纠集起来，一如他们经常干的，波儿会变得咄咄逼人，小小不言地发怒，捡起石头向他们扔去，一声接一声地尖声叫喊，让她母亲浑身发抖，因为她奶声奶气的尖叫和巫婆胡乱念叨的莫名其妙的咒语简直如出一辙。

事实上，那些小清教徒，因为从小出生在最不容人的小圈子里，在这母女俩身上隐约觉察出一些外来人的东西，不同俗世间的东西，和平常时兴的很不一样的东西；因此，他们从心里就看不起她们娘儿俩，经常出言不逊地辱骂她们娘儿俩。波儿感觉到了这种情绪，她便使出小孩子家心中能够酝酿出来的那种咬牙切齿的劲头对付他们。这些火辣辣的脾气一阵阵发泄出来，对做母亲的来说是有价值的，甚至感到欣慰；

因为这样的情绪中至少有一种可以理解的真诚，和小孩子家表现出来的那种常常让她奈何不得的或东或西的任性不是一回事儿。可是，这种情形也让她心惊肉跳，又一次看出来她自己身上存在的邪恶折射出来的影子。所有这种敌意和激情，波儿都从赫斯特的心里继承来了，这是不可剥夺的权利。母亲和女儿一起站在同一个与人类社会隔绝的圈子里；这个孩子的天性中，好像永久地吸收了这些不平静的元素，赫斯特·普林在波儿出生前曾经为这些元素心烦意乱，后来在母性温和的影响下才开始变得心平气静了。

在家里，呆在母亲的小茅屋里或者在周围活动，波儿并不想要一个广泛而多样的熟人圈子。生命的魔力从她那不断创造的精神中泄露出来，和成千上万个客观物体进行交流，如同一个火把一经点燃便会熊熊燃烧一样。就是全然了无生趣的东西——一根棍子啦，一团碎布啦，一朵花儿啦——都会成为波儿的巫术道具，而且，外表不需要任何改变，便会在精神上发生转变，为她内心世界的舞台上演戏剧所启用。她一个人稚声稚气的声音，可以为很多想象出来的角色说话，不管年老的还是年轻的。那些千年老松树，油黑，庄重，在风中摇曳呻吟和阴郁地诉说，不必怎么改变样子就能充当清教徒的长者；花园里丑陋不堪的杂草便是他们的孩子，波儿总是毫不留情地弄倒并且连根拔掉。想来匪夷所思，她调动自己的才智玩耍出来的一种又一种花样，虽然没有连续性却格外生动活泼，有声有色，总是处于一种超自然的活动中——很快也会偃旗息鼓，仿佛生命之潮来得过分迅猛过分热烈而耗尽了——随后又会玩出别的似曾相识的野气十足的生命花样。那种精神头和北极光的千变万化倒是十分相近。但是，仅仅从发挥想象力来看，仅仅从成长中的心灵寻求娱乐来看，比起别的资质不凡的孩子倒是没有什么大不了的区别；波儿的特立独行，因为没有人类的玩伴儿，全都倾注在她创造出来的幻想中的人群身上了。这种特立独行都体现在那种敌对的感情中，这孩子用这种感情对待她自己心胸中虚构出来的所有人物。她从来没有虚构一个朋友，但是好像总是在播种龙牙①，从而产生一伙披甲戴盔的敌人，然后她冲过去和他们打仗。这情景具有令人难以言说的悲哀——一个做母亲的在她自己的心中感觉到这悲哀的由来，会生出多么深刻的悲哀哪——在如此年幼的孩子身上便看出了这种对逆境世界的根深蒂固的看法，并且培养出如此激烈的精力，为自己好好生活来应对一定会出现的争斗。

打量着波儿，赫斯特 · 普林经常把手头的活儿跌落在膝盖上，痛苦地惊叫出来，她原本想隐藏起来，却忍不住脱口而出，像诉说也像呻吟："啊，天堂的圣父——你要是还是我的圣父的话——我究竟给这个世界带来一个什么样的生命哪！"而波儿呢，不经意间听到这样的惊叫，或者，通过某种微妙的渠道，觉察到了这些痛苦的悸动，就会把她那生动的美丽的笑脸转过来，看着母亲，露出精灵般的机灵的微笑，然后接着玩耍。

这孩子的行为还有一个特别之处没有讲呢。她生来注意到的第一样东西——究竟是什么呢？——不是母亲的微笑，没有像别的孩子一样，小嘴露出淡淡的胚芽般的微笑做出反应，这种婴儿的微笑人们事后记得影影绰绰，却对这到底是不是微笑谈得津津有味。绝没有这样的情形！不过，波儿渐渐意识到的好像是——我们可以说出来吗？——赫斯特 · 普林胸口上的那个红字！一天，她的母亲在摇篮上伏下身子，这婴儿的眼睛让红字上金色刺绣的闪亮吸引住了；她于是伸出小手去抓红

---

① 希腊神话故事，讲述腓尼基的一个王子卡德马斯把一条龙杀死后，把龙的牙齿种下，生长出来一支军队，内部互相厮杀，只剩下五个人才罢休。这五个人和卡德马斯建立底比斯国。

字，微笑得那样真切，而且露出一种果断的亮色，这让她那小脸上多出一种大孩子才有的神情。这时，赫斯特·普林倒吸一口凉气，赶紧抓住红字，本能地恨不得把那字母撕烂了；波儿的小手这么有意识地去触摸，让她感受到了无限的折磨。仿佛她母亲痛苦万分的动作只是逗她玩耍，小波儿又看着她的眼睛，微笑起来了！从这个时刻起，除了孩子睡着了，赫斯特再也没有片刻的安全感了；再也没有片刻的宁静的享受了。几个星期有时一晃而过，确实，波儿的眼神也许从来没有一次注视那个红字；但是，不经意间，如同死神突然袭来，那种注视就又来了，还总是伴随着那种特别的微笑，而且眼睛里流露出怪怪的神情。

有一次，赫斯特正在孩子的眼睛里寻找她自己的影子，如同做母亲的喜欢做的那样，却看见那种捉摸不定的小鬼似的神情又出现了；而且突然间——因为女人独处时，心里乱糟糟的，往往会出现莫名其妙的幻觉——她觉得她在波儿黑亮的眼神里看见的不是她自己缩小的样子，而是另一张脸。那张脸呢，如同恶魔一样，满脸是笑眯眯的恶意，却和她再熟悉不过的一种长相很相像，只是那种长相很少微笑，从来也没有过什么恶意。仿佛一种邪恶的精灵黏附在孩子的身上，那个时刻正好显现出来进行取笑呢。后来，赫斯特一次又一次受到这同一种幻觉的折磨，尽管不是那么活灵活现了。

一个夏天的下午，这时波儿已经长大，可以到处跑动了，自己津津有味地采摘一束束野花儿，随后又一朵一朵地向母亲的胸口扔去；一旦她用野花儿打中那个红字，她就会像小精灵一样又蹦又跳。赫斯特的第一个动作是用自己的两只握紧的手把胸口捂上。然而，不管出于自尊还是出于屈从，或者感觉到她的忏悔通过这种说不出来的痛苦可以最好地实现，她一下子站得笔直，苍白如死灰，悲情地望着小波儿野性的眼睛。野花一朵一朵地还在不停地打来，几乎朵朵都会打中那个标志，让她母亲的胸口伤痕累累，可这伤口她在这世界上是找不到医治良药的，也不知道在另一个世界里如何去寻找。最后，孩子抛掷的野花一朵不剩了，静静地站在那里，注视着赫斯特，那个正在坏笑的恶魔的形象从她那两只黑眼深不可测的渊底探出头来——到底是不是探出头来，她的母亲是这样想象的。

“孩子呀，你到底是什么呢？”母亲惊叫道。

“啊，我是你的小波儿呀！”这孩子回答说。

但是，波儿回答着，大笑着，开始蹦蹦跳跳，一副小精灵的滑稽可爱的样子，她蹦跳的结果也许会飞向烟囱去。

“你真的就是我的孩子吗？”赫斯特问道。

她这样发问并不完全是问问而已，而是在发问的那个时刻确有一部分真正的认真心态；因为，波儿不可思议的智力这样表露无遗，她做母亲的开始半信半疑，小家伙是不是知道了她身世的秘密符咒，现在是不是可以亲自讲了出来。

“是的；我是小波儿！”孩子又说一遍，还在调皮地玩耍。

“你不是我的孩子吧！你不是我的波儿吧！”做母亲的说，一半是在逗孩子玩；因为在她遭受刻骨铭心的煎熬中，这种快活的冲动会经常袭来。“那么，告诉我，你到底是什么人，谁送你到这里来的。”

“你告诉我吧，妈妈！”这孩子说，一脸正经，走到了赫斯特身边，紧紧地依偎在她的膝盖旁。“你一定要告诉我嘛！”

“你天上的父亲把你送来的呀！”赫斯特·普林回答说。

可是，她回答时有些犹豫，没有逃过那孩子机灵的反应。不管是不是因为她平常的捣乱劲儿在起作用，还是因为一个邪恶的精灵暗中作祟，她伸出了她的小食指，触摸了一下那个红字。

“他没有送我来！”她起劲地叫道。“我没有天上的父亲！”

“别嚷嚷，波儿，别嚷嚷！你可不能这样说话啊！”做母亲的回答着，强咽下嘴边的呻吟。“是他把我们所有的人送到这个世界上来的。他也把我，你的妈妈，送到了这个世上。然后，就更有你啦！要不是这样，你这个少有的小精灵，会是从哪里来的呢？”

“告诉我！快告诉我吧！”波儿重复说，不再那么一本正经的样子，却大笑起来，在地上乱蹦乱跳。“这下该你告诉我了！”

然而，赫斯特一时难以解答这个问题，因为她自己都掉进了一个暗淡的怀疑迷宫里。她记起来——一面微笑一面颤抖——附近镇民们的流言；他们找不到这孩子的父亲在哪里，又看见她一些怪怪的生性，已经放出话来，认为可怜的小波儿是魔鬼的后代；自从古老的天主教时代以来，这样的事情在人世间偶尔也会发生，通过他们母亲犯罪生下野孩子，并且达到某种丑陋的邪恶的目的。路德①，根据他的僧侣敌人的谣言，便是这样一个魔鬼种子弄出来的野孩子；在新英格兰的清教徒中间，这种被说成出生不祥的例子，波儿并不是唯一的孩子。

---

①路德（1480—1546），德国人，欧洲宗教改革的运动发起者、基督教新教运动的创始人，公布《九十五条论纲》（1517），抨击教廷发售赎罪券，否定教皇的权威，用德语把《圣经》翻译出来。

七 总督的过厅

赫斯特·普林，有一天，到总督贝林厄姆的府上去，拿着一双手套，她已按他总督的身份缀上了穗子并做了刺绣，是他要在某个重大的正式场合上戴的；尽管一次普选的偶然事件致使这位前任统治者从最高的级别上下降了一两级，不过他在殖民地的地方长官中依然具有受人尊敬、左右局势的地位。

除了送去一双刺绣手套，另有一个更加重要的原因让赫斯特刻不容缓，借此机会见见这位在殖民地事务上有权有势的人物。她已经听说，一些有头有脸的居民在宗教和管理方面偏爱更为严厉的律令，联起手来设局，剥夺她的孩子。如同前边提到过的，波儿已经被推测是恶魔的种子，这些好心居民也就顺理成章地推断，出于这位母亲的灵魂中的基督教利益，他们要把这样的绊脚石从她的道路上搬掉。再说了，如果这孩子真的能够在道德和宗教方面顺利成长，而且具备最终得到拯救的素质，那么把她转交给比赫斯特·普林更明智更完好的监护人，她就会享有这些优越条件的一切良好前景。在联手设局的人中，据说总督贝林厄姆是最忙碌的一个。这事看来十分独特，而且，也的确有点可笑，因为这种事情就是在稍晚的年代也只不过由市镇管理人员处理，可当时却是一个公开讨论的问题，而且那些抛头露面的政要也要参与。但是，在那个古风简朴的时代，哪怕是无关紧要的公共事宜，比赫斯特·普林和她的孩子幸福还扯淡的事宜，都会小题大作，与立法者的审议以及政府的立法纠缠在一起。这种时期再怎么说也不会比我们的故事发生的时期早多少，可那时候关于一头猪的产权的争论，不仅会在殖民地立法团体中引起激烈而切齿的辩论，还会导致立法框架本身的重大修正。

就这样，满腹心事——不过对她自己的权利是非常清楚的，而且看样子双方力量也不对等，因为一方是广大公众，另一方只是一个在本性的同情支持下的孤身女人——赫斯特·普林从她独处一隅的小茅屋出发了。小波儿当然和她一起前去了。她这时到了跟随在母亲身边轻快奔跑的年龄，而且，从早到晚可以不停地活动，就是比她眼前更长的路程也不在话下了。不过，经常是出于耍赖，而不是真的走不动了，她会要求抱在怀里行走；可是没有走几步便又会急不可待地挣脱下地，赶在赫斯特前边的青草路上蹦蹦跳跳，难免无关痛痒地一次次磕碰和跌倒。我们已经讲过波儿丰盈而多姿多态的美；一种闪烁着浓厚而生动的色彩的美；一张鲜亮的小脸，一双含有浓烈底蕴和炙热光束的眼睛，一头已经变得熠熠发光的深棕色秀发，而且多年以后还会变得近乎黑发。她从里到外都燃烧着烈火；她是激情勃发的瞬间意想不到的分蘖。她的母亲，给孩子设计衣服费尽心思，让她想象中的奇异花哨的偏爱一一体现出来；她让孩子穿了一件大红天鹅绒紧身外衣，剪裁得别出心裁，还用金丝线刺绣出大量的华丽图案和花朵。整件衣服铺陈了颜色的力度，要是脸色暗淡的孩子穿上定会显得愈发苍白和病态，只有波儿的娇媚能锦上添花，让她变成了一团光彩夺目的小火焰，在这人世间一直跳跃闪耀。

然而，正是这件夺目的华丽外衣，当然还有这孩子的整个容貌，难以抗拒地不可避免地让旁观者联想到赫斯特·普林胸前命定佩戴的标志。小波儿是另一种形式的红字；是赋予生命的红字啊！这位母亲自己——仿佛那红色的耻辱深深地烙进了她的脑子里，她的所有观念都万变不离其宗——用尽心思缝制出相近于红字的东西；她投入了一个又一个小时的病态的心智，在她爱恋的对象和她犯罪和折磨的徽标之间，创造出一种同类制品。但是，事实上，波儿是爱恋的对象，也是犯

手持野花的波儿

罪和折磨的徽标；而且正是因为这种两面性的身份，赫斯特才会挖空心思在她的相貌上把红字体现出来。

这母女俩一路走来，进入市区，那些清教徒孩子纷纷抬头观看，停下玩耍——或者这些生活枯燥的小家伙聊作玩耍的活动——神色庄重地交头接耳：

“快看呀，真的，戴红字的女人来啦；还有，一点没错，那个像红字一样的小东西就跟在她身边！快来吧，我们一起用泥块砸她们娘俩喽！”

但是，波儿是一个敢做敢为的孩子，只见她皱紧眉头，把小脚一跺，挥舞小手做出各种威胁的动作，突然向敌人的阵营冲了过去，把他们追赶得四下逃散。她猛烈地向他们追杀过去，完全像一个小小的瘟神，像猩红热，或者类似这样羽毛未丰的审判天使，肩负使命，惩罚正在成长的下一代的罪孽。她尖叫，喊叫，声音让人毛骨悚然，毫无疑问，让那些逃散的小东西们内心瑟瑟发抖。大获全胜后，波儿一声不响地返回她母亲的身边，抬起头来冲着母亲的脸莞尔一笑。

她们娘俩再没有遇到什么拦截，径直来到了总督贝林厄姆的住宅。这是一座宽大的木头房子，在我们比较古老的乡镇的街道两旁还不乏类似建筑样式的老房子；不过那些老房子现在已经长满苔藓，摇摇欲坠，内里则一片阴沉，见证过许多可悲可喜的事情，有的为人所记，有的已经遗忘，都是在这些阴沉沉的房间里发生过的。不过，那时候，这所住宅的外表还是那种岁月流逝的喜兴之气，阳光普照的窗户散发着人类居住的欢乐气息，死神还没有光顾呢。一点没错，它具有一种非常生气勃勃的样子；四面墙上抹了一层灰泥，碎玻璃片密密匝匝地间杂其中；所以，在阳光斜照在这所宅第的正面时，它便亮闪闪的，光芒四射，仿佛两手捧着钻石向它抛撒过去。这种灿烂四射的光辉，应和阿拉丁①的宫殿很般配，出现在一所刻板的老式清教徒统治者的宅第上就有些不伦不类了。它还装饰了许多古怪的看起来很神秘的人形和图案，和当时古怪的趣味十分吻合，在抹灰泥时就画了上去，现在已经变得非常牢固，十分耐久，可供后世细细欣赏。

波儿，看着这座房子的不同凡响，开始蹦蹦跳跳，一再要求把阳光照出的灿烂光辉从前墙上收集下来，送给它玩耍。

“那个不行，我的小波儿！”她母亲说。“你必须收集自己的阳光。我哪有阳光给你呀！”

她们母女来到了门口；这门是拱形的，两边各有一座细细的塔或者说凸起的建筑物，上面都有各自的窗户，木头百叶窗扇可以随时关上。赫斯特·普林拿起挂在门廊里的铁锤子，咣咣敲了几下，总督的一个家奴立刻答应了；这家奴本是一个英格兰自由民，可是现在必须做七年奴隶。在这七年中，他只是自己主子的财产，是可以买卖的商品，好比一头牛或者一件折叠凳子。这个家奴身穿蓝色外衣，是那个时代仆人们穿的制服外套。

“贝林厄姆总督在家吗？”赫斯特问道。

“在家，在家，”这家奴回答说，瞪大眼睛打量那个红字，因他是新到这地方来的人，还从来没有看见过呢。“在家，总督大人在家呢。不过现在他和一两个虔诚的牧师说事，还有一个医生也在场。你现在还不能面见总督大人。”

“不管谁在，我都要进去，”赫斯特·普林回答说；且说这家奴，

① 《一千零一夜》中的一青年的名字，他得到了一盏神灯，一经擦亮便可如愿以偿。

或许看出来赫斯特神色坚定，胸前又有一个闪闪的红字，以为她是当地有背景的夫人，便没有阻拦。

于是，做母亲的和小波儿被让进了门里的大厅。大厅里变化很多，部分出于建筑材料的性质，部分为了适应气候冷暖，部分为了社交生活的不同方式，总督贝林厄姆根据故乡绅士大宅的样式设计他的新住宅。所以，这里修建了一个宽敞而相当高深的大厅，贯穿了这所宅第的全部进深，由此形成了一个四通八达的所在，曲里拐弯地通向所有别的住房。在大厅的一端，这间宽敞的大厅由那两个塔的窗户照进光亮，窗户本身在门廊的两边形成了一个小小的壁龛。在另一端，尽管部分拉上了窗帘挡上了，可是那种弧形大厅落地窗仅仅一面便把屋里照得通亮，我们在旧书里看到过这种窗户，里面备有一个又深又有垫子的座位。在这里，在那个垫子上，摆着一本对开本的大书，兴许是《英格兰纪年史》，或者这一类内容庞杂的书籍；甚至就是，如同我们现在时兴的，在中心桌子上摆上一本烫金的大书，让偶然来访的客人翻看。大厅的家具包括几把结实厚重的椅子，背面精心雕刻了一团团橡树的花儿；另有一张桌子风格相近；整个家具风格都是伊丽莎白时代的，或者更早的年代，都是些传家宝，是总督从祖上老家搬运过来的。在餐桌上——这是老英格兰人热情好客的情感标志——摆着一个白镴大酒杯，在杯子底上，倘若赫斯特和波儿凑过去看看，她们可以看见新喝完的啤酒的残余。

大厅的墙上挂着一排画像，是贝林厄姆家族的几位先人，有的胸前戴着铠甲，有的穿戴高硬绉领和随和的袍子。他们个个都面色严厉，不苟言笑，古旧的画像十之有九都有这种特色；好像他们都是幽灵，而不是已故先人的画像，一味摆出生硬的苛求的神情，挑剔活着的人的追求和乐趣。

大厅四周镶了橡木墙板，在镶板的中间位置悬挂了一套盔甲，不像画像上的是古代的遗物，而是很近代的制品；因为这是贝林厄姆总督来到新英格兰的那年，伦敦的一个手艺高超的盔甲匠打制的。全套盔甲包括一个钢盔、一面胸甲、一个颈甲、两个胫甲以及一副铁手套，下面还挂着一把剑；一整套物件，尤其头盔和胸甲，都打磨得亮闪闪的，白光四射，在地板上到处反射着亮光。这套盔甲不仅仅是为了闲置摆设，而是总督在许多庄严的检阅场和练武场都穿戴过的，更有甚者，还在佩科特人战争①中的军队里打过头阵呢。因为，尽管贝林厄姆总督出身律师，张口闭口是培根、科克、诺耶和芬奇②，引为自己的同行，但是在新国家的危急困厄关头，他不仅因此转变成了一个军人，也成了政治家和统治者。

小波儿，如同她喜欢过这所住宅闪闪发光的前墙一样，对这副闪亮的盔甲同样津津有味——站在那里好一会儿打量胸甲上那块明亮的镜子。

“妈妈，”她喊叫说，“我看见你在镜子里呢。看，快看呀！”

赫斯特为了让孩子高兴，往镜子里看了看；她立时看见，因为这个凸面镜的特殊效果，那个红字十分夸张，比例完全失调，成了她全身最突出的一景。实际上，她好像完全躲藏到红字的后面去了。波儿向上指去，头盔里也照出来一个相似的映像；她对母亲莞尔一笑，她那小脸上露出了再熟悉不过的表情，鬼精鬼精的样儿。这种淘气的快活样子也照

---

① 佩科特人战争发生于 1636 至 1638 年；佩科特人是一个印第安人部落，主要居住在美国的康涅狄格州东部一带。

② 培根（1561—1626），英国哲学家，反对经院哲学，提出知识就是力量，主要著作有《论科学的价值和发展》、《新工具》等；科克（1552—1634），英国法学家，曾任下议院院长和民事法院首席法官，主张普通法是最高法律，反对王家特权和宗教司法权；诺耶和芬奇为英国律师，当时有一定社会地位。

波儿视野中的赫斯特

进了镜子里，放大和加强的效果格外吓人，令赫斯特·普林觉得仿佛镜子里照出的不是她的孩子，而是一个小鬼儿正在照着波儿的样子铸造自己呢。

“过来，波儿，”她说着，把波儿拉开了。“快去看看这个漂亮的花园。我们可以在那里看花儿；可比我们在树林里看见的花儿好看多了。”

波儿，跟随母亲，跑向大厅另一头的那面弧形大窗户，一边观看花园小路两旁的景色，平坦的草坪刚刚修剪过，草坪边缘栽种一些灌木，看样子还在粗糙而尝试的阶段。但是，花园的主人看样子已经放弃了在大西洋的这一边对故土英格兰的园林趣味进行不懈的努力，甚至不抱希望了，因为这边土质太硬，为生存苦苦挣扎就够受的了。圆白菜生长得了无生气；一棵扎根在远处的南瓜藤，已经穿过草木杂生的空间，就在这面大厅窗户下结出一个硕大的南瓜；仿佛告诫总督这一大坨蔬菜金子才是新英格兰的土地可以提供给他的丰富的装饰物。但是，花园里有几株玫瑰灌木和若干棵苹果树，也许这些就是这个半岛上的第一个移民布莱克斯通牧师先生①种植下的后代了；这位传说成半神话的人物，在我们的早期编年史中，说他喜欢坐在牛背上。

波儿，看见那些玫瑰丛，开始喊叫要摘一朵玫瑰花儿，而且叫喊不停，不肯平静。

“别吭声，孩子，别吭声！”做母亲的说，一脸认真神色。“别喊叫，亲爱的小波儿！我听见花园里有人在说话，总督来了，几位先生随他来了！”

果然，在花园小路的两旁的草木中看得见几个人，正在向这房子走

---

①布莱克斯通，波士顿最早的传教士。

来。波儿呢，对母亲劝阻她别喊叫非常不满，扯起吓人的小尖嗓子叫了一声，随后平静下来；这倒不是因为有意顺从了，而是因为她生性中那种机敏易动的好奇心，被几位新出现的人物吸引住了。

八　机灵的孩子与牧师

总督贝林厄姆，身着宽松的长袍，头戴一顶休闲帽——这样的帽子是上年纪的绅士们在家闲居时喜欢戴的——走在最前边，看样子在显摆他的家产，而且对他计划改进的东西夸夸其谈。一大圈精致的詹姆斯王时代的古样式的宽硬绉领，在他灰白的胡子下方，把他的脑袋衬托得简直像施洗者约翰①的头颅摆放在盘子上。他那种相貌给人的印象是那么不苟言笑，一本正经，一把老气横秋的年纪更添些冰霜冷气，和他煞费苦心为自己周遭营造的世俗享受的种种设施，简直是很难相容。千万别错误地认为我们不苟言笑的先人——尽管他们动辄或说或想人类生存不过是一场艰难的战争，而且要义无反顾地准备为了肩负义务而牺牲财产和生命——会在良心上真的甘心放弃他们紧握在手的这类物质享受，或者奢侈。比如说，那位虔诚的牧师约翰·威尔逊就从来没有宣讲过这种信条，你看他站在总督贝林厄姆的身后，胡子白得像雪花在飘洒，振振有词地说梨子和桃子也许已经习惯了新英格兰的气候，连那些紫色的葡萄也可以在阳光充足的花园墙壁上努力适应，蔓延生长。这个老牧师，在英格兰教会富足的胸脯上吸足了养分，早已对所有美好的舒适的东西培养出合法的趣味；不管他在圣坛上表现得如何一本正经，在公众面前谴责诸如赫斯特·普林犯下的罪孽时如何措词严厉，但是，他私生活表露的那种和蔼的仁厚，才是他获得更为热烈尊爱的根本，这是他那些从事宗教职业的同时代人谁都难以企及的。

在总督和威尔逊先生的身后，还有两位客人；一位是阿瑟·迪梅斯戴尔牧师，读者也许还记得他在赫斯特·普林当众受辱的那个场景里，扮演过短暂而勉强的角色；而紧随在他身边的是老罗杰·奇林沃思，此公医术精湛，过去的两三年中一直住在这个镇上。据说，这位博学人士是一个医生，也是这个青年牧师的朋友，因为后者近来在教区事物上过分尽责和劳顿，不顾牺牲自我，已经严重地损害了他的健康。

总督，位居几位客人之首，走下几级台阶，把那扇大厅窗户的门扇推开，不期和小波儿打了个照面。窗帘的阴影落在赫斯特·普林的身上，把她部分地遮挡起来了。

“我们在这里看见了什么？”贝林厄姆总督说，惊诧地看着眼前那个红彤彤的小人儿。“我得说，自从老詹姆斯王时代我追逐年轻的浮名浮利以来，还没有见过这样的孩子，那时候我有幸受诏到宫廷里参加假面舞会，认为那是莫大的宠幸呢。在假日里，成群这样的小精灵会冒出来，我们称他们是‘节庆主持人’[2]的小童子。可是，这样一个小客人怎么会进入我的大厅呢？”

“啊，真的！”好好老先生威尔逊惊叫道。“这只长满红色羽毛的小鸟儿是谁呢？我好像见过这样的小人儿，不过那时候太阳从色彩斑斓的窗户照进来，在地板上照出了许多金黄的大红的影像。可那还是在故乡时的事情了。我问你，小家伙，你是什么人，你的妈妈为什么非要把你打扮成这副怪里怪气的模样？你是一个基督教徒的孩子吗，嗯？要不你就是那种小淘气鬼或者小精灵？我们认为这样的孩子早和罗马天主教的其他遗物统统留在快乐的老英格兰了。”

---

①施洗者约翰，约公元28年出现的一位犹太人先知。据《圣经·新约·马太福音》记载，希律·安提帕王娶弟之妻希罗底为妻，希罗底的女儿莎乐美以舞取悦希律王，莎乐美爱恋施洗者约翰不成，要求希律王砍下施洗者约翰的头，希律王遂其心愿，砍下约翰的头，献给莎乐美。这一《圣经》题材为许多艺术家喜欢；除了一些著名的画作，英国作家王尔德的著名剧本《莎乐美》成功地表现了这一题材。

②英国15至16世纪节庆日，如圣诞节和宫廷宴会等，操办事务的人。

“我是妈妈的孩子，”一团红彤彤的幻象回答说。“我的名字叫波儿！”

“波儿！还不如叫浪儿呢！干脆叫珊瑚好了！要不叫红玫瑰算了，看你穿得这身红颜色！”老牧师回答着，伸手去拍小波儿和她的小脸蛋儿，可没有摸到。“可是你的妈妈在哪里呢？啊！我明白了，”他找补了一句；随后转身靠近贝林厄姆总督，耳语说：“这就是我们在一起商谈过的那个孩子吧；看看这里那个不幸的女人，赫斯特·普林，她的妈妈！”

“你怎么这么说？”总督大声说。“不，我们尽可以说这样一个孩子的妈妈就应该是一个猩红色的女人，与巴比伦女人是一路货色！不过，她来得正好；我们干脆把这个问题解决算了。”

贝林厄姆总督穿过落地窗户，走进大厅，三个客人跟了进来。

“赫斯特·普林，”他说，用生来就严厉的目光盯住那个佩戴红字的人。“近来关于你的事情没有少议论。关键的一点我们郑重地讨论过，我们都是些举足轻重的人物，要是把一个不朽的灵魂，比如那个孩子的灵魂，交给一个已经在这个世界的泥坑里跌跌撞撞的人来管教，我们的良心能过得去吗？你是这孩子的妈妈，你说吧！你想想看，为了那小家伙目前和永久的幸福着想，她难道不应该离开你，穿戴得素淡一些，管教得严格一些，听人讲一些天堂和人间的真理吗？在这方面，你能为这孩子做些什么呢？”

“我从这个东西上学到了什么，我都可以教给我的小波儿！”赫斯特·普林回答说，把她的手指放在了那个红色标志上。

“女人家，它可是你耻辱的标记呀！”这位严厉的地方官说。“正是因为那个字母所表示的污点，我们才要把你的孩子交给旁人呢。”

“可是，”做母亲的说，很平静，尽管脸色变得更加苍白了。“这个标记已经教育了我，它天天都在教育我，此时此刻也在教育我，我得到的这些教训可以让我的孩子变得更聪明，更学好，虽然这些教训对我来说没有什么大用处了。”

“我们会谨慎判断的，”贝林厄姆说。“也会好好审度一下我们所要做的事情。老先生威尔逊，我请你考一考这个波儿，既然她叫这个名字就这样叫她好了，看看她有没有她这个年龄的孩子应该有的基督教素质。”

老牧师坐在一把扶手椅子里，探出身子要把波儿拉进他的膝盖间。然而，这孩子除了自己的母亲，不习惯任何人表示亲热的触摸，一下子从敞开的落地窗户跑出去，站在上层台阶上，看上去像一只热带鸟儿，长满了羽毛，随时打算飞向高空去。威尔逊先生，对这孩子一下子挣脱出去吃惊不小，因为他是一个祖父辈的人，一般情况下都深受孩子们的喜爱，不过他还是试图把这孩子考一考。

“波儿，”他说，一副严肃认真的样子。“你一定要好好听话，只有好好听话，等到了适当的时候，你就会在胸前戴上很值钱的宝贝儿。你能告诉我，我的孩子，是谁创造你的吗？”

现在波儿很清楚是谁创造她的；因为赫斯特·普林本是一个虔诚家庭的女儿，和这孩子谈过天堂的父亲之后，很快就开始告诉孩子那些人类精神总会兴趣盎然地吸收的真理，不管人类精神处在多么不成熟的阶段都一样。所以，波儿虽然只有三岁，可她学到的东西却很多，可以通过《新英格兰初级读本》或者《威斯敏斯特教理问答》里相当程度的考问了，尽管她对这些书是什么样子并不知晓。但是，凡是孩子都或多或少有点逆反劲儿，波儿的逆反劲儿要高出十倍，现在又赶上这种最不合时宜的时候，她那股逆反劲儿涌了上来，把小嘴绷得紧紧的，要不就是在追问之下回答得丢三落四。她把指头放进嘴里，威尔逊老好先生一次又一次地追问，她一次又一次毫不客气地拒绝回答，最后她干脆宣布她不是创造出来的，而是她母亲在牢狱门口生长的那些野玫瑰丛里采摘来的。

这种匪夷所思的回答，也许是总督花园里近在眼前的红玫瑰暗示出的，因为波儿正好站在窗户的旁边；还因为她来这里时路过牢狱门前的野玫瑰丛，一下子全联想在一块儿了。

老罗杰·奇林沃思，脸上露出浅浅的一笑，随后在那个年轻的牧师耳边悄声说了些什么。赫斯特·普林看着那个身有一技之长的男人，就是在她的命运何从何去的时刻，她看见他面貌的变化之大还是大为吃惊——相貌难看多了——他那张黝黑的脸好像变得更灰暗了，而且他的身体也更走形了——她和他相处的日子过去得还不是很久嘛。她和他的眼睛对在了一起，不过很快收住，把注意力转向目前正在发生的场景。

“这种回答好可怕！”总督惊叫道，波儿的回答让他十分惊诧，好不容易才缓过劲儿来。“这孩子都三岁大了，竟然说不出是谁把她创造出来的！毫无疑问，对他的灵魂、她目前的堕落以及将来的命运，她一样一无所知！我看呀，先生们，我们不用再提问什么了。”

赫斯特把波儿紧紧抓住，一下子揽入怀中，面对那个老清教徒地方长官，露出一副近乎气势汹汹的神情。她被这个世界抛弃了，孤身一人活在这世界上，只有这一件宝贝儿能让她的心充满活力，她觉得她拥有不可取消的权利来对付这个世界，哪怕死掉也要捍卫这些权利。

“上帝赐给我这个孩子！”她大声说。“他赐给我是因为补偿失去的一切，你们把所有的东西都从我这里抢走了。她是我的幸福！——她也是我的苦难，两厢扯平了！是波儿让我还活在这世上！波儿也在惩罚我！难道你们看不出来，她就是那个红字，只能受到人的深爱，因此

玫瑰

具有百万倍的力量来救赎我犯下的罪孽吗？你们不能把她夺去！要想夺去，除非我先死了！”

“我好可怜的女人家呀，”心底还算慈悲的老牧师说，“这孩子会得到很好的照料！——远比你照顾得要好得多。”

“上帝已经交给我来照料，”赫斯特·普林坚持说，声音高得像是在叫唤。“我不会放弃她！”——话说到这里，一阵冲动袭来，她猛然向那个年轻的牧师迪梅斯戴尔先生转过身去，直到这个时刻，她好像还没有直接多看过他几眼。——“你为我讲几句话吧！”她大声说。“你是我的教区牧师[①]，比这几个人更了解我。我不会放弃这个孩子！为我说几句！你完全知道——因为你比这几个人富有同情心——你知道我的心是怎么想的，知道一个母亲应有什么样的权利，那些权利又多么不可取消，尤其一个做母亲的只有自己的孩子，只有那个红字了！我不会放弃这个孩子！你要明白这点！”

这样一番野性十足独一无二的申诉，表明赫斯特·普林的处境已经把她逼到了发疯的地步，那个年轻牧师马上走向前面，脸色煞白，把手捂在他的心头，只要他特有的紧张情绪被激动起来，他就习惯把胸口捂住。比起在赫斯特·普林公开受辱的场景里我们描述的样子，他现在更加焦虑，更加消瘦；不管是不是因为他的身体在垮掉，或者还有别的什么原因，他的两只大黑眼睛充满了痛苦，深处还有掩饰不住的烦恼和忧郁。

“她的话里有真实的一面，”年轻的牧师开口说，声音很轻柔，微微发颤，但是很有力量，大厅因此发出了回声，那副空置的盔甲余音袅袅——“赫斯特所说的话有真理，让她大动感情说出的话是有真理

---

①指一个负责一个教区的牧师，对本教区的教徒负有精神指导的责任。

的！上帝赐予她那个孩子，也就赐予她指导知识来训导孩子的本性和种种需求——这两者看样子都很特别，是别的孩子不可能有的。更要紧的是，在这位母亲和这个孩子之间，难道不是存在一种可怕的神圣的性质吗？”

“啊！——好心的迪梅斯戴尔牧师，这叫什么话？”总督插话说。“我请你说明白一些！”

“事情一定就是这么回事，”牧师接着说。“因为，如果我们认为不是这么回事，那么等于我们说天父，那个创造所有凡身的神，已经轻描淡写地承认了一桩罪孽，没有把亵渎神明的肉欲和神圣的爱情区别开吗？这个孩子因为父亲的罪过和母亲的耻辱而出生了，却是上帝的手创造出来的，目的是要多方面感化她母亲的心，这位母亲也无比真诚地请求养育孩子的权利，她精神上的苦楚显而易见。这意味着一种福分，意味着她生命中的唯一福分！这也意味着，毫无疑问，正像这位母亲亲口告诉我们的，一种救赎；意味着一种折磨，在许多意想不到的时刻都能感觉到的折磨；意味着一种痛击，一种刺痛，一种反反复复的痛苦，都会发生在一种不安的喜悦之中！难道她在那可怜的孩子的衣服上没有表达出这样的思想吗？难道她没有强有力地提醒我们那个烙在她胸脯上的红色的象征物吗？”

“说得好，说得好啊！”好心的威尔逊先生说。“我还担心这个女人没有更好的念头，只是拿她的孩子乱说一气呢！”

“噉，不是的！——不是的！”迪梅斯戴尔先生接着说下去。“相信我吧，她因为这个孩子的出生，认清了上帝创造出来的庄重的奇迹。而且但愿她也会感觉到——我认为这是一定的——这一恩赐比任何事情都有含义，是为了保持做母亲的灵魂活着，防止她掉进罪恶的深渊，那可是撒旦一心想把她拖进去的地方啊！因此，这个可怜的有罪的女人既然生下一个婴儿的不朽之身，一个能够带来永久快乐或者忧愁的生命，那么现在还由她来抚养——由她来教导走向正路——时刻提醒她的堕落——让她从中获得教训，这无疑是有好处的，因为这是利用了创造者的神圣的保证，如果她能把孩子领到天国去，那么孩子也会把她的母亲领向天国的！在这点上，那犯罪的母亲要比那犯罪的父亲更有福气。那么，为了赫斯特·普林的请求，为了这可怜的孩子的未来，我们不要管她们好了，还是让老天爷来安置她们吧！”

“我的朋友，你这番话讲得好奇怪，却很真挚呀！”老罗杰·奇林沃思说，冲他笑了笑。

“我这位年轻的兄弟讲的这番话还深有意味呢，”威尔逊牧师先生说。“你怎么看，尊敬的贝林厄姆先生？他为这个可怜的女人申辩得不是很有道理吗？”

“他确实讲得不错，”那位地方长官回答说。“说出了那么多理由，我们只好把这件事情暂时搁置起来了；至少，只要这女人不会再有什么丑闻，这样搁置起来也很好。但是，管还是要管的，要让这孩子在教义问答方面进行适当而正式的问答，由你或者迪梅斯戴尔先生经手。还有，在适当的时候，治安官要注意保证她上学和上教堂。”

且说那个青年牧师停止说话后，从人群中退出来几步，站在一边，他的脸一部分遮掩在窗帘大褶子的后边；同时，他的身影在阳光下影印在地板上，因为他申辩得激烈而在微微发抖。波儿这个莽撞的、任性的小精灵，悄悄向他走过去，用自己的两只手紧紧抓住他的手，把自己的小脸蛋儿贴上去；那是一种非常轻柔的亲昵，又显得一点也不唐突，她母亲在一旁看在眼里，由不得问自己：“那是我的波儿吗？”但是，她知道这孩子心里有爱，尽管多数情况下是带着激情表露出来的，自她出生以来像现在被温情所软化，还几乎不曾有过第二次呢。那个牧师呢——除了长久寻求的女人的关爱，这种孩子喜欢的表露是再温馨不过的了，因为这种喜爱是随着精神的本能流露出来的，因此好像就是要表明我们身上真的有什么值得爱的东西——那个牧师四下看看，把手放在孩子的头上，犹豫片刻，随后在孩子的额头亲吻了一下。小波儿不常见的感情状态没有再持续；她咯咯笑起来，顺大厅蹦蹦跳跳跑去，简直像空气流动，老威尔逊先生见了产生疑问，不知她的脚尖儿是不是踩在地板上。

“要我说，这个小妞妞身上有巫术吧，”他对迪梅斯戴尔先生说。“她不需要借助老妇人的扫帚把就可以飞起来了①！”

“一个古怪的孩子！”老罗杰·奇林沃思说。“在她身上很容易看出她妈妈的影子。各位先生，你们想想看，分析这孩子的天性，从她的长相和形体上用心猜一猜他的父亲是谁，会把一个哲学家难倒吗？”

“不可；在这样的问题上，用世俗的哲学刨根问底，是在犯罪，”威尔逊先生说。“不如吃斋和祈祷对待这事儿可取；还有更可取的是，我们怎么发现这个秘密，就怎么保留好了，让天意自然而然地暴露出来吧。这样一来，让每一个基督教男人对这个被遗弃的可怜的婴儿，都来表示一点做父亲的慈祥吧。”

这件事情得到这样令人满意的结局，赫斯特·普林便领着波儿离开了这座宅第。她们走下台阶之际，一间住房的窗户的的确确被推开了，希宾斯夫人把脸伸到了阳光下，她是贝林厄姆总督的脾气无常的妹妹，几年之后，还是这个女人，被当作女巫处决了。

“嘶嘶，嘶嘶！”她用气嘘着，她那张不阴不阳的脸似乎在这所住宅的欢快的新气象上投下了一个阴影。“今天夜里你们和我一起去吗？

---

① 西方文化认为，女巫是借助扫帚把飞起来的，是巫术之一。

森林里会有一群快活的人相聚；我向那个‘黑男人’几乎保证过，说赫斯特·普林也会来的。”

“为我向他道个歉吧，劳你的大驾了！”赫斯特回答说，一脸得意的微笑。“我一定要待在家里，照看我的小波儿。他们要是把小波儿从我身边夺走，那我倒愿意和你到森林里去，在‘黑男人’的名册上把我的名字也写上，还会用我的血写上我的名字呢！”

“我们下一次会让你去那里的！”那个巫婆说着，眉头皱起来，随后把她的头缩回了窗户。

不过，看看这个场景吧——倘若我们认定希宾斯夫人和赫斯特·普林的这次相见是实实在在的，不是空穴来风——这就是一个现成的例子，证明那个年轻的牧师反对拆开一位堕落的母亲和她一时糊涂生下的孩子的关系是有理由的。孩子才这么一点点大，就把她的母亲从撒旦的陷阱里救出来了。

九　医生

在罗杰·奇林沃思这个名字下，读者也许记得，隐藏着另一个名字，只是叫过那另一个名字的人已经决意不再让人提起了。前边已经提叙过，在围观赫斯特·普林当众受辱的人群里，站着一个男人，年纪不小，风尘仆仆，刚刚从恶劣的蛮荒之地走出来，看见一个女人在众人面前充当犯罪的典型，而他原本希望在这个女人那里找到家庭里会有的温暖和欢乐呢。她身为主妇的名声已经踩在了所有人的脚下。在公共的市场里，人们在喋喋不休地说她丢人现眼，不知羞耻。对他的亲属来说，如果这些消息传进他们的耳朵，传进她洁身自好地生活时交往的伙伴的耳朵，除了她的耻辱还是她的耻辱——这种耻辱有多大有多深，对他们过去关系的亲密和神圣就会有多大多深的伤害。因此，既然还由着自己选择，这个人又和这个堕落的女人过去是所有人中最亲密最神圣的一个，那么，这时候为什么还要站出来，公然说自己有权利得到这样躲还躲不及的遗产呢？他拿定主意不到她身边陪绑，在耻辱的台子上引颈受刑。他谁都不认识，只认识赫斯特·普林，对她不说出同谋又深知就里，他便宁愿把自己的名字从人类的花名册上消除掉，而且，涉及他过去的纽带和利益，让它们从生活中完全消失好了，仿佛他确实如同流言所说他的下落，已经在大海底上挺尸了。这个目的一旦实现，各种新的利益就会立即冒出来，而且新的目的又会产生；不错，即便算不上罪过，也够用心阴暗的了，不过力量很足，可以把他的机能的全部力量都调动起来。

为了把这个决心付诸实际，他在这个清教徒小镇住下来，取名罗杰·奇林沃思，无需别的身份说明，他有的是学问和才能，只需施展出来就行了。在他生命的早期阶段，他好学多专，对当时的医学广泛涉猎，这时便以一个医生的身份自谓，而且还就作为医生受到了热烈欢迎。手艺人，尤其内外科都精通的医生，在殖民地是很难得的。他们看样子很少具备宗教热情，而别的移民却是因为宗教热情才漂洋过海的。在研究人体结构的活动中，这种人具备的高人一筹的微妙的才能也许物质化了，在奇妙的人体构造的错综复杂的探寻中丧失了精神上的洞察力，在他们眼里人体似乎就是一门艺术，足以包容生命本身的一切。在所有的事件中，波士顿这座良好城市的健康，只要是医学涉及的范围，过去一直交付给一个年老的副牧师兼药剂师的手中，他的虔诚和神圣的态度就是强有力的行医证书，他可能获得的任何别的证书倒在其次了。唯一的外科医生是一个剃头的，高贵的医疗艺术只是偶尔露一手，每日挥动剃刀才是本分。对这样一个职业团体来说，罗杰·奇林沃思自然是一个难得的高手。他很快表明他对古代医术的繁复而庞杂的手段运用自如；古代医术的每一种治疗药剂都包含大量多方寻求的复杂多变的成分，用心良苦地配制在一起，如同“仙丹灵药”一样药到病除。再说，他被印第安人俘虏期间，他获得许多当地植物和根茎的药性的知识；他对病人也不隐瞒实情，说这些简单的药物，既然是造化赐予未受教化的野蛮人的东西，那么他自己相信，和欧洲无数博学的医生经历几个世纪研究的药物相差无几。

这个有学问的外乡人是一个以身作则的人，至少宗教生活的外部表现无可挑剔，而且他初来乍到的时候，挑选了迪梅斯戴尔牧师作他的精神指导。那位年轻的圣徒，他的学者型神职仍然享誉牛津，对他更加热烈崇拜的人们认为他根本就是上天指定的圣徒，命定的圣徒，如果他活个正常的寿辰，事必躬亲，那么就可以为现在软弱无力的新英格兰教会创造伟绩，如同早期的先人们为基督教信仰初创时期所获得的功劳一样。但是，就在这个时候，迪梅斯戴尔先生的身体明显地开始走下坡路了。在那些深知他的各种习惯的人看来，这位年轻牧师脸颊苍白，都是因为他投入研究用功过度，他对教区之责在所不辞，兢兢业业，而且，更要紧的是，为了不让世俗的混浊搅乱和遮蔽他精神上的明灯，他经常实行斋戒和守夜。有人宣称说，如若迪梅斯戴尔先生真的会死掉，原因再简单不过，那就是这个世界的凡土不再值得他踩踏了。另一方面，他自己呢，生性谦和，说他相信一旦天意认为他应当一死了之，那就是他自己身贱命薄，不能在这世上履行其最卑微的使命了。对于他身体垮掉的原因，尽管说法大不相同，但是身体日衰的事实却是不争的。他的身体渐渐露出败迹；他的声音尽管还算丰润而好听，可是声音中所含的颓势却有某种抑郁的征兆了；经常有人看见，只要遇到轻微的惊吓或者别的突发情况，他便会把手放在心头，脸上先是一阵潮红，随后变得惨白，表明一阵绞痛袭来了。

青年牧师的状况就是这个样子，人们很容易看出来他的黎明还未曾充分豁亮之前就要暗淡下去，这个时候罗杰·奇林沃思在这个小镇露面了。他第一次登场亮相，几乎没有人知道他来自何方，好像就是从天上掉下来，或者从地府里蹦出来，神秘莫测，轻易就会被人说成是奇迹一桩。现在人们都知道他是一个有手艺的人；据说，他采集草药，采集野花瓣儿，挖掘根茎，从大树上攀折嫩枝，如同一个人在一般人看来毫无价值的东西中发掘出隐藏的贵重之物。有人听他谈论坎内尔姆·迪格比[①]爵士以及其他名人——这些人物取得的科学成就简直被认为是超自然的——说他与他们有信件来往或者合作。既然在学术界有这样的身

① 迪格比（1603—1665），英国廷臣，海军军官和学者，曾率船队在今土耳其伊斯肯德伦击沉法国船只，著有《论肉体的本质》等哲学著作，后任大臣，曾出使罗马。

份，他为什么还要到这里来呢？既然他的学术范围应该在大城市里，那么在这荒蛮之地寻求什么呢？为了回答这个疑问，一种到处传说的流言解释说——不管多么荒谬，一些非常敏感之人就是抓住不放——是老天创造了一个绝对的奇迹，从德国的大学转送来一个医学博士，从空中送到地上，把他安置在迪梅斯戴尔先生书房的门口了！但是，一些具有更明智的信仰的人们，认为老天爷要促成它的目的，根本用不着启用所谓奇迹介入的舞台效果，却渐渐倾向认为罗杰·奇林沃思适时到来，是老天爷伸手佑护的结果。

这一看法由于这个医生对年轻的牧师怀有强烈的兴趣，得到了人们的默许；他让自己以教民的身份依附于年轻的牧师，而且千方百计征服年轻牧师天生留有余地的敏感性，赢得他友好的关注和信任。他对自己的教区牧师的健康状况虽然表示了很大的忧虑，但是却十分上心地试图治疗，而且，如若及早得到治疗，看样子不见得就没有治愈的结果。迪梅斯戴尔先生的教会人员中那些长老、执事、慈爱的主妇们，还有年轻而漂亮的姑娘们，都纷纷再三劝他不妨让这个自告奋勇的医生试一试手段。迪梅斯戴尔先生婉言回绝了他们的请求。

“我不用吃药，”他说。

可是，年轻的牧师怎么能这样讲呢？每个相继的安息日，他的脸颊都会变得更苍白，更消瘦，他的声音都会变得比过去更颤抖，而且把他的手按在心头，现在已经成了一个经常性习惯，而不是一个偶尔一为的动作。是他厌倦每日的劳作了吗？还是他愿意一死了之？这些问题都由波士顿上年纪的牧师和他教堂的执教向他提出过，而且他们都使用他们自己的行话“对他苦劝”，说他拒绝天意如此明显表示的帮助，就是在犯罪。他一声不响地听着，最后答应和医生商量一下。

“倘若这是上帝的意志的话，”迪梅斯戴尔先生说，这时他在履行自己的保证，征求罗杰 · 奇林沃思的职业建议。“那我倒是很愿意让我的劳作、我的忧愁、我的罪过和我的痛苦，尽快地和我一起结束，让尘世肉体的部分埋葬在我的坟墓里，精神的部分随我进入永恒的境界，不愿意让你的医术在我的身上得到证明。”

“啊，”罗杰 · 奇林沃思平静地说，不管是装出来的还是自然的流露，都能说明他的态度。“一个青年牧师就是爱说这样的话。年纪轻轻，还没有扎下深根，就这么轻而易举地放弃生命啊！与上帝在这人世间上行走的神职人，应该愿意离开人世，和他一起走上新耶路撒冷的黄金路。”

“不，”青年牧师答话说，把他的一只手放在心头，眉宇间闪过一阵痛苦的表情。“假如我有资格走到那里，那我在这里受累更满意。”

“好人总是把自己说得很坏，”医生说。

以这样的方式，身份不明的老罗杰 · 奇林沃思成了尊敬的迪梅斯戴尔先生的医疗顾问。医生感兴趣的不仅是年轻牧师的疾病，而且还一门心思关注这个病人的性格和气质，这样一来两个年龄相差很大的男人，逐渐把时间消磨在一起了。为了牧师的健康，也为了医生能够采集药效良好的草药，他们或者在海边或者在森林里进行长距离散步；他们进行各种各样的谈话，海浪的絮叨和泼溅、或者树梢上呼呼作响的风鸣，从旁为他们助兴。同样，他们还互相串门儿，或者在书房或者在卧室招待对方。对牧师来说，与这个从事科学的人为伴儿，是有吸引力的，他从这个人身上看出来一种既有深度又有广度的知识教养；加之各种观念的范围和自由，是他在自己同行的成员中难得一见的。实际上，他在这个医生身上看出了这种品性，即使没有惊愕不已，也是大出意料了。迪梅斯戴尔先生是一个真正的教士，一个笃信宗教的人，对宗教虔诚的情感拓展到很大范围，而且养成了一种心灵的秩序，强有力地逼迫自己遵循一种信条的轨迹，随着时间的流逝继续把轨道磨得更深。在社会层面上，他不会成为一个所谓具有自由见解的人；他只有感到身边的信仰的压力，才会产生平静的心理，信仰在支持着他，信仰同时又把他限制在它的铁箍里。但是，尽管带着一种令人心颤的欣喜，可他从另一种知识的媒介而不是从各种习惯性的角度审视宇宙，也会感觉到那种偶尔才有的如释重负之感。那种感觉就像是一扇窗户被打开了，把一股更加自由的大气放进了紧闭而憋闷的书房里，可他的生命竟然一直在这里消耗，一直在灯光下或者在浑浊的日光里打发，一直闻着书籍里散发出来的霉气，不管这种霉气是感官上的还是道德上的。可是，这种空气太清新，太凛冽，长久的呼吸并不舒服。因此，牧师和陪伴他的医生，又返回他们的教会所规定的界限之内，重归正统。

就这样，罗杰·奇林沃思仔细观察着他的病人，一方面观察他的日常生活，看他怎样在他熟悉的思想范围的习惯道路上不断行走，另一方面看他被置于其他道德的场景中表现出来的样子，因为这种场景的新奇之处也许会在他性格的表面唤起某种东西。他认为了解这个人是先决条件，然后才能酌情对他开方下药。只要涉及到心灵和才智，肉体的疾病总会和这两者的特性息息相关。就阿瑟·迪梅斯戴尔来说，思想和想象力非常活跃，而且敏感度格外强烈，肉体上的疾病大概在这些地方能找到根源。因此，罗杰·奇林沃思——这个有手艺的人，这个和蔼的友好的医生——竭力深入他的病人的心胸，挖掘他遵循的各种原则，窥视他的各种记忆，探索每一样东西，小心翼翼，如同在黑暗的岩洞里摸索的寻宝人。很少有什么秘密能逃过一个刨根问底的人，只要他得到从事这样探究的机会和特权，又具备相应的技巧。一个心藏秘密的人，尤其应该回避与自己的医生走得太近。如果医生具有与生俱来的悟性，以及叫不出名字的东西——我们不妨暂且称之为直觉，如果他没有明

磨难的迪梅斯戴尔

显的自我主义，没有自身的令人讨厌的各种性质；如果他有力量，一出生就具备的那种力量，让自己的智力和病人的智力互相认同，病人不知不觉中讲出他自以为只是想到的东西；如果这样的内心吐露被不露声色的态度接受，被默然接受，被轻轻的叹息接受，被一两句话认可，表明一切都心知肚明，而不是动辄就把同情先说出来；如果这些令人信服的品质与一个医生被病人认可的种种先决条件结合起来——那么，在某个不可避免的时刻，病人的灵魂就会被融化，在一条黝黑而透明的小河中流淌，把它所有的秘密带到光天化日之下。

上边列举的所有特性，罗杰·奇林沃思都具备，或者具备大部分。但是，时间在流逝；亲密的关系，如同我们说过的，在这两个有教养的心灵之间慢慢产生了，他们相亲相近的范围无所不在，像整个人类思考和研究的领域一样宽广；他们讨论伦理和宗教的话题，讨论公共事业和私人性格的话题；他们还各自谈论了许多似乎关乎他们自己的事情；但是，没有什么秘密，尤其医生以为一定存在的秘密，从牧师的内心深处悄悄流露出来，让他的同伴听见。的确，医生已经怀疑，迪梅斯戴尔先生身体疾病的病根儿就一直没有对他透露出来。这真是一种罕见的保留！

过了一段时间，在罗杰·奇林沃思的暗示下，迪梅斯戴尔先生的朋友们做出一种安排，让他们两个住在同一所房子里；这样，这位牧师的命脉中的一起一伏都会在他那个热心的形影不离的医生眼睛下呈现。这个众望所归的目标实现后，小镇的人都皆大欢喜。人们认为这对年轻的牧师的身心健康，是可能采取的最好措施；此外还可能采取的办法，就只有那些觉得很有权威的人所再三敦促的，他早应该从许多绽放的少女中挑选一个，在精神上献身于他，作他的忠实的妻子。可是，这后一种措施，眼下没有指望说服阿瑟·迪梅斯戴尔采取；他拒绝了所有这种建议，仿佛僧侣一样的禁欲独身生活就是教会清规戒律的一条。因此，如同迪梅斯戴尔先生显而易见的样子，自己的挑选注定了命运，甘愿在别人的餐桌边捡几口冷菜残羹填肚，认定忍受一生的寒冷是他的命，只能在别人的火炉旁烤火取暖，那么，这位理智的、乐善好施的医生看来也只好充当全人类中唯一陪伴这位年轻牧师左右的人，给他慈父般的爱，给他虔诚的爱。

这两个朋友的新住所里，原来住着一个虔诚的寡妇，很有社会地位，她居住的这所房子占据的基地，差不多就是古色古香的国王教堂修建起来所用的面积。住房的一边是那座墓地，原本是艾萨克·约翰逊的房基，因此很易于勾起严肃的回忆，也与他们各自作为牧师和医生的职业相宜。这位好心肠的寡妇出于慈母般的关爱，把前面一间住房分给迪梅斯戴尔先生，因为这间房子向阳，窗帘很厚实，要是拉上便是一派中午的幽暗氛围了。房间的墙壁悬挂着挂毯，据说是哥白林[①]纺织机上的产品，不过无论真假，上面确有大卫、拔示巴以及预言者拿单的经文故事[②]，斑斓的色彩还没有褪掉，不过画中的那个美丽女人面目严厉，几乎和那个预言灾难的人差不多。在这里，脸色苍白的牧师堆起来大量藏书，有的是神父们撰写的桑皮纸精装对开本版本，有的是诸拉比[③]的大作，有的是僧侣的专著，新教的神学人士一方面对这些作家进行诽谤和诬蔑，一方面又不得不经常参考利用。住房的另一边呢，老罗杰·奇林沃思布置了他的书房和实验室；不过不像现代科学人士眼里的样子，甚至凑合的成套设备都没有，只不过一架蒸馏器以及一些复合的草药和化

---

① 法国巴黎一著名纺织家族，以挂毯出名，后成为“哥白林挂毯厂”。所织挂毯图案多样，颜色鲜艳。

② 见《圣经·旧约·撒母耳记下》，主要讲以色列王大卫杀夫夺妻的故事，预言者拿单预言大卫会遭灾祸。这里暗示书中两个男人之间的关系。

③ 即犹太教教士；他们记述下来的犹太教东西，对基督教产生了影响。

学元素，是只有炼丹术士才知道如何操作的物件。有了这样条件优越的环境，这两个博学人士安定下来，各守一方天地，不过也频繁地互相串门，好奇地察看对方在干什么事情。

如同我们提到过的，阿瑟·迪梅斯戴尔牧师最好的朋友们，非常合理地想象到这一切是天意一手促成的，目的就是——许多人在公共场合，在家里，或者在密室里都会祈祷这个目的——让这位年轻牧师恢复健康。但是——现在一定要说明白——近来居民中另有一部分人开始对迪梅斯戴尔先生和那位神秘的老医生之间的关系，有了自己的看法。没有开导过的群众试图用自己的眼睛观察事物，那是动不动就会上当受骗的。但是，一旦他们形成了自己的判断，照通常的情况看事物，只是凭借他们宽大而热烈的心胸的直觉，这样得出的结论却往往是非常深刻非常无误的，好像掌握的真理的性质是超自然显示出来的。我们正在谈论的这种人，证明对罗杰·奇林沃思的偏见有道理，无须使用什么值得认真驳斥的事实和论点。一点没错，现在算来三十多年前，托马斯·奥弗伯里爵士①谋杀案发生时期，有一个年老的手艺人是伦敦的市民；他站出来作证，看见过这个医生和著名的老术士福曼博士同出同进，结伴而行，他那时叫别的名字，这位叙述故事的老者现在把那个名字忘记了，却记得福曼博士和奥弗伯里案子有牵连。还有两三个人也暗示，这个手艺人在被印第安人俘虏期间，通过加入野蛮僧侣的巫术活动，扩大了他的医治范围；人们普遍认为，那些野蛮僧侣是些强有力的巫师，往往使用邪恶的手段表演看似奇迹的治疗。另有一大部分

① 奥弗伯里（1581—1613），英国诗人，随笔作家，因反对其恩主罗切斯特子爵与埃塞克斯伯爵夫人臭名昭著的罗曼史被囚伦敦塔，后被伯爵夫人毒杀。后毒杀丑闻暴露，在1615年的谋杀庭讯中，占星家兼炼金术士西蒙·福曼（1552—1611）的信件显示这位术士也参与了这起丑闻。

人——其中有许多都是判断冷静、观察可靠之人，他们的看法在其他事情上都很有分量——也断言说，罗杰·奇林沃思在小镇住下来以后，尤其在他与迪梅斯戴尔先生住在一起以来，他的容貌发生了很大变化。起初，他的面色一直平静，沉思，很有学者的样子。现在呢，他脸上出现了一些丑陋和邪恶的东西，是他们过去不曾见过的，而且他们看得他越多，他脸上的那种丑恶的东西就越明显。按照庸俗的观点来说，他实验室的火是从下界取来的，要用阴间的燃料点燃；所以，可以料到，他的面相因为烟熏火燎而变得黯淡无光了。

总的来说，流言蜚语渐渐演变成了一种广为弥漫的看法，认为阿瑟·迪梅斯戴尔牧师如同基督教世界所有时代的许多别的特殊神圣的人物一样，不是被撒旦本人缠上了，就是撞上撒旦的使者了，老罗杰·奇林沃思只是装扮出现罢了。这个恶魔的代理人肩负神圣的使命，在一个时期里，不知不觉中与牧师亲近起来，设下圈套对付牧师的灵魂。人们坦诚说，只要有点头脑，谁都不会怀疑胜利将会属于哪边。人们抱定不可动摇的希望拭目以待，看着牧师从这场争斗中挺身出来，浑身上下都是辉煌，他毫无疑问会赢得这种荣光。但是，同时想到他必须为胜利进行斗争而经受的不堪忍受的痛苦，人们感到很难受。

天哪！从可怜的牧师眼睛深处看见的灰暗和恐怖来判断，这场战斗来者不善啊，胜利究竟有多大把握真是很难说呢。

十　医生和他的病人

老罗杰·奇林沃思，活了这么大一直是一个脾气平静、为人和善的人，尽管爱慕表露得不热烈，但是与世人交往的所有关系中，永远是一个纯粹而正直的人。如同他想象的，他已经开始一项调研，依照一个法官的严厉和平等态度，但求真理，仿佛所涉及的只是几何学上的凭空勾画的线条和图案的问题，与人类的激情无关，与他自己遭受的种种冤枉也无关。但是，在他进行调研时，一种可怕的魔力，一种虽然平静却恶毒的需要，把这个老人紧紧地抓住，不等他把其指令完成，永远不会还他自由。他现在挖掘进那个可怜的牧师的内心，如同一个刨矿人在寻找金子；或者还可以说，如同一个教堂司事[①]在挖掘坟墓，可能打算在死人的胸口找到一枚珠宝，却什么也没有发现，面对的只是死尸和腐肉。哎呀，可怜他自己的灵魂，但愿这些真是他在寻找的东西。

有时，一缕光亮会从这位医生的眼睛里闪现出来，燃烧着蓝幽幽的不祥的火苗，像是炼铁炉反射出来的蓝焰，或者，我们不妨说，如同班扬[②]笔下小山旁边的阴森森的门口映射出来的鬼火，在朝圣者的脸上忽忽地跳跃。这个阴暗的刨矿人正在挖掘的土壤里，碰巧出现了一些迹象，让他备受鼓舞。

“这个人，”有一次这样的时刻，他对自己说。“尽管人们把他看得很纯洁——他看样子也全然一身灵气——可他却从他父亲或者母亲那里继承了一种强烈的兽性。我们不妨就顺着这条脉络再往里挖掘一点吧！”

这样，他长期对这位牧师的模糊的内心深处进行探寻，翻腾出许多宝贵的材料，全都体现在为人类谋幸福的各种崇高的志向，对灵魂热烈的爱，纯粹的情操，自然的虔诚，由于思考和学习得到加强，由于启示而明了——所有这些无价的金子对这个探寻者也许还不如一堆垃圾——于是乎，他心灰意懒地反过身来，开始转移到另一个探寻点。他鬼鬼祟祟地潜伏而行，战战兢兢地下脚，探头探脑地观看，如同一个小偷潜入卧室，主人却半睡半醒——或者，也许就全然醒着——打算偷窃一件主人像守护眼睛一样守着的珍宝。尽管他预先想得十分周到，地板还是会时不时发出吱嘎的响动；他的衣衫也会簌簌作响；他的身影，一旦接近不能再近的区域，也会投落到他的牺牲者身上。换些词儿说，迪梅斯戴尔先生神经敏感，经常能产生精神方面的直觉效果，隐隐约约意识到，一种对他的平静生活非常不利的东西已经自报家门，硬要和他发生关系。但是老罗杰·奇林沃思，也具有近乎直觉的种种洞察；一旦那位牧师向他投来惊诧的目光，医生便安坐在那里；他只是他的和善、呵护、同情的朋友，永远不会打扰他的安静。

然而，如果不是病人的心境特别容易接受的某种病态致使他怀疑整个人类的话，迪梅斯戴尔先生会把这个人的性格看得更加透彻。他没有把任何人当作朋友信任，所以在敌人真正靠近他的时候，他也辨认不出来。因此，他仍然和他保持着熟识的交往，每天都在他的书房里接见老医生；或者去访问医生的实验室，而且，为了散心娱乐，还从旁观看野草转化成疗效显著的草药的各个过程。

有一天，他用手托着额头，胳膊肘子放在敞开的窗户的窗台上，从这里可以看见那片墓地，一边和罗杰·奇林沃思进行交谈，而那个老人正在审视一把难得一见的植物。

---

① 指教堂里担任管理教堂、敲钟、挖掘坟墓的人。

② 班扬（1628—1688），英国散文家，清教徒牧师，反对王政复辟，因传教违反规定，被囚禁 12 年，《天路历程》是他的代表作。

“这是在哪里，”他问道，从旁瞅着那些植物——因为牧师的形容举止本来就个别，眼下呢，不管看什么东西，不管是人还是非人，都很少直视——“我的和蔼的医生，你这是在哪里找到的那些草药，叶子竟然那么黑乎乎的？”

“就在那块墓地，近在眼前，”医生回答着，继续干自己的事情。“它们对我来说也很少见。我发现它们长在一个墓堆旁边，没有墓碑，也没有别的纪念死者的东西，只有这些难看的野草守在一边，让人还记得地下有人。它们是从死者的心长出来的，也许就是要说明埋在他内心的某个可恶的秘密，要是他活着时说出来会更好一些。”

“也许吧，”迪梅斯戴尔先生说，“他本来想说出来，可是没有说。”

“可是为什么呢？”医生追问道。“为什么不说出来呢？就是因为大自然的所有力量一而再再而三地要世人忏悔，这些黑乎乎的野草都会从一个埋在地下的心里蹿出来，把一桩没有说出来的罪恶昭示天下吗？”

“好先生，那只不过是你的一种幻想罢了，”牧师回答说。“倘若我预言得正确，那么没有什么力量在得不到上帝的顾怜的情况下，能把那些可以埋藏在人心里的秘密揭示出来，不管是用语言还是用徽标。那种心，因为隐藏这样的秘密而犯罪，就一定会出于必要把秘密守住，等到所有的秘密全都大白于天下那天。我也没有那样去阅读《圣经》和解释《圣经》，真的以为把人类的思想和行为毫无保留地说出来，就是惩罚的一部分。那肯定是一种肤浅的看法。不会的；除非我的看法大错特错，这些说出秘密的行为仅仅意味着让所有聪明人在智慧方面得到满足，他们会站着等待那一天，看见这种生活的黑色麻烦迎刃而解了。解决那种麻烦，需要了解人的心。还有，我设想，像你讲的那种守住这样痛苦的秘密的心，在那个最后的日子，会把内心的秘密和盘托出，没有任何勉强，只有说不出的快乐。”

“那么，为什么不及时把秘密说出来呢？”罗杰·奇林沃思不动声色地从旁斜了牧师一眼。“为什么那些有罪的人不尽快享受那种说不出来的快乐呢？”

“大多数人都是这么做的，”牧师说，紧紧地把胸口抓住，仿佛遭受了一阵突然袭击的痛苦。“许多啊，许多可怜的人都把他们的秘密向我吐露，那可不仅仅在灵床边，他们活得很好的或者声誉很好的时候都这样。这样一劳永逸地倾吐过后，我看见那些有罪的兄弟们是多么如释重负啊！好像一个人被自己污染的气体憋得很久之后，终于呼吸到自由的空气了。一个可怜的人，比方说，犯了谋杀罪，他怎么会宁愿把那具尸体埋藏在自己的心里，而不干脆立即把它一扔了之，让这个世界来照管它呢？”

“可是，有些人却宁愿把他们的秘密藏在心里，”不动声色的医生说。

“没错；有这样的人，”迪梅斯戴尔先生说。“不过，用不着列举更明白的理由，就可以断定他们所以保持沉默，是出于他们的天性。或者——我们能不这样推测吗？——他们尽管犯有罪过，然而，却保留着对上帝的光荣和人类的幸福的热情，他们不敢挺身出来，把自己的黑暗和肮脏暴露在人们的面前；因为，这样一来，他们就什么好处也得不到了；过去的罪恶也不能用更好的善行来救赎了。所以，因为他们自己说不出来的痛苦，他们只好在他们的同类中转悠，看样子像新下的雪一样白净，可他们的心上斑斑点点都是邪恶，他们怎么也摆脱不掉。”

“这些人欺骗了自己呀，”罗杰·奇林沃思说，比通常加重了一些口气，而且用他的食指轻轻点几下。“他们害怕承担罪有应得的耻辱。

他们对人类的爱，他们为上帝服务的热忱——这些神圣的冲动在他们的心里也许和邪恶的冲动共存，也许没有，可是既然邪恶的伙伴的罪过对他们敞开大门，那么也一定会在他们中间播撒恶魔的种子。不过，如果他们还要为上帝增加荣耀，就别让他们向苍天举起他们不洁净的手吧！如果他们会为自己的同胞积德行善，那么首先让他们表明良心的力量和真实，强迫他们进行忏悔，低调生活。你难道是想让我相信，明智的虔诚的朋友啊，一种虚假的展示——能够更加利于上帝的光荣，或者人类的幸福——要比上帝的真理更可取吗？相信我好了，这样的人欺骗了他们自己！”

“也许是这么回事儿吧，”年轻的牧师说，不大在乎的口气，像是要放弃一次他认为不相关或者不合时宜的讨论了。他确实有一种敏捷的才能，随时可以摆脱任何让他那过分敏感和紧张的气质难以接受的话题。“可是，现在，我倒要问一问我这位手艺高强的医生，你尽心尽意照顾我这虚弱的身体，你认为我是不是真的从中得到了好处？”

罗杰·奇林沃思还没有来得及回答，他们却听见一个小孩子的声音发出来的清脆的无拘无束的笑声，从那片邻近的坟地传过来。从敞开的窗户自然而然地看过去——因为正值夏天——牧师一眼便看见了赫斯特·普林和小波儿，正在穿过横贯庭院的那条小路。波儿看上去像光天白日一样美丽，但是处于那种任性的快活的情绪之中，只要这种情绪来了，好像便会让她完全摆脱那种与人共鸣或者与人联系的范围了。她现在恣意地蹦蹦跳跳，一会儿这个坟墓，一会儿那个坟墓；一直蹦跳到一个死去的贵人——也许就是艾萨克·约翰逊的——那宽大、平阔、有纹章的墓碑前。母亲在后面一再招呼和恳求小波儿要表现得规矩一些，她这才停下来，采摘坟墓旁边高高的牛蒡上带刺的果子。采摘了一把刺果后，她把刺果顺着那个装饰在她母亲胸口的红字的边线一一安插上去，因为刺果有刺，所以紧紧地粘连在上面。赫斯特没有把刺果取下来。

罗杰·奇林沃思这时候走到窗户前边来，冲着窗户下边冷笑。

“没有法律，没有对权威的尊敬，没有对人类法令和观念的关注，不管正确还是错误，这个孩子的构成材料不包括这些东西，”他说，像是对自己也像对他的同伴在说话。“前些天，我看见她在春来巷的牛槽旁边用水往总督身上泼呢。天哪，她到底是什么东西？她真是一个不折不扣的鬼精灵吗？她有爱慕吗？她有什么看得见的人的操守吗？”

“没有——只有一种破坏的法律的自由，”迪梅斯戴尔先生回答说，口吻平静，仿佛他一直在和自己讨论这个问题。“是否具备好的一面，那我就不知道了。”

那孩子也许听见他们说话的声音；因为，那孩子抬头看着窗户，脸上的微笑很甜美，又不乏顽皮和聪明，她把一个刺果扔向迪梅斯戴尔先生。这位极易被惊吓的牧师神经一阵哆嗦，赶紧躲开那个轻轻抛来的刺果。看见他这样躲避，波儿拍起小手来，高兴得什么似的。赫斯特因为孩子的举动不由自主地抬头向上看；于是，这四个人，老的和小的，你看看我、我看看你一声不响，一直等到那个孩子大笑起来，还大声喊叫道：“快躲开吧，妈妈！快躲开吧，要不然那个老‘黑家伙’会把你逮住的！他已经把牧师抓住了。快躲开吧，妈妈，要不他也会把你抓住的！可是他就是抓不住小波儿！”

于是她拉开母亲，蹦啊，跳啊，无拘无束地在死人的坟墓间蹦跳，如同一个与死者以及埋在地下的一代人毫不相干的东西，也不把自己看作同类。仿佛她是用全新的材料刚刚捏弄出来的，所以一定得到允许，自己想怎么生活就怎么生活，有她自己的法律，她的各种怪异的举止不能看作是一种罪恶。

奇林沃思的药典

“看看那个女人，”罗杰·奇林沃思稍稍停顿后接着说。“她的过失不管是什么，都不会有你认为不堪忍受的那种隐匿的罪恶的秘密了。你认为，赫斯特·普林胸口上戴着那个红字，她就会少受煎熬吗？”

“我完全相信，”牧师回答说。“可是，我不能为她回答。她脸上有一种痛苦的表情，我一点也不喜欢看见。不过我仍然认为，遭受苦难的人，比如这个可怜的女人赫斯特，把自己的痛苦明明白白展示出来非常必要，远比一点不露地藏在自己的心里好得多。”

谈话暂时停顿下来；医生重新开始检查和整理他收集起来的草药植物。

“刚刚你问过我，”他终于开口说，“关于你的健康状况的诊断。”

“我问过，”牧师回答道。“很高兴听听你的意见。我请你把话说明白，是生是死都直说好了。”

“那么就有话直说了，”医生说着，依然在忙他那堆草药，不过机警的眼神却瞅着迪梅斯戴尔先生。“身体紊乱得很奇怪；不像紊乱症状本身，也不像表面征象的样子——至少我目前观察的种种病象是这样的结论。每天观察你，我的好先生，察看你的相貌特征，现在已经几个月过去了，我认为你是一个病得很厉害的人，不过也许还没有病入膏肓，让一个训练有素又密切观察的医生束手无策。可是呢——我真不知道说什么好了——这种疾病我似乎见过，又好像没有见过。”

“你绕来绕去把人弄迷糊了，博学的先生，”脸色苍白的牧师说，向窗子外面瞅去。

“那么不妨说得更直白一点，”医生继续说，“而且我要先请你原谅，先生——似乎也应该请求你的原谅——因为我必须把话说得直白一些。我来问问你——作为你的朋友——作为一个在天意下负责你的身心健康的人——这种紊乱的过程可曾明白无误地袒露出来，向我倾诉过吗？”

“你这话是怎么问的？”牧师反问道。“请一个医生来看病，却把病隐藏起来，这纯粹是小孩子玩的把戏！”

“那么你是在说，我什么都知道吗？”罗杰·奇林沃思说，一字一顿的口气，发光的眼睛紧紧盯着牧师的脸，很专注也很机警。“有这话就好！不过，还有呢！医生要是仅仅看到了外表和肉体的症状袒露出来，那往往只能了解到他应召来治疗的那种病症的一半情况。肉体的疾病，尽管我们总把它看作所有的全部病状，可实际上疾病的一些问题与精神部分息息相关。如果我的话说得有点冒犯，那你还得原谅我，好先生。先生呀，在我认识的人中，你肉体上的疾病，可以说，和精神上的疾病联系得最紧密、最吻合，也最里表一致，肉体仅仅成了精神的工具。”

“那么，我不需要再多问了，”牧师说，有些急促地从椅子里站起来。“我看你总不能用药物来医治灵魂吧！”

“所以呀，一种病，”罗杰·奇林沃思继续说，语气并没有改变，也不在意牧师打断了他的话——却站了起来，他那矮小、灰黑、畸形的身体面对着衰弱的脸色煞白的牧师——“一种病，或者我们不妨叫它一个痛处，出现在你的精神里，马上便会在你的肉体上出现相应的表象。那么你认为，你的医生能把肉体的恶病治疗吗？要是你不把你灵魂的伤口或者麻烦袒露给你的医生，这种恶病怎么治愈呢？”

“不！——不会向你袒露的！——不会向一个世俗的医生袒露的！”迪梅斯戴尔先生说，感情用事的口吻，眼睛大睁而明亮，带着几分凶气，转向老罗杰·奇林沃思。“不会向你袒露的！不过，倘若那真是灵魂的疾病，那么我会向那个治疗灵魂的医生[1]把自己交出去！他，不管灵魂能不能承受他的善良愿望，都能治愈得了；要么他狠下杀手。他想怎么处置我就怎么处置我，取决于他的公正和智慧，随他的便。可是，你是谁？也来插手这件事？——你竟敢在受难者和上帝之间充当老大吗？”

他一副发疯的样子，冲出了屋子。

“促成这一步是再好不过了，”罗杰·奇林沃思心下思忖，目送牧师远去，脸上露出了刻板的微笑。“什么东西都不会失去。我们很快还会成为朋友。不过瞧瞧，现在激情是怎样把他紧紧抓住了，把他整得都由不得他自己了！一种激情让他失去常态，另一种激情也会让他失去常态！这位虔诚的迪梅斯戴尔牧师，在他内心的情欲燃烧之际，过去干出过一件出格的事情！”

果然，没有费什么周折，这两位伙伴便又建立起亲密的关系，像过去一样合拍，像过去一样一致。这位年轻牧师独自呆够几个小时，便意识到他的神经紊乱让他失控，大发了一通不应该发的脾气，医生的话没有造成任何理由和借口可以促使他走到这一步。他确实感到不可思议，他竟然用粗暴的态度对待那个和善的老人，他不过只是说出了他作为医生的分内的建议，还是牧师本人一再要求的东西。这些悔恨的感情到来时，他便迫不及待地去向朋友再三道歉，恳求他的朋友继续治疗，即使不能一劳永逸地让他恢复健康，那也可以依赖医生迄今为止采取的手段，延长他虚弱的生存。罗杰·奇林沃思立刻答应了，继续在医疗方面监视牧师；为了牧师他使尽手段，竭诚服务，但是业务上的见面一结束，便一无例外地退出病人的房间，嘴唇边流露出神秘而费解的微笑。这种表情在迪梅斯戴尔先生面前并不显露，可是医生刚刚迈出门槛儿便

①指上帝，包括后面的“他”。

历历在目了。

“一个罕见的病例，”他嘟哝说。“我需要更加深入的诊视。灵魂和肉体之间竟有这样的共鸣！哪怕只是为了医术上的诊治，我也要把这件事情追查到底！”

上面交待过的情景过去后不久，一天中午时分，迪梅斯戴尔先生完全失去意识，因为他坐在椅子里，睡得很沉很沉，他面前的桌子上摆着一本大黑字的书。那一定是一本催眠学派卓有成效的著作。牧师深度入睡非常值得注意，因为他这个人睡觉一般情况下很轻，一阵一阵的，如同一只容易受惊的小鸟儿，一只在树枝间跳来跳去的小鸟儿。总之，他的精神这时进入了非同寻常的遥远的梦乡，老罗杰·奇林沃思事先没有打任何招呼便走进了他的屋子，他则呆在椅子里纹丝未动。医生直接走到病人的前面，把手放在病人的胸口，拉开了那件法衣，它迄今为止一直穿在病人身上，他诊视时都不曾撩开过。

这时，一点没错，迪梅斯戴尔先生哆嗦了一下，轻轻掀动了一下身子。

稍作停顿，医生转身离去了。

然而，他脸上露出什么样的狂喜之色，惊奇、欣喜，还有恐惧！那是多么巨大的狂喜啊，好像无以复加，他的眼睛和五官简直无法表达出来，因此还得通过他那畸形丑陋的身子往外发泄，他于是把两条臂膊猛然伸向天花板，两只脚用力跺踏地板，通过这样极尽夸张的动作肆无忌惮地表现出来！要是一个人看见老罗杰·奇林沃思刹那间欣喜若狂的样子，他再也用不着追问撒旦看见一个人的宝贵灵魂从天国堕落，会有什么样的表现了。

但是，这个医生的狂喜又不同于撒旦的狂喜，因为他的狂喜中另有惊奇的成分。

十一　心的深处

上面提到的这件事情发生后，牧师和医生的交往尽管表面上一如既往，但实际上和以往大不相同，发生了性质上的变化。罗杰·奇林沃思的推理能力现在具备了一条相当平坦的小路，就铺在前面。不过确切地讲来，这条小路也不是他过去为自己铺下的。他表面上举止平静，温和，克制情感，但是我们担心，这个不幸的老人内心里藏着相当深的恶毒，目前为止一直潜伏着，但是现在活动起来了，引导他想象出一种不露声色的报复，是别人谁都未曾向敌人施行过的。把自己装扮成了一个心心相印的朋友，对方便毫无防范地把所有的恐惧、懊悔、痛苦、多余的后悔、倒流的有罪思绪，统统排解出来！所有这种犯罪的忧愁都向他这个毫无怜悯之心、毫无宽恕之怀的人袒露出来，却对这个世界隐藏起来，这个世界博大的胸怀只好表示怜悯和宽恕！所有那种深藏不露的宝物都会毫不吝啬地用在那个人身上，其余别的招法都不足以还清宿债！

牧师羞怯而迷惑的审慎态度，曾经妨碍了这个计划。但是，罗杰·奇林沃思却对事情的进展，即便算不上全部，也很难说有什么不满意的，因为天意适时而至——利用复仇者和牺牲者达到自己的目的，而且，也许在看来最该惩罚的地方发了慈悲——取代了他那些险恶的计划。他简直可以说，一种启示早已赐予他了。对他的预谋来说，这一启示是天上来的，或是别的什么地方来的，都无关紧要了。有了这一启示的帮助，在后来他和迪梅斯戴尔先生的所有交往中，不仅迪梅斯戴尔先生外在的表现，还有深至内核的灵魂，似乎都被带出来——呈现在他的眼前了，所以他能够把那颗灵魂每时每刻的活动看清楚，揣摩透了。从此以后，他不仅成了一个旁观者，而且充当了这位可怜的牧师内心世界的主要演员。他可以把玩牧师，想怎么玩都可以。他想让他感到一阵跳动的疼痛吗？这个牺牲者便会遭受一阵又一阵跳痛的折磨；这只需要知道控制引擎的那个小小的弹簧在哪里就行了；医生对此轻车熟路啊！他想让他受到突然而至的惧怕的惊吓吗？那就把魔术师的魔杖晃动起来，招来一个恐怖的幻影——甚至招来成千个幻影——变幻出多种形态，比如死亡，或者更可怕的耻辱，全都簇拥在牧师的周围，纷纷用手指指向他的胸膛！

这一切完成得周密细致，神不知鬼不觉，牧师虽然早已一再模模糊糊地感觉到某种邪恶的势力在盯着他，但是他就是一直弄不清楚它的真实面貌。不错，他怀疑地、恐惧地——有时候甚至带着怀恨的恐惧和酷烈——看着老医生那个七扭八歪的残身。他的举止，他的步态，他的花白胡须，他最轻微最轻心的动作，还有他的衣服的那种样子，都让牧师见了感到恶心；一种不言自明的暗示表明，那就是牧师的胸腔里那种越来越深的反感，连他自己都不愿意承认。因为，对于这样的疑惑和憎恶，迪梅斯戴尔先生无法找出一种理由，可同时他确实感觉到一块病灶的毒素正在影响他的心脏的全部组织，于是便把所有的预感都归结于这点，不再找别的原因了。他责备自己对罗杰·奇林沃思恶意揣测，没有从种种恶意共鸣中接受教训，尽自己最大的努力把恶劣心态消除干净。因为不能做到这点，他便硬着头皮继续把那个老人当作老熟人来往，可这等于他经常主动地提供复仇的良机，让对手屡屡得手——其实呢，老头子不仅充当了孤独无助的可怜虫，而且比他的牺牲品更倒霉。

就这样，迪梅斯戴尔牧师不仅遭受肉体上的折磨，而且遭受灵魂的惴惴不安的折磨，同时还乖乖地让自己的死对头玩于股掌之上，可就在这个时候他在自己的圣职上获得了啧啧称赞的口碑。他美名播扬，在很大程度上的确是因为他总是悔恨交加的样子。他的才智天赋，他的道德感知，他的传授和沟通情感的力量，这些因为他日常生活的刺痛和苦恼而一直处于超乎常态的活动之中。他的名声，尽管处于上升的坡头，却已笼罩住了他的同行的良好声誉，其中几个还是名人。他们中间有的是学者，已经花费了更多的岁月探求深奥的知识，都是有关神学这行的，所用时间比迪梅斯戴尔先生活得还长呢；所以，他们博学多专，又扎实又有价值的业绩是这位年轻的兄弟还望尘莫及的。其中还有一些人，比起他的脑力构造强壮得多，因此理解力就更加机灵、强硬，像钢铁，像花岗岩；这样的脑力再混合相当数量经文方面的内容，就能修炼成德高望重、令人信服和令人仰止的那种宗教人士了。另有一些则是名副其实的神圣先辈，他们的才能由于博览群书和深入的思考而出类拔萃，而且由于和美好世界的精神交流而臻于完善，在美好世界里他们生活的纯洁性已经和那些圣洁的人物相交，只是凡俗的外衣还穿在身上。他所缺乏的是圣灵降临节[①]赐予那些精选的圣徒的天赋，像火焰的舌头[②]；形象地说来，他们所缺乏的好像并不是用外语和不知道的语言讲话的能力，而是用心灵固有的语言对整个人类讲话的能力。这些先辈，在其他方面都和圣徒差不多，却独独没有上天赐予的他们圣职方面的最难得的最后证明，那就是“火焰的舌头”。他们徒劳地苦苦追求——一直是他们梦寐以求的——用熟悉的词句和形象这种最不起眼的媒介，来表达最高的真理。他们的声音从他们习惯居住的高处传下来，遥远而不清楚。

---

① 基督教的重大节日之一，每年复活节后的第 7 个星期日，亦即第 50 日，也叫五旬节。

② 见现代中文译本《圣经 · 新约 · 使徒行传》第 2 章：“五旬节那一天，信徒都聚集在一个地方。忽然有声音从天上下来，仿佛一阵大风刮过的声音，充满了他们坐着的整个屋子。他们又看见形状像火焰的舌头，散开，停落在每一个人身上。他们都被圣灵充满，按照圣灵所赐的才能说起别种语言来。”

迪梅斯戴尔先生，按他的性格品质来看，本来就属于这后一类圣职人物。他本来能够爬上信仰和神圣的巅峰，可叹这样的前程被罪恶和痛苦的重负之类的东西耽搁了，他命中注定要在这样的重负下蹒跚行走。重负让他弯腰屈背，与最底层的人在一个水平上行走；这个具有空灵属性的人，要不是落到这一步，天使们都巴不得聆听和回答他的声音啊！然而，正是这一重负，让他对犯罪的人类同胞充满至亲至爱的同情，他的心弦与他们的心弦产生共鸣，把他们的痛苦时刻惦记在心上，把自己内心的跳痛用悲伤而动听的辞令，传达给成千上万颗心。他的言辞更多的时候动人心弦，不过有时候也让人不寒而栗！听众并不知道感动他们的是这样的力量。他们只是把这个年轻的牧师看作神圣的奇迹。他们把他想象成上天的喉舌，传达智慧、责备和爱。在他们的眼里，他走过的所有地皮都是神圣的。他教会中的那些处女在他周围变得脸色苍白，成了与宗教感情密不可分的激情的牺牲品，她们竟然把这种激情想象为全部宗教，公开把这种激情带进她们雪白的胸脯，当作她们在祭台前义不容辞的献祭。他的教民中那些上年纪的信徒，尽管他们自身病症缠体，但看见迪梅斯戴尔先生的身子骨如此虚弱，却相信他会先走一步进入天堂，于是嘱咐他们的孩子看清这点：他们的老骨头应该埋葬在他们的年轻牧师的神圣墓堆的旁边。与此同时，可怜的迪梅斯戴尔先生一想到他的墓堆，却扪心自问，他墓堆旁能不能长出青草来，因为一种可恶的东西必须埋葬在坟墓里啊！

难以想象的是这种公众的尊敬让他备受折磨的痛苦啊！崇敬真理是他的真诚冲动，把所有东西看成影子一样，在它们的生命中没有像生命这样神圣的本质，便完全没有重量和价值。那么，他是什么呢？——一种物质吗？——还是所有影子中最模糊不清的那个？他希望从他自己的讲坛上宣讲出来，声音格外洪亮，告诉听众他是什么。

迪梅斯戴尔的幻觉

“我，就是你们看见身穿黑色法衣的人——我，就是登上这个神圣讲台的人，朝上天仰起我的苍白的脸，代表你们与高高在上的上帝进行交流——我，你们从我的日常生活中看见了以诺[①]的圣洁——我，如同你们推测的，在我行走的世俗道路上留下一溜光亮，跟随我的朝圣者们会被引进极乐的世界——我，曾把施洗礼的手放在你们孩子的身上——我，曾在你们临终的朋友身边进行告别的祈祷——我，你们的教区牧师，你们尊敬，你们相信，却是一团不折不扣的烂泥，一个彻头彻尾的骗子！”

不止一次，迪梅斯戴尔先生走上讲台，打定主意要讲出上述这番话，才会迈步走下来。不止一次，他清了清喉咙，深深地吸了一口颤抖的长气，等着这口气吐出来，就会把灵魂中邪恶的秘密吐露出来。不止一次——不，不止一百次——他实际上讲了！讲了！然而怎么讲下去呢？他告诉他的听众，他是一个彻头彻尾的无赖，一个无赖透顶的群体中的更无赖的同伙，罪人中最坏的罪人，一个令人恶心的东西，一个想象不到多么邪恶的玩意儿；他告诉他的听众唯一的怪事是，由于全能上帝的怒火的惩罚，他的倒霉的肉体就在他们眼前枯萎，他们竟然看不出来！不会再有比这更直白的讲话了吧？那些听众会同时爆发出一阵冲动，从他们的座位上跳起来，把他从讲坛上拉下去吗？不会，根本不会啊！他们把这些话全都听进去了，可是反倒对他更加尊重了。他们根本听不出来那些自我谴责的话语中暗含着什么要命的内涵。“这个虔诚的青年人！”他们在自己的圈子里交流看法。“这个人世间的圣人啊！天哪，他在自己清白的灵魂中还看出了这样的重罪，那么发生在你我身上的罪过会是多么可怕的景象啊！”牧师心里很明白——他把伪善行径表

① 《圣经·创世记》中的人物，与上帝有来往，活了365岁。

现得十分巧妙，却又在表示忏悔哪！——世人用什么样的眼光看待他遮遮掩掩的忏悔。他在公开表露有罪的良心，借此竭力让自己承担欺骗，但是他却仅仅得到了另一种罪过，一种只有自己知道的罪过，到头来连一刻的慰藉都没有得到。他讲出了真正的真理，临了却把真理变成了不折不扣的伪善。然而，从他天生的品性来说，他热爱真理，厌恶谎言，很少有人能像他这样做到这点。因此，所有的东西之中，他最厌恶的就是他倒霉的自己。

他内心的烦恼驱使他按照陈旧的、腐败的罗马信仰行事，却不顺着生他养他的教会的更明亮的光辉走自己的路。在迪梅斯戴尔先生的密室里，在锁头和钥匙下，藏着一根血淋淋的鞭子。这个新教教徒和清教徒的圣人，经常用这根鞭子狠狠地抽打自己的肩膀；一边抽打，一边对自己大声苦笑，随后由于这种苦笑而抽打得更加厉害。如同许多别的虔诚的清教徒一样，他也有斋戒的习惯；但是，与他们很不同，并不仅仅为了让肉体变得更加纯洁，让肉体充当圣光闪耀的更适合的载体，而是让斋戒变成一种格外惨烈的行动，一直饿得他身下的两个膝盖瑟瑟发抖才停止。另外，他不间断地守夜，一个晚上接着一个晚上，有时在一团漆黑中打发时间；有时点着一盏昏黄的油灯；有时让强烈无比的光照在自己的脸上，他在镜子里端详自己的脸。他用这样典型的手段不断地反省，实则是折磨自己，却并不能让自己变得更纯洁。在这些拖拖拉拉的守夜活动中，他的脑子经常旋转，各种幻象好像在他面前飘忽不定；也许是一个个疑疑惑惑的影子，它们自身有一缕淡淡的光亮，在房间一片遥远的朦胧中或隐或显，或者比较清晰，离他近在咫尺，出现在那面镜子里。一会儿出现一群魑魅魍魉，对着脸色煞白的牧师龇牙咧嘴，恣意取笑，招呼他跟随它们而去；一会儿出现一群光环笼罩的天使，闪动着沉重的翅膀向上飞去，如同忧愁沉甸甸地坠着，可是随着升高飞得越来越飘然了。一会儿，他少年时期的亲人朋友来了，他胡须花白的父亲面带圣人般的愁容，而他的母亲路过时却把脸扭向了一边。我想，一位母亲的幽灵，一位母亲的缥缈虚无的影子，也会对他的儿子投去心疼的一眼吧！又一会儿，在这个让这些妖魔鬼怪的念头弄得阴森可怕的房间里，赫斯特·普林飘然而至，领着小波儿，只见她身穿猩红的外衣，伸出她的小食指，先是指了指她母亲胸前的红字，随后指向牧师自己的胸口。

这些幻象没有一个曾让他信以为真。时时刻刻，他靠意志的努力，都能从它们影影绰绰的现形中看出他们的实质，并且让自己相信他们本质上不是实在的，不像那边那张精雕细琢的橡木桌子，或者那本皮面铜匣的神圣的《圣经》。然而，尽管是这么一回事儿，但是它们从某种意义上讲，则是再真实不过、最实在不过的东西，可怜的牧师现在就在与它们周旋。他这样阴阳两面的生活，过起来有说不出来的痛苦，这种生活可以把我们周围所有的实体的精髓和实质都挖空了，可这些实体就是上天赐给世人的精神愉悦和滋润呀。对于不真实的人来说，整个宇宙都是虚假的，是抓不着摸不着的，抓在他手里立即化为乌有。而他自己，至少是在虚假的光线中显露出来的他自己，变成了一个影子，或者，索性就不存在了。这人世间让迪梅斯戴尔先生继续感觉得到真实存在的东西，是他自己灵魂深处的那种痛苦，以及他面貌上那种痛苦的毫不掩饰的表情。如果他再能找到力量来微笑，露出一张愉快的笑脸，那么这样的人是不存在的啊！

在这样一个难熬的夜里，如同我们曾经一笔带过的却没有充分描绘的，牧师吓得从椅子上跳起来了。一个新的念头让他明白过来了。这样的念头中也许有瞬间的宁静。他好好穿戴了一下，仿佛他过去出席公众的礼拜那样，作出参加礼拜的样子，轻手轻脚地走下楼梯，打开门，出门去了。

十二　牧师的守夜活动

仿佛在梦中的阴影里行走，也许实际上就是在一种夜游的影响下，迪梅斯戴尔先生来到那个地点，就是很久以前赫斯特·普林经受她最初数小时当众受辱的地方。还是那个行刑台或者绞架台，七年漫长岁月的剥蚀，木头发黑，颜色陈旧，又因为此后许多犯人走上去踩踏不堪重负而破损，依然站立在会议厅的下面。牧师走上了绞架台的台阶。

五月初一个朦胧的深夜。一层均匀的云布覆盖了整个天空，从天顶一直到天边。那些当初站在周围目睹赫斯特·普林接受惩罚的观众，如果现在能够召集起来，在这个灰蒙蒙黑沉沉的午夜，那他们也很难看清楚绞架台上这张脸，也很难看清楚人体的轮廓。不过，这个小镇全都入睡了。暴露真实面貌的危险是不会有的。牧师如果喜欢，他尽可以站在那个平台上，等到晨曦映红东方，别无风险，只有阴湿的冷峭的夜气会钻入他的身体，风湿症会让他的关节变得生硬，黏膜炎和咳嗽会让他的喉咙拥塞；喉咙不畅，也只能让第二天期望聆听祈祷和讲道的听众感到遗憾，牧师并不会有别的什么危险。没有什么眼神能看见他，只有那个一直警觉的人，在他的密室里盯着他，一直挥舞着那根血淋淋的鞭子。那么，他为什么会到这里来呢？仅仅是因为忏悔的嘲弄吗？没错，一种嘲弄，可是他的灵魂就是在这样的嘲弄中自己作弄自己啊！一种天使会为之羞赧和哭泣的嘲弄，而魔鬼则会幸灾乐祸，在一旁讥笑！“懊悔神”处处不放过他，在这种冲动驱使下他来到了这里，可是“懊悔神”的同胞姐妹和同伴就是“怯懦神”，每当他在“懊悔神”的冲动的迫使下就要讲出秘密的时候，“怯懦神”的冲动便及时地把他往回拉，不停地颤抖却抓得很紧。可怜的苦难的人啊！他这样懦弱的人有什么权利来肩负犯罪的重责呢？犯罪是神经如钢铁的人的权利，他们或者选择忍受罪过，或者，一旦压力不堪承受了，便使出他们猛烈而野蛮的力量，把罪恶推得干干净净！这个懦弱的人，精神却异常敏感，两种选择都难以做出，却不停地这样选择或者那样选择，左右为难，结成了一个解不开的死结，造成了天大的罪过与徒然的悔恨交织在一起的痛苦。

于是，站在绞刑架上，进行这种徒劳的清算罪过的表演，迪梅斯戴尔先生被心灵的巨大恐惧吓住了，仿佛宇宙都在注视他裸露的胸膛上的一个红字的标志，就在他的心脏上方。就在那个点，一点没错，肉体的痛苦的牙齿在啃咬，在放毒，已经很久很久了。他的意志没有费任何力气，浑身也没有使出任何力量，他突然大叫起来；一声尖叫，轰隆隆地回荡在黑夜，在一栋房子和另一栋房子之间撞击，在远处的山峦间一阵又一阵地回响；仿佛一群魔鬼，察觉到其中的太多的痛苦和恐惧，把这声喊叫当作玩物，扔过去又扔回来。

“这下好了！”牧师嘟哝说，把两只手捂在脸上。“整个小镇都会醒来，赶到这里，在这里找到我！”

但是结果并不是这样的。这声尖叫也许在他的受惊的耳朵听来，具有一种比实际喊叫更大的力量。小镇没有醒来，或者，如果醒来了，那些睡意蒙眬的人们也会误以为这声尖叫是梦中什么吓人的东西喊叫的，或者是巫婆们装神弄鬼的声音；因为在那个时候，巫婆和魔鬼一起从空中走过，经常会在移民区或单独的小屋子上空听见他们的声音。所以，牧师没有听到丝毫受惊的响动，睁开眼睛，环视四周。总督贝林厄姆的宅第一间屋子的窗户，在稍远的地方，另一条街区，他看见那位老地方长官本人的身影，手里端着一盏灯，头上戴着一顶睡帽，一件白色的长袍罩住了他的身子。他看上去像一个幽灵，不可理喻地从坟墓里被召唤出来了。很显然，那声尖叫把他吓醒了。同时，那所宅第的另一个窗户出现了希宾斯老夫人，总督的妹妹，也端着一盏灯，尽管相隔这么长的距离，她脸上那种乖戾而不满的表情依然暴露无遗。她从窗户格子探出头来，焦虑地向上望去。毫无疑问，这个老资格的巫婆已经听见了迪梅斯戴尔先生的尖叫，而且从此起彼伏的回声和反响中听出来恶魔和梦鬼的呼应声，她和那些妖魔鬼怪在森林里一起转悠，这是大家都知道的。

觉察了贝林厄姆总督的灯盏，这个老夫人赶快把自己的灯熄灭，一下子消失了。很可能，她上了天空，置身云端。牧师没有看见她下一步的活动。总督呢，在夜幕里警觉地观察一番——在夜幕中他除了看见一块墓碑可能什么也没看见——从窗户边回去了。

牧师终于相对地平静下来。但是，他的眼睛很快看到了一小片闪烁的光，起初在远处，渐渐地顺着街道移近了。在这一小片光的晃动下，这里出现一根木杆，那里出现一截花园的围栏，这里是一个窗户格子，那里是一个唧筒和盛满水的水槽，这里又是一扇带铁环的拱形橡木门，那里又是一块铺作门阶的粗木头。尊敬的迪梅斯戴尔先生注意到了这些瞬间出现的细枝末节，同时仍然坚定地相信他这时听见的脚步声中预示着他的命限快到头了；他还确信那盏灯的光会照到他身上，只需几分钟，他长期隐藏的秘密就会暴露出来了。随着灯光越来越近，他看见了灯光照亮的圈子里，他的牧师兄弟——或者更确切地讲，他职业上的父亲，也是高度尊敬的朋友——威尔逊牧师先生；按照迪梅斯戴尔先生眼下的推断，威尔逊先生是刚刚在某个要死的人床边做过祈祷。他确是在做这事情的。这位好心的老牧师刚刚从总督温思洛普的悼念室出来，温思洛普总督就在这一时刻从人间升入了天国。而现在，如同古时候的那些圣人一样，他身边有一圈光环，在这阴沉沉的罪恶之夜闪耀着无限光荣——仿佛故去的总督把自己的光荣的遗产留给他了，又好像他仰视这个光荣一生的朝圣者[1]进入天国的大门时，他把那天上的城镇的遥远光辉揽在了自己身上——简单说来，好心的威尔逊牧师现在借着明亮的灯笼引路，正在往家里去呢！这盏灯的光晕让迪梅斯戴尔牧师产生了上边说到的种种想象，他因此微笑了，不，几乎大笑起来，随后他怀疑自己是不是就要发疯了。

威尔逊牧师先生从绞刑架旁走过，用一只手把黑色大袖法衣[2]紧紧拉住，另一只手在胸前提着灯笼，迪梅斯戴尔牧师差一点忍不住开口讲话。

“晚上好，尊敬的威尔逊牧师！我请你上这里来吧，和我一起打发一个快乐的时光吧！”

老天爷啊！迪梅斯戴尔先生真的讲这番话了吗？有那么一瞬间，他相信这些话儿从他的唇间出来了。然而，这些话只是在他的想象中说出来了。可敬的威尔逊牧师继续缓缓地向前走去，小心地看着他脚下那条泥泞的小路，始终没有转过头来看那个罪过的行刑台。那盏闪烁的灯笼的光晕渐渐远去，一阵晕眩向迪梅斯戴尔牧师袭来，他这才发现刚刚过去的几分钟经历了一个可怕的焦急危机；尽管他的脑子采取了一种胆战心惊的玩耍态度，不知不觉中努力让自己放松下来，可毕竟是在对付一场危机。

过了一会儿，那种幽默的惊悚感再一次不知不觉地进入他思想的严肃的幻象中间。他感觉他的四肢越来越僵硬，深夜的寒气难以承受，他怀疑他是不是还能够走下绞刑架的台阶。早晨就要到来，晨光会把他照出来。左邻右舍就要起来了。最早起来的那个人在蒙蒙晨曦中走过来，

---

① 指温思洛普总督。

② 原文 Geneva cloak，或写作 Geneva gown，原指日内瓦加尔文宗教牧师或者新教牧师穿的袍子，以袖子长而宽为其特色。

会发现一个模糊的人影，高高地站在这个丢人现眼的地方；而且，他会介于警觉而好奇的半疯状态，转身离去，挨家挨户地敲门，把所有的人叫来看看这个幽灵——他也只会这样想啊——这个已死的罪人的幽灵。一场拂晓到来的混乱会煽动起翅膀，从一家飞向另一家。然后——清早的光会越来越明亮——上年纪的老人们会急惶惶地起床，大家都身穿法兰绒长袍赶来，而那些个主妇们，也会迫不及待地赶来，连她们的睡衣都来不及脱换。成群衣冠讲究的人士，过去从来没有在人面前乱过一丝儿头发，这次却会在公众面前惊惶不已，他们的神色像从噩梦中醒来一样惴惴不安。老总督贝林厄姆板着面孔走来，詹姆士王式绉领系得歪歪斜斜；希宾斯夫人呢，裙子上粘着树林的小树棍，看上去比过去任何时候都更加乖戾，由于夜里出行还没有来得及合眼呢；还有，好心的威尔逊牧师，在灵床边度过了大半个夜晚，这么早就让人从他光辉笼罩的圣人梦境中惊醒，心中颇觉不快。与此同时，迪梅斯戴尔先生的教堂里的长老和副牧师也会来到这里；那些年轻的处女平日把牧师视为偶像，在她们雪白的胸脯里为他设立神龛，这个时刻也会赶到这里来；她们急匆匆地赶来，丢三落四，简直来不及把头巾罩在头上。一句话，所有的人都会磕磕绊绊越过他们的门坎儿，扬起他们惊诧的吓坏的面孔，围观这个绞刑架。他们在这里会看见谁呢？早霞映照在额头的人是谁呢？谁也不是，就是阿瑟·迪梅斯戴尔牧师，已经冻得半死，一副羞愧难当的样子，站在赫斯特·普林曾经站立的地方！

牧师被这幅千奇百怪的恐怖图画搅乱思绪之际，他万万没有料到，一阵脆生生的笑声突然响起来。他马上听出来那是孩子在笑，轻盈，飘逸，让他的心一阵悸跳，但是他不知道是因为强烈的痛苦而悸跳，或是因为异常的喜悦而悸跳，却辨认出来是小波儿的声调。

“波儿！小波儿啊！”他稍稍停顿一下，叫起来；然后，他把声音压低了。“赫斯特！赫斯特·普林啊！是你在那儿吗？”

“是啊；是赫斯特·普林！”她回答道，口气非常惊讶；牧师听见了赫斯特的脚步声正从路边走过来，她原来一直在那边赶路。“是我，还有我的小波儿。”

“你从哪里来，赫斯特？”牧师问道。“什么事儿让你到这里来的？”

“我一直在灵床边守护的，”赫斯特·普林回答说。“守护总督温思洛普来着，把他的袍子长短量了一下，现在要赶回家去。”

“到这里来，赫斯特，你和小波儿都过来，”尊敬的迪梅斯戴尔先生说。“你们两个过去都在这里站过，可我没有和你们在一起。来这里再站一次吧，我们三个一起站在这里！”

赫斯特一声不响地登上台阶，站在了行刑台上，用手拉着小波儿。牧师摸到孩子的另一只手，拉在手里。他拉住孩子小手的一瞬间，好像一种新生命的滚滚涌动冲他而来，他生命之外的另一个生命，如同洪流冲进了他的心灵，急匆匆穿过他的脉搏，仿佛母亲和孩子把她们生命的热流传给他那半瘫痪的系统。这三个人连成了一条电路。

“牧师！”小波儿小声叫道。

“你要说什么，孩子？”迪梅斯戴尔问道。

“明天中午你会和我妈妈还有我，站在这里吗？”波儿询问道。

“不；不会的，我的小波儿，”牧师回答说；因为，随着此时此刻新的活力到来，在公众面前曝光的一切惧怕都来了，尽管很久以来这种惧怕一直是他生活中的痛；他为这样的聚会已经在浑身颤抖——然而带着一种奇怪的欣喜——他现在找到了自己。“不会的，我的孩子。不过总有一天，真的，我会和你妈妈还有你站在一起的，但不是明天。”

波儿笑起来，试图把小手抽回来。但是，牧师把她的小手握得紧紧的。

“再等一会儿，我的孩子！”他说。

“可是你会答应，”波儿问。“明天中午拉住我的手，拉住我妈妈的手吗？”

“明天不行，波儿，”牧师说，“另外找时间吧。”

“另找时间是什么时候呢？”孩子追问道。

“到了那个伟大的审判日，”牧师小声说；奇怪得很，他感觉到他是一个职业的宣传真理的教师，这种感觉逼迫他这样回答孩子。“到了那天，到那种地方，在审判座前边，你妈妈，你，和我，一定会站在一起的。但是，这个世界的日光不会看见我们三个相聚在一起！”

波儿又笑起来了。

然而，迪梅斯戴尔牧师还没有来得及说话，灰蒙蒙的天空出现了一抹光亮，很远，很宽阔。毫无疑问，这是一颗流星带来的光，守夜的人经常可以看见它在浩渺的天际燃烧掉。它的光辉非常强大，可以把天地之间稠密的载体照得通亮。灰色的天穹亮了，如同一盏巨大的灯笼的圆顶。这道光把街区熟悉的景致照亮了，像中午时分一样清晰可见，但是又如同熟悉的物体被不习惯的光照亮总会有的可怕现象。那些木头房子，楼层格外突出，三角顶古里古怪；那些门阶和门槛儿，早春的野草到处往外钻；那些花园地块，新翻的土壤油黑油黑的；那条车轱辘辙印，碾下去一些凹痕，而且，就是在市场一带，两边也绿草如茵——所有景物历历在目，可是显露出独特的样子，好像让这个世界的万物另有一种道德上的说法，却是过去从来不曾有过的。牧师站在那里，一只手放在他的心脏上；赫斯特·普林呢，戴着那个刺绣精致的字母，在她胸前闪闪发光；而小波儿，她本身就是一个象征，是这两个大人的连接环。他们三个站在如同中午时分的古怪而肃穆的亮光里，仿佛这就是暴露所有秘密的光，就是要把彼此亲密关联的人结合在一起。

阿瑟、波儿和赫斯特在绞架旁

小波儿的眼睛里是有魔力的；她向上看着牧师，脸上露出淘气的微笑，让那种笑的表情像小精灵似的。她把小手从迪梅斯戴尔先生的手中抽出来，向街区那边指去。但是，牧师把两只手紧紧地扣在胸前，两眼向天空望去。

在那时候，再平常不过的事情是，所有天空异象以及其他不像日月升落那样常规的自然现象，统统解释成超自然界的征兆。所以，子夜时分的天空出现一柄寒光闪闪的矛啦、火焰熊熊的短剑啦、一张弓，或者一支箭啦，都会认定是印第安人在动刀兵了。一道红光横空出现，会被认为在预兆一场瘟疫的到来。我们有理由相信，所有著名的事件，不管是好是坏，过去降临新英格兰，从移民时期直到革命时期①，当地居民事先都曾经得到过这种自然景象的警告，没有一次例外。这种天空异象还差不多都是成群的人一起看见的。然而，更多的时候，这样的天空异象会被区区一个人所深信不疑，他通过自己想象中有色的、放大的以及扭曲的目光来看待这种奇迹，事后想起来便添油加醋地说得像真的似的。的确，民族的命运由天空中出现的这些可怕的赋予寓意的异象揭示出来，是一种颇有威严的观念。一条如此辽阔的卷轴，让天意在上边书写一个民族的命运，倒是绰绰有余的。这种信仰颇得我们祖先的偏爱，因为这表明他们的幼小的共和体受到了上天特别亲密而严格的佑护。然而，当一个人发现一个启示，在这同一个巨大的记录卷轴上，却单单对他自己讲出来，我们又会说什么呢？在这样的情形中，这只是高度紊乱的精神状态的征候而已，因为一个人由于长期遭受紧张的、秘密的痛苦而不断地进行病态的自我反省，已经把自我主义凌驾于自然的整体之上，苍天这时候也不过是一页合适的纸，仅供他抒写自己的灵魂和命运！

---

①当指美国独立战争的革命。

所以，我们只能说，牧师仰望天空，看见了一个巨大字母 A 的轮廓，边缘用暗红色光线界出，那是他自己的眼睛和心灵的疾病所致。这并不是说那颗流星当时没有在云层里燃烧出光亮；而是说没有他想象中所赋予的那种字母 A 的样子，或者，至少没有那么惟妙惟肖，因为另一个罪人会在同样的现象中看出另一个符号。

在这个时刻，一种独特的氛围让迪梅斯戴尔先生的心理状态独具变化。他始终在仰望天空，但是，他完全清楚小波儿的小手指在指向老罗杰 · 奇林沃思，他就站在离绞刑架不很远的地方。牧师好像也看出来，老罗杰 · 奇林沃思和他一样看见天空中出现那个神奇的字母 A 了。在他的五官间，如同在所有其他物体上，那颗流星的光，映照出了一种崭新的表情；或者，也许，当时医生并没有像平时那样小心谨慎，竟然流露出他审视他的牺牲品的险恶心理。毫无疑问，如果那颗流星在天空燃烧之际，照亮了大地，带出一种威慑之气，告诫赫斯特 · 普林和牧师到了审判之日，也许会看见罗杰 · 奇林沃思就是那个魔王，站在一旁奸笑，要把他们收在自己旗下。那种表情历历在目，或者牧师看见那种表情十分强烈，当那颗流星消失之后，仿佛街道和所有物体都一时间消亡了，那表情却仍然涂抹在黑暗的幕布上。

“那个人是谁，赫斯特？”迪梅斯戴尔先生喘着气说，吓得什么似的。“我看见他就浑身发抖！你认识那个人吗？我很不喜欢他，赫斯特！”

赫斯特记起了她的誓言，一声不响。

“我告诉你，看见他我的灵魂就会发抖！”牧师又低声说。“他是谁？他是谁？你不能告诉我一点什么吗？我对这个人有一种无名的恐惧啊！”

“牧师，”小波儿说。“我能告诉你他是谁！”

“那就快告诉我吧，孩子！”牧师说，弯下身子把耳朵凑到了小波儿的小嘴唇边。“赶快说吧！——把话说得越低声越好。”

小波儿在他的耳边嘟哝些什么，听起来确实像人类语言，但却仅仅是小孩子家一起玩耍时可以听来娱乐的无意义的儿语。不管怎样，如果其中有什么关于老罗杰·奇林沃思的秘密消息，那种语言也不是饱学的牧师能够听明白的，只能增加他心灵的迷惑。随后这个小精灵一样的孩子大声笑起来。

“你这是在嘲笑我吗？”牧师问道。

“你不够胆大！——你也不够真实！”孩子回答说。“你不敢答应拉住我的手，拉住我妈妈的手，在明天中午拉我们的手！”

“尊贵的先生，”医生回答说，这时他已经走到了行刑台的脚下。“虔诚的迪梅斯戴尔牧师啊！果真就是你吗？好啊，好啊，一点没错！我们搞学问的人，埋头在书堆里，竟然也要人紧紧地照看住啊！我们在清醒时做梦，在睡觉时走路。好啊，好心先生，我亲爱的朋友，请让我把你领回家去吧。”

“你怎么知道我在这里？”牧师追问道，很害怕的样子。

“真的，说实话，”罗杰·奇林沃思回答说。“我一点都不知道。我大半夜都在尊敬的温斯洛普总督的灵床边忙活，用我那点可怜的手艺让他得到一些安慰。他回老家那个更美好的世界去了，我呢，同样也走在回家的路上，这时一道奇怪的光出现了。请跟我走吧，牧师先生；要不然，你明天就没有办法应付安息日了。啊！你看这些书本是多么让人伤脑筋——这些书啊！这些书啊！你应该少读些书，好心的先生，多少找点乐子吧；要不然这些夜游症会搞垮你呢。”

“我和你一起回家吧，”迪梅斯戴尔先生说。

一阵寒气袭人的沮丧，如同一个人醒来，浑身没有知觉，只想到做了一个噩梦，牧师乖乖地听从医生的话，被领了回去。

但是，第二天是安息日，他做了一次讲道，被人们认为是从他唇间讲出来的最丰富最强有力的布道，充满了无以复加的神圣的影响。据说，人们，更多的人们，因为这篇布道打动灵魂而归顺真理，而且在他们内心发誓，要在以后漫长的生活中对迪梅斯戴尔先生深怀神圣的感激。但是，在迪梅斯戴尔先生走下圣坛的阶梯时，那个花白胡须的教堂司事迎住了他，递给他一只黑色手套，牧师立即认出来是他自己的。

“这是捡到的，”教堂司事说，“今天早上在那个绞刑架上捡到的，干坏事的人就在那里当众受辱。我想呢，是撒旦丢在那里了，就是存心对你的好名声恶声恶气的取笑吧。不过，他这才是瞎了眼，很愚蠢，撒旦就是撒旦，恶习难改呀。一只纯洁的手是用不着戴手套的！”

“谢谢你，我的好朋友，”牧师不苟言笑地说，但是内心大为惊讶；因为，他的记忆乱糟糟的一团，他自己也不知道怎么回事，把昨天夜里发生的事情看作幻觉了。“是的，看样子是我的手套，没错！”

“看来，既然撒旦看出来可以顺手偷去，那么先生你以后就不用戴着手套对付他了，”老教堂司事说着，冷冷地笑了笑。“不过，先生你听说昨天夜里人家看见征兆了吗？——一个很大的红字出现在天上——一个字母A，我们都认为它代表安琪儿[1]。因为，我们好心的总

[1] Angel，通常译作“天使”，也有谐英语的发音译为“安琪儿”的；因为这个英文单词的第一个字母是A，此处沿用“安琪儿”。女主人公赫斯特·普林胸前的字母A，是Adultery的第一个字母，而这个英文词的意思是“通奸”。作者利用一个字母，表达了截然不同的深意，不仅表示对女主人公的同情，而且是当作天使的一面来写的。实际上，Adultery这个英文字也不仅做贬义词使用，它的词根是adult，当作形容词为“智力和情感发育成熟的”之意，当作名词则是“成年人”之意，那么男女之事的发生就属于自然现象，属于正常现象了。这点自然了，正常了，别的东西就都不自然，不正常了，从此可见作品深刻内容的一斑。

督温斯洛普昨天夜里归天做了安琪儿，那么老天理所当然就应该有一个征兆呀！”

“没有，”牧师回答说。“我还没有听说这回事呢。”

十三　赫斯特的另一种视角

在最近和迪梅斯戴尔先生那次非同寻常的见面中，赫斯特·普林发现牧师身体消耗的状况，深为吃惊。他的神经好像彻底垮掉了。他的道德力量被糟蹋得比孩子的还不堪一击。他的道德力量倒卧在地上，扶都扶不起来，尽管他的智慧方面的才能还保持着原有的力量，或者也许获得了一种病态的精力，可这是只有疾病才能给予的。她很清楚一连串别人全然不知的隐情，因此她马上推断出，除了迪梅斯戴尔先生自己良心合理的活动之外，他的安宁和平静已经被一架可怕的机器带动起来，而且这架机器还在不停地运转。她很清楚这个可怜的堕落的男人过去曾经经历了什么，因此当他惧怕得瑟瑟发抖，向她这个被抛弃的女人求救，支持他对付那个他本能地发现的敌人时，她的灵魂开始不安了。还有，她认定他有权利得到她的最大帮助。由于长期与社会隔绝，所以一点不习惯按照她自己以外的什么标准来衡量自己的观念正确还是错误，赫斯特看见，或者似乎看见，就牧师的境况而言，她身上担负着责任，而且这种责任是她对别人、对整个世界都不必要的。把她与其他人类捆缚在一起的链子——花儿的、丝绸的、金子的，或者别的什么物质东西的——早已统统断开了。可是这里有一条共同犯罪的铁链子，这是牧师和她都挣不断的，如同所有别的纽带一样，这条链子连接之时就带来了种种义务。

赫斯特·普林今昔两重天，和她初期受辱期间我们看见她的身份不完全一样了。岁月来了又去，去了又来。波儿现在已经七岁了。她的母亲，胸前戴着那个红字，刺绣别出心裁且熠熠生光，早已经成了小镇居民再熟悉不过的物件。这种情况不难理解，一个人在一个群体中显山显水，却与公众和个人的利益无争，毫无妨碍，人们最终会普遍地加以尊重，赫斯特·普林的身份正是这样的。这也正是人性的可贵之处，除了自私行为被迫发挥作用，人性的爱比恨更容易产生。恨，经过逐步的平静的过程，甚至可以转变成爱，除非这种转变不断受阻，原有的敌对感情不断受到新的刺激。在赫斯特·普林这件事情上，既没有刺激，也没有什么麻烦。她从来不与公众对抗，只是一味顺从，而且逆来顺受；她没有因为顺从而要求什么，为所遭受的苦难而要求补偿；她没有把各种同情看得很重。还有，这些年来她远离丑闻，洁身自好的生活无可指摘，她的好名声大体上得到了认可。在人类的眼界里，现在没有什么可失去的，没有什么可希望的，而且似乎也没有希望得到什么，就只能诚心诚意地尊重道德，把这个可怜的漫游者带回到正道上。

人们也看出来，赫斯特从来没有以哪怕最低微的名分分享这个世界的种种好处——只是呼吸人人都呼吸的空气，用自己的双手辛苦干活，为波儿和她自己挣来日常的面包——一旦涉及利益得失，她很快想到她是人类的同胞姐妹。穷苦人但凡有什么要求，她随时会奉献自己微小的援助；尽管那种心地不善的穷鬼，对经常送到门口的食物或者用可以刺绣皇袍的手指缝制的衣服，骂骂咧咧，不知好歹，但是赫斯特毫无怨言。小镇发生瘟疫的时候，赫斯特忘我献身的精神，无人能比。的确，一年四季不管发生什么灾难，公众也好个人也罢，这个被社会遗弃的女人立即首当其冲。她走进被灾难笼罩的家庭，不是一个客人，而是一个有难同当的亲人；仿佛受难家庭里阴郁的昏暗光线就是媒介，她正好借此和她的同胞进行沟通。这样的场合，那个刺绣的字母闪闪有光，虽然是非人间的光，却给人安慰。在别的场合它是罪孽的标志，在病房里它便是一支小小蜡烛。即便在受难者艰难的终结境地，它的光亮也能穿过时间的边缘照过去。尘世的光迅速暗淡下去，来世的光还没有来到受难者跟前，它这时引领他在什么地方把脚踩稳。在这样的危急时刻，赫斯特的天性显露了自身的温暖和丰饶；那是一口人类慈悲的活水井，真正的要求有求必应，最大的要求也源源不断地满足。她的胸口，戴着那个耻辱的标志，却是需要依托的头颅的更柔软的枕头。她是自封的“垂恩修女”；或者，我们还不如说，是这个世界沉重的手赐予她这个头衔的，只是这个世界和她都没有指望这样的结果。那个字母是她内心感召的象征物。她身上可以找到如此有用的帮助，做事的力量那么强大，同情的力量那么强大，许多人因此再也不把那个猩红的 A 字按原有的含义理解了。人们说 A 字就是“能”①；赫斯特·普林有一身女子的能量，却是那么强大无比。

只有在幽暗的房子里，才有她的容身之地。阳光照进来的时候，她就不在那里了。她的身影便会消失在门坎儿外面。这位助人为乐的人离去了，也不回头看看那种感激之情，如果那些她热情满怀地服务过的人的心流露出来的话。在街头碰见他们，她也从来不抬头接受他们的问候。如果他们执意与她主动说话，她会把指头放在那个红字上，擦身而过。这可以说成是自尊，但是表现得非常谦卑，这种谦卑的影响便会在公众心目中产生软化的效果。公众在脾气上表现得很专横；普通的公道，一旦当作一种权利拼命要求，公众的脾气会较劲，加以拒绝；但是一旦要求是完全依赖于公众的宽宏大量，如同暴君喜欢恩赐那样，比公道更多的东西倒往往可以唾手可得呢。社会把赫斯特·普林的态度看作这样一种性质的要求，便对它过去迫害过的人网开一面，露出更加慈祥的面孔，这是赫斯特无意讨要的，或者，也许是她不配的。

---

①英文是 Able，能力，能干，能行等诸多含义，第一个字母是 A，作者利用词义进一步褒扬女主人公。

这个群体的统治者们以及智慧的饱学的人士，认识到赫斯特的优秀品质，要比一般老百姓晚一些。当初他们与老百姓共同怀有的种种偏见，被理智的铁框架紧紧地箍在一起，要扬弃这些偏见还需要非常艰巨的劳作。但是，日复一日，他们脸上那些刻薄的僵硬的皱纹渐渐放松，随着岁月流逝，也许就变成了类似慈悲的表情了。这种情况在那些有身份的人身上发生了，尽管他们显赫的身份对公众的道德具有庇护的责任，但一样不会例外。与此同时，过自己日子的个人呢，早已经原谅赫斯特·普林的脆弱了；不，更多，他们已经开始把那个红字不再看作罪孽的标志，而视为她一桩又一桩善行的标志了，因为她为此已经忍受了过长过多的惩罚。“你看见那个戴着刺绣徽章的女人了吗？”他们见到陌生人便这样说。“那就是我们的赫斯特，这个小镇自己的赫斯特，她对穷人非常善良，对病人乐于救助，对受苦受难的人千方百计进行安慰！”一点不错，人性的倾向喜欢坏事传遍天下，揭人家的老底，巴不得把人家多年前的陈谷子烂芝麻搬弄给别人听。但是，说归说，事实归事实，在这种搬弄是非的人眼里，那个红字却已经具有戴在修女胸前的十字架的效果了。那个红字赋予佩戴的人一种神圣的意义，让她能够在一切危难中安然无恙。如果她落到了盗贼的手里，那也会保佑她平安无事。据说，许多人也相信，一个印第安人曾经抽出箭来射那个标志，而且射中了，却没有伤着人，掉落在了地上。

这个象征的作用——或者，换种说法，这一象征所表示的社会地位——在赫斯特·普林本人的心灵上，是强大的，特殊的。她性格的所有轻盈而优雅的绿叶，都已经被这个红红的烙印炙烤得萎缩了，早早地脱落了，只留下一个裸露的粗糙的轮廓，也许令人反感，倘使她有朋友和伙伴，也会被它排斥掉的。就是她身上的吸引人的东西，也经历了相似的变化。这部分原因是她的服饰显露了刻意的庄重，部分原因是她

赫斯特心思忡忡

的形容举止没有显耀的意思了。她厚实而多姿多彩的头发转变得令人心酸，要么剪得很短，要么完全用帽子藏起来，没有一绺秀发会在阳光里飘飞。一半由于这些原因，不过还有些别的原因，使得赫斯特的脸上好像不再有“爱情”可以逗留的地方；赫斯特的身姿，尽管依然端庄而如雕像一般，但是“激情”永远不会梦想被那身姿紧紧抱住而无法抽身了；赫斯特的胸脯，再也不能聊作“爱慕”的枕头了。一些品质已经离开了她，可她曾经拥有这些品质时才显得更有女人味道。一个女人遭遇并经受了一种特别严厉的经历，女人的性格和人品便往往会落得这样的命运，往往会面临这样的苛刻的发展。如果她一味温柔，那么她就会死去。如果她活下去，温柔的东西要么从她身上挤出来，或者——外表的样子是一样的——深深地挤压到她的内心里，再也不会表露出来。后一种情况也许是最真实的理论。女人曾经做过女人，后来停止做女人，那随时还可再次成为女人，只要具备这种变身术的点化魔法就行了。我们将会看见，赫斯特·普林以后会不会得到这种点化，会不会发生这样的转变。

赫斯特的印象多半是大理石的那种冰冷，应该归因于环境，在很大程度上她的生命摆脱了激情和感情，转移到思想上了。孤单单站在这个世界——真的孤单，对社会无所依赖，只对小波儿加以引导和保护；孤单，而且也不希望恢复她的社会地位，哪怕她还没有对这样的希望表示不屑——她把一条断裂的链子的残节碎片统统扔掉了。这世界的法则已经不是她心灵的法则。那样一个时代，人类的智力获得了新的解放，已经得到了更活跃更宽阔的范围，这是许多个世纪以前无法相比的。军人已经推翻了贵族和国王。比军人更有胆略的人推翻并重新安排——实际上并非如此，但是理论上讲是这样的，因为理论就是他们最真实的地盘——古代偏见的整个体系，因为这个体系和古代原则有着千丝万缕的联系。赫斯特·普林接受了这种精神。她沿袭了一种思考的自由，当时在大西洋彼岸这种做法是屡见不鲜的，但是如若我们的祖先了解到了这点情况，那他们会认为这是一种比红字所代表的罪恶更要命的重罪。在她独居一隅的小茅屋里，就在海边不远，各种拜访她的思想，还没有胆量走访新英格兰境内别的住房；人们如果看见影子般的客人前来敲门，一准会认为像魔鬼来加入他们的招待聚会一样危险了。

值得注意的是，思考最放得开的人，往往对社会外部的条例默然接受，不越雷池半步。思想足以让他们满足，不会把思想本身在行动的血肉之躯上浪掷。赫斯特的情况似乎就是这样的。但是，如果小波儿从来没有从精神世界来到她身边，那么情况也许就很不一样了。那她也许会走进历史，彪炳千秋，让我们看见她与安妮·哈钦森[①]手拉着手，成为一个教派的奠基人。她也许会在她的某个阶段，修炼成一个女先知。她也许，而且很有可能，惨死在那个时期严酷的法庭判官之手，只因她试图颠覆清教徒体制的根基。然而，在教育孩子的过程中，做母亲的思想热情得到了一定程度的发泄。天意把这个小姑娘托付给赫斯特，要她看护好女性的胚芽和花朵，让她在重重困难中得到呵护，得到发展。一切都在与她作对。这个世界充满敌意。这女孩自己的天性中有些错误的东西，不断地提醒这孩子出生得不是时候——是她母亲不合法的情欲的释放——而且经常逼迫赫斯特发问，锥心疼痛地发问，这个可怜的小东西就这样生下来，是作孽还是行善？

的确，同样黑色的问题经常在脑海浮现，如何看待整个女性的命运。即便是女性中最幸福的人，那样的存在就可以接受么？至于她自己

---

①哈钦森（1591—1643），北美女宗教改革家，主张靠直觉接触上帝，反对清教徒律法。

的个体的存在，她早已经认定是否定的，而且认为这是定论，不用再提了。思考的倾向，尽管可以让女人保持平静，如同男人的情况一样，却让她感到悲哀。也许，她看出来这样一项没有希望的使命摆在她的面前。作为第一步，社会的整个体系要彻底推翻，然后建立崭新的体系。其次，男人的固有的本质，或者长期沿袭的、已经成为第二本性的习惯，要从根本上进行改造，然后社会才会允许女人得到大体上公平和合理的地位。最后，所有其他困难不断排除之时，女人还不能享受到这些初期改革的好处，除非她们自身经历一种更加巨大的变化；在这种变化中，也许，那种灵气的本质，女人最真实的生命所依托的那种本质，到头来会发现已经蒸发了。一个女人进行这样的思考，是永远克服不了这些问题的。它们没有办法得到解决，或者只有一种办法解决。如果女人的心灵碰巧发挥了最大的作用，那么它们就不攻自破了。所以，赫斯特·普林的心既然已经丧失了正常的健康的跳动，那她就只好在脑海的黑暗的迷宫里彷徨，一点头绪也没有：一会儿在不可逾越的崖壁前另寻出路，一会儿在深渊的边缘连连倒退。她周遭全都是野蛮而阴森的景象，到处找不到家，到处找不到舒适。很多时候，她的内心会升起一种可怕的疑问：将小波儿马上送往天国，她自己进入“永恒的裁决”应该有的未来世界，是不是更可取呢？

那个红字并没有尽到它的职责。

但是，在尊敬的迪梅斯戴尔先生守夜的那个夜里，她与他不期而遇，让她有了一个新的思考题目，给她设立了一个目标，看起来值得费尽周折和牺牲来实现这一目标。她亲眼看出来那种极度的痛苦，牧师在其中苦苦挣扎，或者说停止挣扎了。她看出来牧师站在发疯的边缘，倘若他还没有跨过去的话。我们无法怀疑，悔恨的秘密针刺本来具有什么样的疼痛程度，那只主动伸出来减痛的手又往里边添加了更加致命的毒汁。一个暗中的敌人一直紧紧地跟在他身边，装扮成他的朋友和救助者，随时利用这样的机会，恣意拨动迪梅斯戴尔先生的天性中那些脆弱的发条。赫斯特禁不住责问自己，她这方面原本在真理、勇气和忠诚上就有不足，才让牧师置于这样一种境地，可以事前防止的罪恶没有防止，任何好兆头都没有指望了。她事实上得出的唯一申辩理由是，她过去一直找不到一种办法，让牧师摆脱比他所经历的更加黑暗的毁灭，只好默认罗杰·奇林沃思隐姓埋名的计谋了。在这种冲动下，她做出了选择，而且已经选定了，照目前的情形看来，两种办法中更可悲的一种。她决心补救她的过错，趁着还可能挽回来的时候。多年来经受严酷而严肃的考验，让她增长力量，她感觉自己不再像当时那个夜晚那样无力对付罗杰·奇林沃思了，那时她因为犯罪而矮人一截，因为耻辱而陷入半疯状态，他们在狱室里一起谈话时一切都还恍如昨日。从那以后，她已经一步步走了过来，到达了一个更高的点。另一方面，那个老家伙，弯腰屈背地伺机报复，结果让自己降低到了与她相当的水平，或者也许更低的水平。

终于，赫斯特·普林下定决心，会见她过去的丈夫，使出自己的所有力量解救显然早已被他掌控在手心里的那个牺牲品。这个时机没有寻找很久就来了。一天中午，带着小波儿在半岛上一处隐蔽的场所，她看见了那个老医生，一条胳膊上挎着一个篮子，另一只手拄着木杖，弯着腰在地面上寻找可以用来配制草药的根茎和植物。

十四　赫斯特和医生

赫斯特吩咐小波儿到海边去寻找贝壳和蓬乱的海草，等她和那边那个采集草药的人交谈过再回来。孩子于是像一只小鸟儿飞奔而去，而且，把两只小脚脱得光光的，沿着海边潮湿的滩地啪啪踩踏。这里那里，波儿会定定地站住，好奇地对着海潮留下的小水坑审视，当作一面镜子观看波儿映照在里边的小脸。那是一个小姑娘的映像，小脑袋上满是乌黑发亮的发鬈儿，眼睛里有一种小精灵的微笑，正在窥望站在水坑外面的她呢，波儿因为没有别的玩伴儿，便邀请她拉着手，和她一起赛跑。然而，那个虚幻的小姑娘那边也伸出手来打招呼，仿佛说："这才是个好地方呢！你也快到这水坑里来吧！"波儿呢，走了进去，小腿淹住一半，看见自己的白生生的小脚踩在底上；同时，在更深的水域上，跳出来一抹斑斑点点的笑意，随着动荡的水面漂来荡去。

与此同时，她的母亲向医生迎了过去。

"我有句话要跟你说，"她说。"一句与我们密切相关的话。"

"啊！是赫斯特夫人有话要和老罗杰·奇林沃思说吗？"他回答着，伸直了弯曲的身体。"打心里欢迎啊！嗯，夫人，我在各方面都听到了你的好消息！就在昨天晚上，有个地方长官，一个智慧和虔敬的人，还在谈论你的事情，赫斯特夫人，他悄悄地跟我说，在镇委会里曾经议论过你的问题。他们辩论说，由于对公众利益相安无事，是不是把你胸前的那个红字取掉算了。我以性命担保，赫斯特，我当即恳求那个令人尊敬的地方长官，把这事抓紧办了才是！"

"取掉不取掉这个标志，不取决于那些官老爷们的高兴，"赫斯特平静地说。"要是我配得上把它取掉，那它自然就掉下去了，要么转变成了什么东西，表示出截然不同的含义。”

“那就别取掉，戴着它，只要你觉得那样更好就行，”他附和说。“女人呢，全看自己的喜欢，尤其事关她身上的装饰打扮。那个字母刺绣得很精致，戴在你胸上别有一种勇气呢！”

在这期间，赫斯特一直专注地看着这个老人，免不了暗暗吃惊，啧啧称奇，因为她看出来在过去的七年间他身上也发生了很大的变化。这倒不仅仅是他已经老了许多；尽管年老体衰的迹象一目了然，他毕竟一把年纪了，不过好像依然保留着一种非凡的活力和机警。但是，不过，赫斯特对他记忆最深的，是他过去表现得像一个高智商的好学的人，平静而安稳，可这种面貌全然消失了，取而代之的是一种急切、探寻、却小心遮蔽的样子。看样子他的希望和目的便是用微笑把这种表情隐藏起来；可是，这种微笑却总让他的虚伪露馅儿，那种微笑在他的脸上忽隐忽现，极尽嘲弄，旁观者把险恶用心倒是看得更清了。时不时，他两眼中还会闪现出一抹红红的光；仿佛这个老人的灵魂在燃烧，他的胸腔里在熏黑烟，一旦激情来了不经意地突出一口，便会瞬间变成熊熊烈火。他把这黑烟往下压，要多快有多快，竭力做出仿佛什么事情都没有发生的样子。

一句话，老罗杰·奇林沃思是令人瞠目地证明，人的才能可以转化为魔鬼，只要他愿意，在相当的时间里，完全能履行魔鬼的职能。这个不幸的人已经完成了这样一种转变，七年来让自己全心全意地不停地解剖一颗饱受折磨的心，从中得到快活，而且往那些他所剖析、所凝视的剧烈的痛苦上添加燃料。

那个红字在赫斯特·普林的胸前燃烧。又一个人毁掉了，这个责任她应当担负一半。

“你在我脸上看见了什么？”医生问道。“你为什么看得这样认真呢？”

“看见了某些会让我哭泣的东西，要是有什么苦涩的泪水可以为它流淌的话。”她回答说。“但是不说这个了！我要说的是另一个悲惨的人。”

“说他的什么呢？”罗杰·奇林沃思叫起来，迫不及待的样子，仿佛他就喜爱这个话题，很高兴有一个机会，和唯一他能够倾心交谈的人好好讨论一番。“别把真相隐藏起来，赫斯特夫人，我的思绪这时正好想到了这位先生。所以，放开讲吧，我愿意回答。”

“我们上次在一起说话，”赫斯特说，“转眼过去七年了，当初你就是一门心思强迫我保证信守秘密，不准提及你与我之间过去的关系。由于那个人的生命和名声都攥在你的手心里，我当时好像别无选择，只好保持沉默，听凭你发落。可是，我这样把自己束缚起来，并非没有严重的顾虑；因为，对所有人的责任可以扔在一边，可是对他的责任我不能推掉了事；某种东西在我耳边悄悄提醒，尽管我保证听从你说过的话，可我却正在出卖它。从那天以来，没有人像你那样和他形影不离。你跟在他身后，一步一个脚印。你守在他身边，睡在一起，走在一起。你在揣摩他的思想。你在掏他的心，在捏他的心！你紧紧攥住了他的生命，逼迫他每天生不如死地活着；可是，他并不知道你是谁。允许这种情况发生，我肯定扮演了一个虚伪的角色，因为只有这个人，我还有力量对他以诚相待！”

“你当时还有别的什么选择吗？”罗杰·奇林沃思问道。“我的手指只要向这个人指一指，就会把他从圣坛上勾下来，推进大牢去——从那里，恐怕还要上绞架去呢！”

“那样倒是更好了！”赫斯特·普林说。

“我对那个人做过什么坏事吗？”罗杰·奇林沃思又问。“我告诉你，赫斯特·普林，古今医生从君主那里挣来的最大的诊费，都不能买到我在这个可怜的牧师身上浪费的诊治！如果不是我在救助，他和你一起作孽后不出两年，他的生命就会在折磨中焚毁了。这是因为，赫斯特，他的精神没有足够的力量，像你的力量那样，可以承载像你的红字一样的重负。啾，我原本能够揭穿一个天大的秘密！可是，足够了！医道所能办到的，我都在他身上尽力了。他现在还可以呼吸，在人世间爬来爬去，全是我的功劳！”

“他还是马上死去的好！”赫斯特·普林说。

“是啊是啊，女人家，你说得对！”老罗杰·奇林沃思叫嚷起来，让他内心的鬼火蹿出来，在她眼前跳动。“他还是马上死去的好！从来没有人遭受过这个人所忍受的罪过。而且，所有，所有的罪过，都是在他的死对头眼前遭受的！他已经意识到我的存在了。他已经感觉一种势力总是压在他身上，如同一个诅咒。他很明白，借助某些精神上的感官——因为创造者从来没有创造出另一个像他这样敏感的人——他很明白拉扯他的心弦的，不是一只友谊的手，他还清楚有一只眼睛在好奇地看着他，专门寻找罪恶，而且找到了。但是，他不知道那只眼睛、那只手就是我的！他的同行兄弟共有的迷信，他也有，他于是想象自己落到了一个恶魔手里，遭受一个又一个噩梦的折磨，遭受各种绝望的思想、悔恨的尖刺、原谅的绝望等等因素的折磨；把这些当作他入坟后等待他的各种苦难事先品尝一下。可是，这都是因为我始终在场投下的阴影造成的啊！——那个他曾经不择手段侮辱过的人同他亲密无间地相处造成的！——他一直活下来只是靠着这种切齿复仇的长效毒素啊！是的，一点没错！——他没有弄错！——他胳膊肘边上就有一个恶魔！一个凡人，曾经有一颗凡人的心，可是已经变成了专门来折磨他的魔鬼了！”

渐衰的奇林沃思

这个不幸的医生，吐露这番话的时候，举起了双手，一脸恐怖，仿佛他看见了什么可怕的身影，他却认不出来，篡夺了他在镜子里照出来的映像的位置。这是一种特定时刻才有的情况——很多年中间歇性地发生的那种——这个时候，一个人的道德容貌忠实地暴露在他心灵的眼前。如果他过去从来没有像现在这样看见自己，那是不可能的。

“难道你还没有把他折磨够吗？”赫斯特问道，观察到了这个男人的样子。“难道他还没有偿清你吗？”

“没有！——没有！他不但没有，还把债务增加了！”医生回答说；他接着说下去的当儿，他的态度失去了原来凶巴巴的样子，渐渐陷入郁闷。“你还记得，赫斯特，我九年前的模样吗？就在那时候，我已经处在我岁月的秋季了，还不是刚刚入秋的年纪啊。可是，我的整个生命都是由真诚、好学、思考、安静的岁月构成的，全都忠诚地用来增进我自己的知识，而且也忠诚地用来提高人类的福利——尽管这后一种目标只是前一种目标附带而来的。没有哪个人的生命像我的生命一样平和，纯洁。你还记得我的样子吗？虽然你也许认为我生性冷淡，可不管怎么说，难道我不是一个多为别人思考、很少为自己争取的人吗？——难道我不是一个善良、真实、公正的人吗？我的挚爱就算不够热烈，可总是恒久的吧？我过去难道不是这样的吗？”

“是这样的，还要更多，”赫斯特说。

“可我现在又是什么样子呢？”他追问说，看着赫斯特的脸，让他骨子里的全部邪恶都写在了眉宇间。“我已经告诉你我现在是什么人了！可是谁让我成了这个样子的？”

“是我本人！”赫斯特叫喊道，浑身抖动。“是我，他不是主要的。为什么不亲自向我寻求报复啊？”

“我们把你交给那个红字了，”罗杰·奇林沃思回答道。“如果那一招还没有替我复仇，那我再也没有什么高招了！”

他把指头按在那个红字上，微笑起来。

“它为你复仇了！”赫斯特·普林回答说。

“我看也是的，”医生说。“不过现在，你要我怎样对待这个男人呢？”

“我一定要揭露这个秘密，”赫斯特回答说，毫不含糊的口气。“他一定要看穿你的真实本性。结果是什么样子，我不知道。但是，这笔长久以来闷在心里的债，是我欠他的，我给他带来祸害，把他毁了，到头来是要偿还的。他良好的声誉和他在尘世的地位，也许还有他的生命，是扔掉还是留着，他都捏在你的手里了。我呢——那个红字教训了我，让我认识了真理，尽管它是红烙铁一样的真理，在我的灵魂上烫下烙印——我从他那种可怕的空虚生活中，看不出来他再活下去还会有多大好处，所以我不会低三下四地求你开恩了。你愿意怎样对待他，你随便好了！对他没有好处——对我没有好处——对你也没有好处！对小波儿更没有什么好处！没有什么道路能把我们引出这个令人沮丧的迷宫。”

“女人家啊，我对你真是空有一腔怜香惜玉之情啊！”罗杰·奇林沃思说，忍不住流露出一种由衷的钦佩的声调；因为赫斯特话语中表达的绝望之情，包含了一种近乎庄严的品质。“你具有了不起的素质。也许，倘若早一些遇上比我崇高的爱情，这种罪恶就不会有了。我心疼你呀，因为你天性中的高贵素质白白浪费了！”

“我也心疼你，”赫斯特·普林回答说。“因为那种仇恨心理，把一个智慧的公正的人变成了一个魔鬼！你还想把仇恨之心丢开，重新回归人性吗？如果不为他着想，那就加倍地为你自己着想也好啊！宽恕吧，把他下一步要遭受的报应留给有权利惩罚的上帝吧！我说过，现在还要说，对他，对你，或者对我，都没有什么好处了，我们一起在这种罪恶的阴森森的迷宫里游荡，我们在我们的道路上撒下了罪恶，每走一步都会磕磕绊绊。就是这么回事啊！你也许会得到好处，就只有你一个人而已，因为你过去受伤害很深，你会因此得到原谅。你愿意把这唯一的特权放弃了吗？你愿意拒绝这样无价的好处吗？”

“平静些，赫斯特，平静些！”这个老人回答道，一脸阴沉的严厉之色。“老天爷没有赐予我原谅的权利。我也没有像你告诉我的那种力量。我那陈旧的信仰，早已经忘记了，却又回到了我身上，把我们所做的一切、我遭受的痛苦，都解释通了。你第一步就走歪了，种下了罪恶的种子；从那时候起，那就只会一条黑道走下去。你们让我带了绿帽子，也算不上犯罪，只有一种典型的错误观念才这样看；我也算不上什么恶魔，只不过从恶魔的手中临时夺过来一点职能而已。这就是我们的命运。那朵黑色的花，爱怎么开放，随它去好了！现在你走你的路吧，你想怎样对待那个人，也随你的便。”

他挥了挥手，又忙着干起他采集草药的营生。

十五　赫斯特和波儿

这样，罗杰·奇林沃思——一个歪歪斜斜的苍老身影，一张脸留给人们的记忆迟迟不去——离开了赫斯特·普林，弓起身子面对地面离去了。他这里采一把草，那里采一把草，或者挖掘一块根茎，放进他胳膊上的篮子里去。他一路弓身曲背地走动，那灰色的胡须几乎触到了地面。赫斯特在他身后定定地看了一会儿，一种不着边际的好奇心油然而生，打量那些早春的嫩草会不会在他身下变枯萎了，他脚下的弯弯曲曲的路径会不会在这生气勃勃的嫩绿之色中贯穿而出，变得枯黄一条。她不知道这个老人这么热衷收集的花草，究竟是些什么东西。难道土地不会与他的眼睛呼应，很快滋生出一种恶意，从他的手指下冒出一丛不知名的有毒的灌木迎接他吗？或者也许，每一种健全的草木经他的手指一碰，便会变成某种有害而致命的东西，让他得到满足？那么灿烂地普照大地的太阳，会真正地照在他身上吗？或者，好像真的那样，一圈不祥的影子与他那畸形的身子相随，他转身到哪里都形影不离吗？他现在要到哪里去呢？他难道不会突然陷入地下，留下一片裸露的凋谢的地皮，到了一定的时候长出来致命的龙葵、山茱萸、天仙子以及这种气候能够催生的各种别的邪恶的草木，呈现一派邪门的葳蕤茂盛的气象吗？或者，他会展开蝙蝠般的翅膀飞去，向天空飞得越高看上去越丑陋吗？

“是罪孽不是罪孽，”赫斯特·普林说，恶狠狠的，还在他身后凝望。“我都恨死这个人啦！”

她谴责自己竟会有这样的怨气，但是却不能克服，也不能减少。她力图克制这样的情感，不由得想起了那些过去的岁月，在万里之外的故土上，每当傍晚时分他便从安静的书房里走出来，在他们家的壁炉旁坐下，迎住妻子微笑的光彩。他说，他需要自己沐浴在这样的微笑里，因为他在书本里度过许多孤独的时光沾了寒气，需要在她的微笑中温暖过来。这样的场景当时看来确实很幸福；然而现在呢，从她后来生命的凄凉的媒质眺望过去，它们只能列入她丑陋的记忆之中了。她惊讶当时如何会有这样的场景！她惊讶当时她如何想的，竟会嫁给他！她认为最应该懊悔的罪过是，她当时忍受了他冷淡的牵手，还主动去牵手，而且硬是让唇间和眼间的微笑与他的微笑相触和相融。还有，比起后来别人对罗杰·奇林沃思做过的错事，他犯下的罪过似乎更可恶，因为在她心灵还不懂什么更好的时候，他蒙哄了她，让她自以为跟了他就是幸福的婚姻。

“是的，我恨死他了！”赫斯特重复说，比先前更加发狠。“他把我哄骗了！比起我对他的伤害，他对我伤害更大！”

让那些赢得女人纤手的男人发抖吧，除非他们最终赢得女人内心的最热烈的激情！要不然，一旦比他们更强大的触动唤醒了女人所有的感情，他们的命运可就悲惨了，如同罗杰·奇林沃思的情况一样，甚至会把那种平静的满足和大理石般的幸福概念都加以责备，可这些却是他们将会当作温暖的现实强加给女人的。但是，赫斯特应该在很久以前就和这种不公平无缘了。她这样想还有什么意义吗？漫长的七年时间，饱受红字的折磨，经历了那么多苦难，难道还没有修炼到忏悔的份儿上吗？

赫斯特站在那里目送老罗杰·奇林沃思畸形的身影，这短暂的时段引发的种种情感，在她的脑海里投下一抹幽暗的光亮，暴露了许多东西，这些是她在别的场合不会跟自己承认的。

罗杰·奇林沃思走了，她把孩子招呼回来。

“波儿！小波儿！你在哪儿呢？”

波儿呢，她的精神活动从来不会疲倦，一直没有失去玩耍的乐趣，听凭她的母亲和那个采药老人说话去。如同前边说过的，最初她对着水坑和自己映在里边的人影津津有味地逗弄，招呼那个人影走出来，后来——因为人影不肯出来——她便走进了那个摸不着地、够不着天的小水域里。但是，她很快发现不管是她还是那个映象都不是真实的，就到别处寻找更好玩的了。她用桦树皮做了一些小船儿，装载了蜗牛壳儿，往大海里送了一只又一只船儿，新英格兰的任何商人都没有发送过这么多船只；可是，她送走的船儿大部分都在海岸边沉没了。她抓住了一条活鲎鱼的尾巴，找到了一些海星，并且把一个水母放在暖和的太阳下融化。随后，她从涌动的海水边捞起白色的沫子，向微风里抛撒，追着沫子蹦蹦跳跳，赶在它们没有落地之前去逮那些大片的雪花。看见一群海鸟在海岸边找吃的，跳来跳去，这个淘气的孩子便捡了一围裙小石子，藏在一块块岩石后边追赶那些海鸟儿，向它们投掷石头时表现出来很了不起的技巧。一只灰色的小鸟儿，白色的胸膛，波儿几乎可以肯定它被一块小石头打中了，带着一只受伤的翅膀飞走了。可是，就在这个当儿，这个精灵一样的孩子叹了一口气，放弃了她的这个游戏；这是因为，她打伤了一只小生灵，像海风一样无拘无束，或者像波儿自己一样无拘无束，她感到有些伤心呢。

她最后的营生是收集海草，各种各样的海草，给自己做了一条披巾，或者斗篷，还有一条头巾，装扮成小人鱼的样子。她继承了她母亲的天赋，在帘帐和服装上别出心裁。作为她的小人鱼的服装的最后点缀，波儿弄到一片大叶藻，用心用意地模仿，在自己胸前制作了一个饰物，那是她在母亲胸前屡见不鲜的。一个字母——字母 A——不过是绿色的，不是猩红色的。这孩子将小下巴弯在胸前，怀着奇怪的兴趣审视这个花样；仿佛她降生到这个世界唯一的一件事情，是要弄明白其中隐藏的含义。

戴花冠的波儿

“不知道妈妈是不是会问我它是什么意思！”波儿心想。

就在这时候，她听见了母亲的喊叫，于是像一只小海鸟一样轻盈地跑起来，转眼来到了赫斯特·普林跟前，跳啊，笑啊，用小手指头指着她胸前的那个饰物。

“我的小波儿，”赫斯特一时无语，过了一会儿才说。“这绿色的字母，戴在你们小孩子家胸前，是没有什么含义的。可是你知道，我的孩子，你妈妈命中要戴的这个字母有什么含义吗？”

“我知道，妈妈，”孩子说。“它是一个大写的字母 A。你在角帖书[①]上教过我了。”

赫斯特定定地看着小波儿的脸；可是，尽管她在波儿的黑眼睛里经常可以看见那种独特的表情，然而她还是不能肯定波儿是不是真的对这个标志悟出了什么含义。她产生了一种病态的欲望，打算弄清楚这点。

“你可知道，孩子，你妈妈为什么戴这个字母吗？”

“我当然知道！”波儿回答说，目光闪闪地看着她母亲的脸。“它和牧师把手放在他的心脏上是一个道理！”

“这种道理算什么呢？”赫斯特问道，对这孩子观察到这样东拉西扯的东西感到好笑；可是，再一深想，脸色一下子苍白了。“除了我的心，这个字母和人家的心脏能有什么关系呢？”

“不知道，妈妈，我知道的我全都说出来了，”波儿说，样子比平时说话严肃了许多。“去问一问那个老头，你刚才一直和他说话来着！也许他能告诉你。可是我现在认真地问一问，这个红字到底是什么意思呢？——你为什么一直戴在你的胸前？——为什么牧师一直把手放在他的心脏上？”

---

①纸页上印有文字，上面覆盖透明的角片，是儿童的识字课本。

波儿两只手拉住她母亲的手，用非常认真的神色盯着她的眼睛，这在波儿野性而任性的性格中难得见到。赫斯特想到，这个孩子也许真的带着孩子惯有的信赖，想方设法接近她，并且尽她的所能，利用她那股机灵劲儿，来建立一个共鸣的交叉点。在这之前，作为母亲，一方面用一种专一的母爱深爱着她的孩子，却不断告诫自己不要希望得到比四月的春风更多的报偿；那种轻风把时间消磨得如气流般快活，带来一阵又一阵不可言说的激情，情绪正好的时候也会生气，一旦你要把它揽入怀中，它产生的寒气往往多于爱抚；为了补救这种无常的不当行为，有时候它出于模糊的目的，又用一种令人怀疑的温情来亲吻你的脸颊，轻轻地吹拂你的头发，随后转身离去找别的玩耍乐事，却在你的心灵留下梦幻般的快活。不过，这只是一个做母亲的对孩子的性格的评价。在旁观者看来，也许看见的满眼都是令人反感的品性，而且对这样的品性只能给予一种更加黑暗的颜色。但是，赫斯特的脑海里现在强烈地出现了一个想法，觉得波儿明显早熟而又特别机警，也许已经到了可以给人做朋友的年龄，可以信赖地尽量分担她母亲的忧愁，不会造成母女之间的生分。波儿的性格虽然还处于混沌状态，也许正在出现——从一开始就已经存在——那种无所畏惧的勇气的坚定原则——或者一种难以驾驭的意志——或者一种强壮的骄傲，也许经过教化成为自尊——或者一种对许多事情都恶意嘲弄的态度，而那些事情一经考察或许就真的含有虚伪的色彩。她也具备了多种感情，尽管目前为止还青涩，还苦口，正如同没有成熟的果实那种最丰沛的味道一样。赫斯特心想，具备所有这些不平常的品质，如果这个小精灵一般的孩子不会成为一个高贵的女人，那她从母亲那里继承的那种罪恶一定是非同寻常的。

波儿的倾向不可阻挡，总对那个红字的隐秘念念不忘，这似乎是她与生俱来的内在素质。在她有意识的生命的最早的时刻，她就介入了这事，当作委派给她的使命。赫斯特过去经常幻想，老天爷赋予这个孩子这样明显的癖性，一定早已设计好了公正和报应；但是，直到最近，她才暗自发问，连同这样的设计，这中间是不是还有一种怜悯和恩赐的目的呢？如果不只是把小波儿当作一个尘世间的孩子，还把她当作一个精神的使者，让她得到信仰和信赖，她是不是可以担当重任，把她母亲的心中冷藏的忧愁、把心脏变为坟的忧愁化解呢？——是否可以帮助她克服情欲，那曾经非常难以驯服的、甚至还没有死掉也没有安睡的、只是囚禁在坟墓般的心胸里的情欲呢？

赫斯特此时此刻心头翻腾的就是这些思绪，印象同样那么活跃，仿佛实际上就在她耳边不停地絮叨。小波儿就在眼前，两只手紧紧地握着她母亲的手，仰着她的小脸，不停地追问这些问题，一次又一次，不厌其烦。

“这个字母是什么意思呢，妈妈？——你为什么要戴它呢？——牧师为什么总是把手放在他的心脏上呢？”

“我怎样说好呢？”赫斯特心里跟自己说。“不行啊！如果这就是换得着孩子的同情的代价，那我可付不起呀。”

随后，她大声讲起来。

“傻波儿啊，”她说。“这些都是些什么问题呢？世界上有许多问题，是小孩子家问不得的。我怎么知道牧师的心里想什么呢？至于这个红字呢，我戴它是因为它上面有金线呀。”

在过去的整个七年间，赫斯特·普林从来没有对她胸前的这个标志说过假话。也许虽然它是一个严厉而苛刻的符号，却又是一种守护的精神，只是现在遗弃她了；认识到了这点，尽管她严格地监视着她的心灵，某种新的邪恶还是钻了进来，或者有一只老旧的手从来就没有排斥掉。小波儿呢，那种热切认真的表情，很快从她脸上消失了。

不过这孩子不肯轻易把这件事情放过。她母亲和她向家走去的路上，她还问起过两三次，晚餐期间以及赫斯特送她上床时，波儿又问起过几次，就是她好像是沉沉地入睡的时候，却又抬起头来追问，那两只黑眼睛闪烁着顽皮的目光。

“妈妈，”她说。“这个红字是什么意思呢？”

到了第二天早上，首先表明这孩子完全从睡梦中清醒过来，便是从枕头上抬起头来，问起那另一个问题，那个一直与她的各种关于红字的追查莫名其妙地联系在一起的问题——

“妈妈！——妈妈！——牧师为什么一直把他的手放在他的心头呢？”

“别乱问，淘气的孩子！”她的母亲回答说，口气十分武断，这是她过去从来不允许自己使用的。“别故意烦我，再烦我就把你关进那个小黑屋子去！”

十六　林中散步

赫斯特·普林心心念念不能释怀，决意要让迪梅斯戴尔先生明白那个悄悄和他亲密接触的男人的真实身份，不计目前痛苦的风险或者难料的结果。但是，几天来她没有找到机会和他在那些沉思的散步中说话，她知道他习惯在那些地方散步，比如在半岛的海岸边啦，又比如在附近乡间长满树木的小山间啦。如果她去牧师自己的书房里拜访，那也不会引发丑闻，也不会给牧师圣洁的好名声带来危险，因为在他的书房里过去许多忏悔的人都来诉说他们的罪孽，也许远比红字所表示的罪过要深重得多。但是，部分因为她害怕老罗杰·奇林沃思会私下里或以公开身份进行干预，部分因为她意识清醒的心灵会产生任何人都感觉不到的怀疑，还有部分原因是牧师和她在一起谈话时都需要呼吸畅通的整个广大世界——因为这些原因，赫斯特一直不想在狭窄的私密空间和他相见，一定要在开阔的天地里交谈。

终于，在一家病室里照料病人时，她得知尊敬的迪梅斯戴尔先生曾被叫来给病人祈祷，前一天已经离去，到印第安人的信徒中拜访圣徒埃利奥特[①]了。他大概明天下午什么时候返回来。这样，第二天等到那个时间，赫斯特带上小波儿——每逢她母亲出门，她已经成了必不可少的伴儿，不管方便不方便——出发了。

这两个赶路人穿过半岛走到大陆上后，道路只是一条小径。这条小径曲里拐弯地通向原始森林的隐秘深处。树木把小径夹裹得十分狭窄，在两边高高地耸起，阴暗而稠密，只让上方的天空闪现出星星点点的亮色，赫斯特心中不由得想到，此情此景恰似她这么多年来漂泊其中的道德荒陌。天气冷飕飕的，阴沉沉的。头顶上灰色的云块悬浮，只是轻风吹起，云块也会轻微地活动；就在这风起云涌之时，一缕跳跃的阳光会时不时在小径上孤零零地隐现，清晰可见。这种或现或隐的活力总是在穿过森林远远望去的更远的尽头出现。那愉快的阳光——在情景如此阴沉的白日和场景中充其量只是微弱的活力而已——在她们娘俩走近时便躲开了，阳光溅落的地方一下子显得更加幽暗，因为她们娘俩原本希望在那里看见光亮的。

“妈妈，”小波儿说。“阳光不喜欢你吧。它逃走藏起来，那是因为它害怕你胸口上的一件东西。快看呀！躲到那边去玩耍了，远远地躲开了。你在这里站着，我跑去把它逮住。我还是一个小孩子家呢。它不会躲避我的，因为我胸前还没有戴什么东西呀！”

“但愿你永远不戴什么东西，我的孩子，”赫斯特说。

“为什么不戴呢，妈妈？”波儿问道，刚刚跑起来便立即停下了。“等我长成一个女人了，它不是自然来到胸前了吗？”

“快跑开吧，孩子，”她母亲回答道，“快去把阳光逮住吧！它一会儿就要躲开了。”

波儿跑起来，跑得飞快，赫斯特微笑着望去，看见小波儿果然把阳光逮住了，站在阳光下大笑，全身阳光灿烂，她的活蹦乱跳带出来勃勃生气，一片光亮。阳光照在孤零零的孩子身上，仿佛很高兴得到了一个玩伴儿，一直等到她母亲也要走进这个魔幻般的光圈里。

“它现在要离去了，”波儿说，小脑袋摇了摇。

“快看！”赫斯特回答道，微微一笑，“现在我可以伸出手去，抓住一些阳光。”

---

①约翰·埃利奥特（1604—1690），第一位深入印第安人中使用他们的语言传教的教士，称为“印第安人的埃利奥特”。

她试图去抓的时候，阳光消失了；或者，从跳跃在波儿脸上的那明亮的表情来看，她母亲能够想象到，这孩子把阳光吸引到了她自己身上，等她们娘俩走进更加阴暗的阴影里时，还会再次闪耀起来，照耀在波儿的小径上。没有什么别的品质，能像这种永不衰竭的精神快活一样，给她这做母亲的如此深刻的印象，感觉到波儿的天性中一种崭新的非传承的活力；她没有抑郁症，可这种病现如今几乎所有的孩子都从他们的祖先的各种病症，包括淋巴结核症，继承过来了。但是，这样的活力也许也是一种疾病，不过也许只是赫斯特在波儿出生前和各种忧伤斗争的那种野性的精力的折射吧。那当然是一种令人怀疑的魅力，竟然在孩子的性格中闪现出一种刚强的、金属般的光泽。她缺乏一种忧伤——有些人一辈子都缺乏——一种深深嵌入身心的忧伤，由此才能让她产生仁爱和同情。然而，小波儿还小，今后的路还很长。

"来吧，我的孩子！"赫斯特说，在波儿刚才站在阳光下的那个地点打量一下周围。"我们在这林子里再走一段路，就坐下来休息一会儿吧。"

"我没有觉得累，妈妈，"小姑娘回答说。"不过你可以坐下来歇一歇，只要你给我讲一个故事就好。"

"一个故事，孩子！"赫斯特说。"讲什么故事呢？"

"嗷，讲讲'黑男人'的故事，"波儿回答说，紧紧拉住了她母亲的外衣，仰头看着母亲的脸，半认真半淘气的样子。"讲讲他如何在这林子里转悠，带着一本书——一本带铁夹子的又大又重的书；讲讲这个丑陋的'黑男人'在树林里每当碰见一个人，都要拿出他的大书和一支铁笔；讲讲他们就得用铁笔蘸上他们的血写下他们的名字。然后，他就会在他们的胸口上记上他的记号！你过去碰上过那个'黑男人’吗，妈妈？”

“是谁告诉你这个故事的，波儿？”她的母亲问道，认识到这是这个时期一种普遍的迷信。

“就是那个呆在烟囱角落里的老太太，你昨天晚上去照料过的那家，”那孩子说。“可是，她讲这个故事的时候以为我睡着了。她说成千上万的人都在这里遇上了他，被写进了他的大书里，让他做下了记号。那个坏脾气的太太，老希宾斯夫人，就是其中的一个。还有，妈妈，那个老太太说，这个红字就是那个‘黑男人’给你留下的记号，你要是在夜间碰上他，这红字会像一团火一样发光，就在这黑乎乎的树林里发光。这是真的吗，妈妈？你真的夜里要去会见他吗？”

“你夜里醒来，见过你妈妈不在家吗？”赫斯特问道。

“我不记得有这种时候，”那孩子说。“要是你害怕把我留在我们的小房子里，那你会把我带上的。我巴不得一起去呢！不过，妈妈，这下可以告诉我了吧！真的有那样一个‘黑男人’吗？这真是他留下的记号吗？”

“我要是告诉你了，你能让我安静一会儿吗？”她的母亲问道。

“是的，只要你全都告诉我就行，”波儿回答说。

“我生活中有一次遇上过那个‘黑男人’！”她的母亲说。“这红字就是他的记号！”

这样交谈着，她们娘俩已经走进森林很深很深的地方，任何偶然从这条林间小径路过的人都很难看见她们的身影了。在这里，她们在一大片茂盛的青苔上坐下来，在一个世纪前的什么时候，一棵巨大的松树曾在这里生长过，根部和树干都在幽暗的阴影里，只有树顶够得着上边的大气。她们娘俩坐在一个树林环抱的小山谷里，缓缓升起的两侧铺满落叶，一条小溪从中间穿过，小溪底部有落下来被淹没的叶

森林

子。悬垂在小溪上边的树，一次又一次把巨大的树枝跌落在小溪间，阻隔了流水，迫使溪水在一些地段形成了漩涡和黑色的深坑；同时，在小溪更为湍急和活跃的水域，会出现碎石的河道以及棕色发光的沙子。展眼随着小溪的流水望去，在森林不远的地方，能够看见溪水反射出来的光，只是很快便迹象全无，消失在树干和矮灌木间的大石头下边，因为这里那里到处是一块块布满青色苔藓的大石头。所有这些大树和大花岗岩石好像有意把这条小溪的流水制造出一种神秘的氛围；或许害怕小溪永不停息的絮叨把这古老森林心里的故事悄悄讲出去，或者在水坑平滑的水面上折射出去吧。的确，小溪悄悄地向前流淌，徐徐不断，潺潺作响，友善、安静，给人宽慰而又令人忧郁，如同一个孩子的牙牙学语，在不会玩耍中度过了婴儿期，也不知道在忧伤的熟悉环境里寻找快活，在灰色的事件中寻找乐事。

“啾，小溪！啾，愚蠢的讨厌的小溪呀！”聆听了一会儿溪水的絮叨，波儿大声叫道。“你为什么这么忧伤？打起精神来吧，别总是这么唉声叹气，嘟嘟哝哝的！”

然而，小溪呢，在森林树木中度过了短暂的生命流程，已经积攒了严肃的经历，忍不住要把它的经历吐露出来，好像没有别的什么事情好讲了。波儿和这条小溪有相似之处，她的生命的流水从一眼同样神秘的泉眼里喷涌出来，已经流经了许多同样被阴郁的阴影笼罩的场景。但是，她又和小溪不一样，依然活蹦乱跳，闪闪发光，在她的流程里快活地说笑。

“这条忧伤的小溪在说什么呢，妈妈？”她追问说。

“你要是有什么自己的忧愁，这小溪会告诉你的，”她的母亲回答说。“就像它对我讲出我的忧伤那样！不过眼下，波儿，我听见有人扒拉树枝的声音了。我要你暂时自己去玩耍，让我和那边过来的人说一会儿话。”

“是那个‘黑男人’吗？”波儿问道。

“你到一边玩去好吗，波儿？”她的母亲又说。“不过不要走进森林里很远啊。留点心，我一叫你，你就赶快过来。”

“好吧，妈妈，”波儿回答说。“不过，要真是那个‘黑男人’，那你就不能让我呆一小会儿，看看他的样子和他胳膊下夹的那本大书吗？”

“快去吧，傻孩子！你现在就能看见他了，透过树看去！就是那个牧师！”

“原来是他呀！”那孩子说。“而且，妈妈，他的手还放在他的心头呢！这是因为牧师在那本大书里写下了他的名字，那个‘黑男人’在那个地方记下了记号吗？可是为什么他没有在他的胸口外面戴上记号，像你这样呢，妈妈？”

“现在快去吧，孩子，等你下次有了时间，你再好好纠缠我吧，”赫斯特·普林大声说。“不过你千万不要走远。就待在一直可以听见流水声的地方啊。”

这孩子唱着歌儿离去，顺着小溪的水流一路跑着，努力唱出一种更加轻快的声音，和小溪忧郁的流水声混合起来。然而，小溪并没有领情，仍然不停地诉说着曾经发生过的一些非常悲伤的秘事的难解的秘密——或者在对一些还没有发生的事情发表预告——都是这凄凉的森林境内发生的事情。波儿呢，她自己小小的生命中已经有足够的阴影了，于是干脆远离这条怨声不断的小溪的一切熟悉的东西。她自己忙着采摘紫罗兰和五叶银莲花，还有一些她在一块高大的岩石缝隙间找到的大红耧斗菜。

赫斯特·普林等自己那小精灵一样的孩子离去后，向穿越森林的那条小径走了一两步，不过仍然呆在大树的深重的阴影下面。她看见牧师沿着小径走来，拄着一根他从路边折下来的拐棍。他看上去憔悴，虚弱，一副精神不振的样子，如果在居住区或者别的他认为很容易让人看见的地方散步，这样子是他从来不曾这么明显地流露过的。这里，他那种神色一眼就能看出来，因为森林的树木稠密，与世隔绝，它本身对精神就有一种沉重的考验。他的步子无精打采；仿佛他看出来没有理由再向前走一步，也不觉得有任何欲望向前走一步，如果他还高兴做什么事情的话，那就是很高兴在最近的树脚下身子一软躺下来，躺在那里听之任之，不再起来。树叶可以落在他身上，泥土可以渐渐地在身上堆起来，在他的躯体上堆成一个小土丘，不管他的肉体里还有没有生命。死亡是一个不必希望也不必回避的终极目标。

在赫斯特看来，尊敬的迪梅斯戴尔先生没有流露任何积极的快活的受难的迹象，有的只是，如小波儿早已注意到的，他一直把手放在他的心脏上。

十七　教区牧师和教区居民

牧师缓慢地走来，很快就要走过去了，赫斯特·普林还没有喊出响亮的声音，把牧师的注意力吸引住。终于，她还是喊出来了。

“阿瑟·迪梅斯戴尔！”她叫道，起初声音很小，随后响亮一点，不过有些沙哑。“阿瑟·迪梅斯戴尔！”

“谁在说话？”牧师回答说。

牧师立即打起精神，站得更加挺立，如同一个人在自己不愿意让人看见的情绪中吓了一跳一样。他的眼睛焦急地循声望去，影影绰绰地看见树下有一个身影，穿着那么暗淡的衣服，与灰蒙蒙的昏暗光线很难分辨出来，因为天空有云团，枝叶很茂密，把正午时分遮蔽得很幽暗，他看不清楚那是个女人还是一个影子。也没准儿就是他人生道路就像这样闹鬼一样，一个他思想里早已偷偷溜出来的鬼魂呢。

他走近了一步，发现了那个红字。

“赫斯特！赫斯特·普林啊！”他说。“真的是你吗？你生活得可好？”

“就这样吧！”她回答说。“生活还像我过去七年过的日子一样！你呢，阿瑟·迪梅斯戴尔，你生活得可好吗？”

一点也不奇怪，他们在这样互相问候实际的和肉体的生活时，仍然会怀疑他们自己的存在。他们相遇得如此奇巧，树林里黯淡无光，真像两个幽灵在坟墓那边的世界里初次相遇，他们前世曾经亲密地你来我往，可是现在却站在寒气中发抖，互相害怕；这是因为还不熟悉他们到了的那个世界的状态，也不习惯没有肉体的幽灵的陪伴。双方都是幽灵，可是又被对面的幽灵吓坏了！他们对自己也同样害怕；因为这样的关头让他们恢复了他们自己的意识，而且双方都对自己的心灵露出了历史和经历，除非在这样令人窒息的时刻，日常生活是永远做不到这点的。灵魂在时光倒流的镜子里照见了自己的面貌。惧怕，发抖，实际上出于缓慢而不情愿的不得已，阿瑟·迪梅斯戴尔把手伸出来，像死人手一样冰冷，拉住了赫斯特·普林冰冷的手。两只手握在一起，尽管冷冰冰的，可好像立即赶走了这样见面的那种最生分的感觉。他们这时至少觉得他们自己是同一氛围里的居住者了。

无需多说一句话——他或者她也无需对方引导，只是通过一种无言的默契——他们碎步退回到赫斯特方才走出来的树林的阴影里，在赫斯特和波儿刚刚坐过的大堆苔藓上坐下来。等他们恢复嗓音说话的时候，一开始只是只言片语，像两个熟人常有的一些问候，关于阴沉的天气，关于咄咄逼人的暴风雨，还有各自的身体安否，等等。他们就这样交谈下去，放不开胆量，但是一步深似一步，谈及了在他们内心深处一直酝酿的话题。为命运也为环境所逼，他们这么久以来形同陌路，他们需要一些轻松和随意的话语开头，把交谈的大门打开，他们的真实思想才可以引导出来，跨过门槛儿。

过了一会儿，牧师两眼直愣愣地看着赫斯特的眼睛。

“赫斯特，”他说。“你找到平静了吗？”

赫斯特凄凉地笑了笑，低头看着自己的胸口。

“你呢？”她反问道。

“没有！——有的只是绝望！”他回答说。“我现在这样子，过着像我这样的生活，还能指望别的什么东西吗？倘若我是一个无神论者——一个没有良心的人——一个本性粗糙鲁莽的坏蛋——我可以找到平静，也许早就找到了。不行啊，我本来不应该失去它的！不过，由于我的灵魂不能脱俗，因此不管我本来具备什么良好的潜质，上帝赐予的所有最精良的天赋，都变成了精神折磨的奴才了。赫斯特，我是最痛苦的人啊！”

“人们都很尊敬你，”赫斯特说。“而且你确实也是他们中间做得最好的！这点还不能让你感到安慰吗？”

“更加痛苦，赫斯特！——只能更加痛苦啊！”牧师回答说，露出一丝苦笑。“至于我在人们眼里所做的好事，我并不是出于真诚。那只是一种欺骗而已。一颗毁灭的灵魂，像我的一样，对救赎别人的灵魂还能有什么作用呢？——或者，一颗污染的灵魂，怎么能净化别的灵魂呢？说到人们的尊敬，还不如变成嘲弄和憎恨呢！赫斯特啊，你认为，我必须站在我的讲坛上，面对那么多眼睛望着我的脸，仿佛天堂的光是从我的脸上放出来的，这还是一种安慰吗？——我必须面对我的羔羊对真理的如饥似渴的追求，聆听我的话仿佛圣灵降临在说话！——可是随后看看内心世界，却看见他们所崇拜的是黑暗的现实啊！我只能发笑，心里又苦又疼，我的表象和我的实际竟然如此不同！连撒旦都在发笑！”

“这是你在跟你自己过不去，”赫斯特温婉地说。“你已经深刻反省了，追悔莫及。你的罪孽在漫长岁月的煎熬中已经离开你了。你现在的生活是神圣的，一点不逊色，真的，在人们看来就是这样的。这样凭借善行保证和见证的忏悔态度，还能不是实实在在的吗？这还不能给你带来平静吗？”

“没有啊，赫斯特，没有！”牧师回答说。“其中没有实质性的东西！那些都是冰冷的，死掉的，对我没有什么作用！说到悔罪惩罚，我做得够多了！说到悔悟，却是一点都没有的！要不然，我早已脱掉这身模仿神圣的衣服，在人们面前露出真实的自己，如同他们在审判席上看到我的样子。你是幸福的，赫斯特，公开在你的胸前佩戴这个红字！可是我的红字却在悄悄地燃烧！你很难真正明白，遭受长达七年的欺骗的折磨，看见有人看出来我到底什么样子，我得到了多么大的释放！倘若我有一个朋友——或者是我不共戴天的敌人——在我听到所有别人的赞扬感到厌恶的时候，我也可每天找到他倾吐出来，让他知道我是所有罪人中罪大恶极的，那么我想，我的灵魂便可以借此保持活力了。哪怕只有这么一点真实，我也就得救了！然而，现在，一切都是虚假的！——一切都是空虚的！——一切都是死掉的！”

赫斯特·普林看着他的脸，可是迟疑再三，没有说话。然而，把长期压制的感情这样激烈地一吐为快，他的话却正好提供了恰当的环境，让她把自己想说的话说出来。她克服了她的种种顾忌，开始说话了。

“这样的朋友，像你刚才话中所希望的，”她说，“你向他诉说你的罪孽，你在我身上犯下的罪孽，你犯罪的同伙！”——说了半句话她又迟疑起来，但终于努力把话说出来了。——“你早有这样一个敌人了，和你住在一起，同在一个屋顶下。”

牧师吃惊不小，一下子站起来，大口喘息，紧紧地抓住心脏，仿佛他会把心从胸口掏出来。

“啊！你说什么！”他惊叫道。“一个敌人！还同在一个屋顶下！你到底什么意思？”

赫斯特·普林这时充分感觉到对这个不幸的男人造成的深刻伤害，完全是她一手促成的，竟然让他这么多年来，或者，哪怕一分钟，掌握在一个除了恶毒别无他意的人的手心里。他的敌人只是呆在他身边，不管有什么样的面具把自己隐藏起来，都足以把阿瑟·迪梅斯戴尔这样过分敏感的人磁场一样的环境打乱了。曾经有一个时期，赫斯特对这点考虑得很不够；或者，也许，她自己麻烦多多，悲观厌世，自己想当然以为牧师承受着比较容易承受的命运，就听凭他忍受去了。但是后来，自从牧师夜游的那个夜晚，她对牧师的所有同情都软化了，活跃起来了。她现在把牧师的心看得更清楚了。她毫不怀疑，罗杰·奇林沃思继续呆下去——他心怀恶毒的秘密毒素，把牧师周围的空气污染了——他具有权威的干涉，作为一个医生，扰乱了牧师肉体和精神的残缺——这些糟糕的机会都转变成了一种残忍的目的。由于这些手段，这位受难者的良心一直处于一种被激怒的状态，这样的趋势一点不能通过健康的疼痛医治他的病，只能把他的精神领域打乱和腐蚀。其结果，在尘世间还不足以让他神经错乱，那么在那边也会永远和“善”与“真”无缘，这种情况也许就是尘世间典型的疯狂了。

这样的破坏，就是她已经给这个男人造成的——不，我们为什么不讲出来呢？——这个男人她现在仍然强烈地爱着！赫斯特觉得牺牲牧师的良好名声，甚至一死了之，如同她和罗杰·奇林沃思讲过的，都比她自己已经选定的那种办法要可取成千上万倍啊。而现在，与其让这样的痛心的过错坦白出来，还不如她痛痛快快躺在森林落叶上一死了之，就死在阿瑟·迪梅斯戴尔的脚旁。

“啾，阿瑟，”她哭叫道，“饶恕我吧！在所有别的事情上，我都尽力做到真实！真实是我可以坚守的一种道德，不管面临什么样的极端困苦都在所不惜；只有在你的善良——你的生命——你的名声——面临问题时，我才屈服了！在那样的情况下，我同意了一种欺骗手段。可是，谎言永远是谎言，哪怕不撒谎就会死亡，它也不是好东西！你难道还不明白我在说什么吗？那个老人！——那个医生！——那个你称之为罗杰·奇林沃思的人！——他原是我的丈夫啊！”

牧师一时间只是看着她，所有的激情都暴烈起来——多种多样而不只是一种，和更高级、更纯洁、更温和的品质混合在一起——事实上，就是他身上魔鬼有权利占有的那部分，而且魔鬼就是利用这部分赢得其余部分的。牧师脸上无比阴沉，无比凶猛，赫斯特过去从来没有看见过。牧师这副样子持续了很短的时间，却是一种黑色的变容。但是，他的性格已经被苦难折磨得软弱无力，即便是性格中比较低级的能量也不能持久，只能作短暂的挣扎。他瘫倒在地上，把脸埋在两只手里。

“我早应该知道的，”他小声嘟囔说。“我当初就知道了啊！当时第一眼看见他，此后每当我看见他，我的心就自然紧缩起来，难道这不是秘密已经告诉我了吗？我为什么不相信呢？啾，赫斯特·普林，你根本、根本不知道这件事情是多么可怕啊！多么可耻！——多么丢人！——一颗有病的、有罪的心暴露给那只幸灾乐祸地窥视的眼睛，那是多么丑陋不堪啊！女人，女人哪，你对这件事情应负责任！我不能宽恕你！”

“你应该宽恕我！”赫斯特惊叫道，扑倒在牧师身旁的落叶上。“让上帝惩罚吧！你应该宽恕！”

突然的孤注一掷的温情油然而生，她张开两臂把牧师紧紧抱住，把他的头揽在自己的胸脯上；尽管他的头正好依靠在那个红字上，可她一点顾及不了。牧师倒是想挣脱出来，但是他白费力气。赫斯特不会放开他，生怕他严厉地打量她的脸。整个世界过去都在对她横眉冷对——对这个孤单的女人横眉冷对了七年之久——而且现在她还在承受这一切，不曾有一次她扭开她那坚定的悲伤的眼睛。同时，老天爷也在对她皱紧眉头，可她没有死掉。然而，这个苍白、虚弱、有罪、被忧伤击倒的男人的厌恶，却是赫斯特承受不了，活不下去的！

“你还没有宽恕我呢！”她重复说，一遍又一遍地说。“难道你不能不厌恶我吗？你不会宽恕我吗？”

“我宽恕你了，赫斯特，”牧师终于回答说，深深地出了一口气，那是发自悲伤的深渊，而不是愤怒。“我现在真心地宽恕你了。但愿上

森林隐蔽下的阿瑟和赫斯特

帝宽恕我们两个人！赫斯特，我们不是这个世界上万恶不赦的罪人。有一个人比起我这个道德败坏的牧师更坏！那个老人的报复比我的罪过更邪恶。他用心险恶，蹂躏了人类心灵的圣洁。你和我，赫斯特，从来没有干过这样的事情！”

“从来没有，从来没有！”她小声附和道。“我们俩所做的事情，有它自身的神圣性。我们感觉到这点了！我们彼此说过这样的话！你忘掉了吗？”

“静静，赫斯特！”阿瑟·迪梅斯戴尔说着，从地上站了起来。“没有；我没有忘记！”

他们再次坐下来，肩并肩，手握着手，坐在那倒伏的树那长满青苔的躯干上。生命从来没有带给他们比眼下更阴郁的时刻；这就是他们的道路长久以来延伸的那个点，悄悄延伸着，从未有过的幽暗；可是，它拢住了一种魅力，让他们留恋，让他们延宕一刻又一刻，一刻又一刻，而且，到头来还会延宕一刻。他们周遭的林木影影绰绰，一阵疾风从树木间刮过，吱吱扭扭的声音响起。他们头上的树枝在沉甸甸地摇摆；一棵庄重的老树在对着另一棵老树呜呜咽咽地呻吟，仿佛在讲述坐在下边的一对苦命人的故事，或者勉强地预告邪恶就要到来了。

然而，他们还在延宕。多么难熬啊，望着那条通向居住区的森林小径，回到那里后赫斯特必须再次承担她的耻辱的重负，而牧师必须担起他的英名的空壳儿！所以，他们延宕一会儿是一会儿。没有任何金色的阳光比这幽暗的森林的阴郁氛围更加珍贵。在这里，只有牧师的两只眼睛看得见，那个红字不需要燃烧起来，一直烧到这个堕落的女人的胸膛里！在这里，只有赫斯特的两只眼睛看着，阿瑟·迪梅斯戴尔，在上帝和人类面前都表现虚假，却会在瞬间表现得真实！

他突然想到一个念头，不由得一惊。

“赫斯特，”他惊叫道。“新的恐惧又来了！罗杰·奇林沃思知道你决意暴露他的真实身份了。那么，他还会继续保守我们的秘密吗？这下他报复的渠道会是什么呢？”

“他的天性中有一种奇怪的保密能力，”赫斯特想了想说；“他暗中复仇的种种实践在他身上已经根深蒂固了。我认为他不可能把秘密揭露出去。他无疑会寻找别的招数，满足他见不得人的欲望。”

“可我呢！我如何再活下去，和这个不共戴天的敌人呼吸同样的空气？”阿瑟·迪梅斯戴尔大声说，身子直往回缩，把手痉挛地放在他的心上，这已成了一个他不由自主的动作了。“为我想想吧，赫斯特！你强大有力！为我拿拿主意吧！”

“你一定不能再和这个人住在一起了！”赫斯特说，一字一顿而坚定有力。“你的心一定不能再受到他那邪恶的眼神的监视了！”

“那样的话还不如一死了之！”牧师回答说。“可是，怎样才能躲开呢？我还会有什么选择吗？我再一次躺倒在这些枯萎的叶子上，就像你刚才告诉我他的身份时我躺倒下去的样子吗？我必须倒在那里，立即死掉吗？”

“啊呀，什么样的毁灭降落在你身上了！”赫斯特说，两眼里涌出了眼泪。“仅仅因为软弱你就愿意死掉吗？真的就没有别的理由了啊！”

“上帝的审判降临在我头上，”良心不堪承受的牧师说。“这种审判太强大，我无力抗争啊！”

“老天爷会发慈悲的，”赫斯特赶紧说。“只要你还有力量去承受它。”

“你给我撑撑腰吧！”他回答说。“教教我干些什么。”

“这个世界难道真的如此狭窄吗？”赫斯特·普林大声说，两只深邃的眼睛紧紧盯着牧师的眼睛，本能地发出一种磁铁般的力量，吸引着牧师因为打压太沉重而简直无法振作的精神。“难道这宇宙就局限在这个城镇的地盘上吗？这城镇不久之前不还是一片败叶满地的荒地，就如同我们身边的情景一样吗？那边的森林小径通向哪里呢？你说过，是通向居住区的！是的；可是，也还在往前边延伸啊！再往深处走啊，再往深处走，每走一步就看得更不清楚了；索性再走出几英里，黄叶子上面就看不见白种人的脚印了。那里，你就自由了！短短的一截旅程，就可以把你带出一个你已经吃尽苦头的世界，到了一个你仍然可以幸福生活的世界！在这无边无界的森林里，不是就有足够的阴影，让你的心躲开罗杰·奇林沃思的窥探吗？”

“是的，赫斯特；可是只能呆在这些败落的树叶下啊！”牧师回答说，凄楚地微笑起来。

“那么，海上的路途十分宽阔呀！”赫斯特接着说。“就是大海把你带到这里的。如果你做出选择，大海还能把你带回去。在我们的故土上，不管是在遥远的乡村还是在庞大的伦敦，或者，在德国，在法国，在愉快的意大利，你就可以躲开他的力量和了解！你和所有这些铁打的人以及他们的看法有什么相干？他们已经把你更优秀的部分束缚得太久太久啦！”

“不能啊！”牧师回答说，聆听的样子仿佛是他响应号召去实现一场梦。“我没有力量离开！我这样不幸和有罪，我别无想法，只有在上帝安置我的地方了却我尘世的生活。我的灵魂已经丧失了，可我仍然要尽我所能，为别人的灵魂服务！我不敢擅离我的岗位，尽管是一个没有忠于职守的哨兵，可在疲惫的守望结束时，死亡和名誉扫地是我肯定的报酬！”

“你让这七年的痛苦重负压垮了，”赫斯特回答说，热情洋溢，决心用她自己的精力让牧师振作起来。“可是你应该把这一切统统抛在身后！你顺着这森林小径走下去，它无法阻挡你的步子；如果你愿意跨越大海，你不必把重负装在船上。把这样的不幸和毁灭留在它们发生的地方吧。别再和这种东西纠缠不清！一切都重新开始吧！一次尝试失败，你就要放弃所有的可能性吗？不能这样啊！未来还充满考验和成功。幸福还等着你去享受！善事还等着你去做！把你这种虚假的生活换成一种真实的生活。如果你的精神召唤你承担这样的使命，也不妨去做红种人的教师和使徒。或者，更适合你的天性，在文明世界里做一个学者和圣人，和那些最智慧最负盛名的人交往吧。传教吧！写作吧！行动起来吧！什么事情都可以做，就是不能倒下，死掉！放弃阿瑟·迪梅斯戴尔这个名字，为你自己换一个名字，换一个更高贵的名字，这样你就不再惧怕，不再受辱。你为什么还要逗留在以往消耗了你太多生命的各种折磨里，不肯挪动啊！那种生活让你软弱，丧失意志，无所作为！那种生活让你连忏悔的力量都没有了啊！站起来，离去吧！”

“噢，赫斯特！”阿瑟·迪梅斯戴尔叫道，被赫斯特的热情所感染，为之一振却很快消失了。“你告诉一个人进行一场比赛，可他的膝盖在发抖啊！我只有死在这里了！我身上已经没有力量和勇气，到广阔、陌生、困难的世界里去闯荡，独自一个人不行啊！”

这是一种垮掉的精神萎靡不振后的最后表达。他没有精力抓住更好的命运，哪怕看起来就在手边。

他重复了说过的话。

“独自一个不行啊，赫斯特！”

“你不会独自一个人去的！”赫斯特回答道，一种深沉的耳语。

这样，要说的话都讲出来了。

十八　一片阳光

阿瑟·迪梅斯戴尔注视着赫斯特的脸，眼神流露出希望和欣喜，其中还有恐惧，一种对赫斯特敢做敢为的惧怕，因为赫斯特所说的，正是他含含糊糊所暗示却不敢说出来的。

然而，赫斯特·普林，天生的勇气和活力养就的心灵，在如此漫长的时期里不仅很少与人正常交往，而且被社会排斥，让她养成了这样的思考高度，是牧师完全难以适应的。她没有尺度，没有引导，在道德的荒野里漂泊；如同在这未驯服的森林里一样广袤、迷蒙、阴暗，他们现在就在这样的阴郁氛围里交谈，决定他们的命运。赫斯特的智力和心灵在这种荒芜的地方仿佛有了归宿，她在这些地方自由地游荡，如同野蛮的印第安人在树林里活动。在过去的岁月里，她从这种疏远的视角瞭望这个人类的规章制度，瞭望教士和立法者建立起来的清规戒律；她批评教职人员的绶带、法律人员的长袍、颈手枷、绞刑架、家庭生活和教会，很难怀有什么敬畏之心，和印第安人所感觉的差不多。她的命运和财产的走势，已经让她自由自在。红字是她的通行证，她因此走进了别的女人不敢涉足的领域。羞耻，绝望，还有孤寂！这些就是她的教师，严厉而野性的教师，它们把她磨炼得强壮，但是也教给她许多舛误。

另一方面，牧师却从来没有经历过这样的生活，可以把他带领出大众认可的各种法律的范围之外；尽管，只有那么一次，他曾经胆大包天地违反了一条最神圣的法律。不过，那是一种情欲难耐的罪过，算不上原则性的，甚至不是有目的而为。自从那个可悲的时刻以来，他便有了病态的热情和缜密，监视的不是他的行为——因为这些行为是容易调整的——而是每种情感的气息，每种思想的苗头。位于社会制度的前头，如同教职人员当时所处的位置一样，他只会遭受更多的遏制，比如社会的条条框框啦，种种原则啦，甚至各种偏见啦。作为一个牧师，他的地位框架不可避免地会把他关闭起来。作为一个犯罪的人呢，他的良心在不停地反省，没有痊愈的伤口稍稍一碰便疼痛难忍，他也许自认为比起他从来没有犯罪的情况下会更加安全呢。

这样，我们好像看出来，就赫斯特·普林的情形而言，整整七年不受法律约束，遭受耻辱，只不过是为这一时刻做好了准备。但是，阿瑟·迪梅斯戴尔啊！如果这样一个人再堕落一次，还能用什么辩解来掩盖自己的罪行呢？没有；除非为他找些托词，说他长期遭受惨痛折磨，人都垮掉了；他的心境灰暗无光，悔恨交加，乱糟糟一团；一方面是一个公开的罪犯，一方面是一个伪君子，可良心却发现很难找到平衡；作为常人，总要避免死亡和耻辱的危害，总要躲避敌人的暗中陷害；说到底，对这个可怜的朝拜者来说，在他阴沉而荒凉的小径上，晕厥，生病，苦难，终于出现了一道人情关爱与同情的闪光，一种新的生活，一种真实的生活，可以取代他现在正在遭受的沉重的厄运。就算把严峻而可悲的真相讲出来，罪恶对人类的灵魂造成的黑洞，在这种致命的状态中，是很难修补的。那可以得到监视和守护；这样一来，敌人就不能再度闯进这个禁地，而且在敌人以后进行一次又一次攻击时，还会选择另一条通道，从而躲开他过去继续前行的小径。但是，坍塌的墙壁依然存在，而且，一旦靠近，敌人悄悄靠近的脚步还会赢得他并未忘记的胜利。

这种挣扎，如果真的发生了，那也用不着描述了。只用这样说它就足够了，那便是牧师决意逃走，可不能独自一个人。

“在过去的整整七年间，”他心想。“如果我能回想起一刻的平静或者希望，那我看在上天怜悯的诚意上，会尽量忍受下去。但是现在呢，既然我不可挽救地要遭厄运，那我为什么不抓住宣判的犯人在行刑之前允许得到的那种安慰？或者，如果这就是开始更好的生活的途径，如同赫斯特·普林劝说我的，那么我就走这条路，肯定不至于放弃了更加光明的前程！没有赫斯特和我做伴，我再也不能活下去了；她表示支持，强大有力，她表示安慰，温柔无比！嗽，我不敢抬眼仰望的天神啊，你还愿意宽恕我吗？”

“你愿意走了！”赫斯特说，很平静，见他接住了她的目光。

决定一经做出，一种少有的欢欣的亮光便在他胸膛里的烦恼上闪动起来，一片灿烂。这具有那种鼓舞的作用，发生在一个刚刚从他自己的心灵和土牢中挣脱出来的囚犯身上，好比呼吸到野外自由的空气，呼吸到未收复的、未基督教化的、没有法律的领地的空气。他的精神好像振作起来，一跃而起，比他过去一直趴卧在地上忍受苦难的时候，看到了天空更近的景况。他生就深刻的宗教气质，他的情绪中不可避免地具备了奉献的色彩。

“我又感觉到喜悦了吗？”他叫道，对自己感到惊奇。“我原来以为喜悦的胚芽在我心里已经死掉了！嗽，赫斯特，你是我的更美丽的天使啊！我好像把那个生病、犯罪斑斑以及充满忧愁的自己，抛弃在这些森林的叶子上，站起来之后一切都焕然一新，以新的力量为慈悲的上帝增添光荣！这已经是那更美好的生活了！我们为什么没有更早一点发现它呢？”

“让我们别往回看好吧，”赫斯特·普林回答说。“过去就是过去了！我们为什么现在还要逗留呢？看看吧！就用这个标志，我要结束一切，让过去的事情像从来没有发生过一样！”

赫斯特这样说着话，把固定红字的钩子松开，从胸前取下来，扔到远处的枯叶上。这个神秘的标志最终落在了小溪这边的边缘上。再往

森林背景下的波儿

远处飞出三四指远，它就会掉进溪水里，小溪本来不停地在嘟嘟哝哝地诉说难以理解的伤心事，这下又会增添另一种哀怨了。但是，那个刺绣的字母躺在那里，像一枚丢失的宝石一样闪闪发光，某个命运不济的漂泊者也许会把它捡起来，从此也许被有罪的奇怪幽灵、心灵的堕落以及不可表述的不幸纠缠上他了。

这个标志扔掉后，赫斯特长长地舒了一口气，随着这声叹息，耻辱和苦恼的重负便从她的精神上离去了。嗽，多么痛快淋漓的减负啊！只是在她感到自由自在时，她才知道那种重担有多么沉重！又一种冲动袭来，她摘下拢着头发的平常的帽子；她的头发一下子掉落在她的肩头，乌黑而浓密，浓厚的秀发中立刻出现了影子和光亮，她的容貌随即变幻出柔和的魅力。一种灿烂的温馨的微笑在她的嘴唇边跳动，从她的两眼中外溢，好像从她那女性的心底里迸发出来一样。她那长久苍白的脸颊上涌出来一片红潮。她的女性，她的青春，还有她那全部丰富的美丽，从人们常说的一去不复返的过去中返回来了，带着她那少女的希望和从未品尝过的幸福，纷纷聚集在这一时刻的魔术般的圈子里。仿佛天地之间的阴郁氛围只是这两颗凡人的心灵流露出来的郁闷，已经随着他们的忧愁消失了。突然之间，好像老天爷一下子露出了微笑，喷射出了阳光，在这幽暗的森林里洒降下来一大片，把每一片树叶照得绿油油的，把黄色的落叶变成了金色，把肃穆老树的灰色躯干照得熠熠生光。那些此前造成阴影的物体，这时却折射出了光亮。小溪的流水随着欢快的闪光一路远去，可以流入树林那秘密的心脏去，流入那已经变成喜悦的神秘中去。

这就是造化的共鸣——森林的造化，野性的异端的造化，从来没有屈服于人类的法律，从来没有被更高级的真理启发过——和这两个人精神上的幸福发生了共鸣！爱情，不管是新生的还是从死亡一般的沉睡中苏醒过来的，都一定会创造出一片阳光，把心灵填满盈溢的光辉，从而让外部世界阳光灿烂。如若这森林还有阴暗，那在赫斯特的眼睛里也是光明，在阿瑟·迪梅斯戴尔看来也是光芒万丈了。

赫斯特看着他，又一阵喜悦骤然而起。

“你一定知道波儿的！”她说。“我们的小波儿！你看见过她——是的，我知道！——不过你现在要用另外的眼光看看她了。她是一个奇怪的孩子！我简直理解不了她！但是，你会从心里爱她的，像我一样爱她，而且会告诉我怎样和她打交道。”

“你认为这孩子认识我会感到高兴吗？”牧师问道，心下有些不安。“我很久以来一直躲着孩子，因为他们经常对我表现出一种不信任，一种不与我亲近的退却。我甚至一直害怕小波儿呢！”

“哎，真让人难过！”做母亲的回答说。“不过她会从心里爱你的，你也会从心里爱她的。她没有离开很远。我来叫她回来！波儿！波儿！”

“我看见那孩子了，”牧师说。“就在那边，站在那片阳光里，有一段距离，在小溪的对岸呢。那么，你认为这孩子会爱我吗？”

赫斯特嫣然一笑，又开始喊叫波儿，可以看得见了，有一些距离，如同牧师刚才描述过的，像一个穿戴鲜亮服装的幻影，沐浴在阳光下，光线从树枝的空间落在她身上。阳光跳来跳去，把她的身影照射得或明或暗，一会儿像一个真实的孩子，一会儿像一个孩子的精灵，随着光亮来去无定。她听见了母亲的声音，从树木间慢慢地走了过来。

在母亲和牧师坐下来交谈时，波儿没有觉得时光过得索然无味。这广袤的阴暗的森林，对那些给它的心胸带来人世间的罪恶和麻烦的人来说，露出了它严厉的面孔，但是却成了这个孤独的婴儿的玩伴儿，而且很知道如何玩耍。森林虽然显得忧郁，却把最和蔼的心绪表露出来，欢迎这孩子。它给她拿出来蔓虎刺浆果，那可是去年秋天长出来，今年春天才成熟的，现在熟得红红的，挂在干枝上像一个个血滴儿。波儿采摘了这些果儿，对它们野生的味道十分喜欢。野地里这些小生灵，简直都怕麻烦，不愿意从她的小路上躲开。一只松鸡，带领着十来只小家伙，一派气势汹汹的很生气的样子朝她冲过来，但是转眼之间就后悔那种凶巴巴的样子了，还忙着招呼她的小儿小女别害怕。一只鸽子，栖息在一根低矮的树枝上，听任波儿走到它身下，鸣叫一声，像在欢迎也像在警告。一只松鼠，从它居住的老树的高深处溜下来，唧唧咕咕乱叫，又生气又欢喜的样子——因为松鼠就是这样一种爱生气爱逗弄的小家伙，说不清它是在生气还是在寻开心——它就是这样对着这孩子唧唧咕咕地叫唤，还往她的头上扔了一个坚果。那是去年的一个坚果，它已经用锋利的牙齿把坚果咬开了。一只狐狸，被波儿踩在树叶上的脚步声从睡梦中惊醒，一副好管闲事的样子打量着波儿，仿佛正在两难之间，不知道是逃之夭夭好，还是在原地接着打瞌睡好。一只狼，据说——不过掌故说到这里无疑有些真真假假的成分了——走上前去，闻了闻波儿的外衣，把它那野里野气的脑袋伸过来，让她用小手抚拍。但是，真实的情况好像是，这森林母亲，以及它养育的野生动植物，都在这个人类的孩子身上辨认出了一种一脉相承的野性。

波儿在这里表现得更加温顺，这是她在居住区的青草溜边生长的街道，或者母亲的小茅屋里，所不曾有过的。花儿看样子知道这点；波儿走过时，它们彼此悄声说：“快用我来打扮你自己吧，你这美丽的孩子，快用我来打扮你自己吧！”而波儿呢，为了让它们开心，采摘了紫罗兰，白头翁，耧斗菜，还有一些鲜绿无比的小树枝儿，那是老树伸展到她面前的。她用这些东西装饰她的头发，她的幼嫩的腰身，让她变成了一个小仙子，或者小树神，或者成为这古老的树木别的最亲密无间的伙伴儿。波儿把自己打扮成了这副俊俏的样儿，听见她母亲的声音，慢慢地往回走。

她走得很慢很慢；因为她看见了牧师！

十九　小溪旁的孩子

“你会从心里爱她的，”赫斯特·普林说，与牧师坐在一起观察小波儿。“你看她长得美丽吗？看看吧，她用多么自然的法子，用那些简朴的花朵打扮自己！如果她能在这森林里收集到珍珠、钻石和红宝石，那些东西也未必能把她装饰得更俏丽。她是一个极好的孩子！不过，我知道她的额头像谁的！”

“你可知道，赫斯特，”阿瑟·迪梅斯戴尔说，露出一种不安的微笑。“这个可爱的孩子，总是在你身边跑跑颠颠的，却让我受到过许多惊吓吗？我想——啾，赫斯特，那是一种什么样的念头，一有这样的念头又是多么可怕啊！——我想到我自己的相貌特征部分在她脸上重现，又是那么明显，世人是可以看出来的！但是，她还是像你的地方多！”

“不，不！像我的地方不多！”做母亲的回答说，带出一种温和的微笑。“再过不久，你就用不着害怕人家打听她是谁的孩子了。可是她看上去多么奇怪地美丽啊，尤其她头发上插了那些野花儿！就好像一个仙子，我们留在了我们亲爱的老英格兰，把自己装扮一番才来迎接我们来了。”

带着一种他们两个过去从来没有经历过的情感，他们坐在那里，看着波儿慢慢地走过来。从小波儿身上看得出把他们两个连接在一起的纽带。她来到这个世界上，七年过去了，如同活生生的象形文字，把他们暗中设法隐藏的那个秘密渐渐显露出来，这个象征物上所写的一切是很容易看得出来的，如果有什么本领高超的先知或者魔术师看得懂这种火焰般的文字的话！波儿是他们生命的结晶。过去的罪恶不管是什么样子的，他们如何能怀疑他们的世俗生命和未来归宿连接在一起呢？他们一眼就看见了那个物质上的结合体和精神上的观念，他们过去因此相遇，今后还会一生一世待在一起。这些思想——也许还有别的思想，他们还没有认识或者确定——在那孩子一步步走来之际，往她身上添加了一种畏惧因素。

“别让她看出来有什么奇怪的——别动情绪也别着急——只管按你的方式和她认识就好。”赫斯特小声说。“我们波儿有时候是一个不稳定爱幻想的小精灵。特别是在她没有完全理解前因后果的时候，她很难容忍感情用事。但是，这个孩子具有强烈的爱！她爱我，也会爱你的！”

“你想不到，”牧师说，对赫斯特·普林瞥了一眼。“我心里多么害怕这次见面，又多么渴望这次见面！可是，说实话，像我跟你交待过的，孩子们不会一听人引见就和我亲近。他们不会爬上我的膝盖，不会在我耳边说悄悄话，不会看见我微笑自已也笑；只是站在一旁，怪怪地打量我。哪怕是小婴儿，只要我抱在怀里，就会哭得很厉害。可是，波儿呢，她小小年纪，已经两次对我表示亲近了！第一次呢——你知道得很清楚了！这后一次呢，就是你领着她去镇子那边不苟言笑的老总督家里的时候。”

“你当时好大的勇气，为她和我求情！”做母亲的说。“我记得那次；小波儿也记得。什么都别害怕！她一开始表现得陌生，害羞，但是很快就会学着爱你了！”

这时候，波儿来到了小溪边上，站在对岸，静静地注视赫斯特和牧师，而他们两个仍然一起坐在那个布满青苔的树干上，等着迎接她。就在她停下的地方，小溪恰巧形成了一个水潭，平滑如镜，微波不兴，把小波儿的身影清清楚楚地掩映出来，她身上的所有光彩照人的如图如画的美丽都在水里，不仅有花朵和冠状的绿叶的装饰，还有比实际人形更精致更灵光的折射。这个形象，和活生生的波儿几乎大小一样，似乎把它自己如影如形的缥缈虚幻传到了这孩子的身上了。怪怪的样子，波儿就那样站着，透过森林的阴郁的氛围，目不转睛地看着他们；她自己呢，这时候全身金闪闪地沐浴在由一种共鸣引来的阳光里。在小溪的下边还站着另一个孩子——另一个却是同一个——也笼罩在相似的金光里。赫斯特自己觉得，不很明朗却非常别扭，和波儿一下子生分了；仿佛这孩子，一个人在这森林里转悠时，转来转去走出了她和母亲一起居住的那种环境，现在想回来也回不来了。

这种印象既真实又荒谬；这孩子和母亲生分了，却是因为做母亲的错，不是波儿的错。自从波儿从母亲身边走开，另一个亲密的人便进入了母亲感情的圈子，把母亲所有的感情都改变了，等波儿转悠回来，找不到她习惯的位置，很难知道怎么安置自己了。

“我有一个奇怪的念头，”敏感的牧师说。“这条小溪就是两个世界的界线，你再也不能和你的波儿相遇了。要不，她就是一个小精灵，像我们小时候听说过的那些传说告诉我们的，小精灵是不允许跨过一条流淌的小河的吗？请你快催一催她吧；因为，这样的延宕已经让我的神经发抖了。”

“快来，我的宝贝孩子！”赫斯特喊道，鼓励的口气，把两条胳膊伸出来。“你怎么那样磨磨蹭蹭呀！你过去什么时候这样磨蹭过？这里是我的一个朋友，也一定会成为你的朋友。从今以后，你会得到双倍的爱，是你妈妈一个人给你那种爱的双倍！跨过小溪，到我们这里来。你能像一只小鹿一样跳过来的！”

波儿，对这些甜言蜜语没有做出任何表示，站在小溪对岸一动不动。她瞪起明亮的野性的眼睛，一会儿看着她母亲，一会儿看着牧师，一会儿又把他们两个都看在眼里；仿佛在对自己分辨和解释他们两个到底什么关系。说不清出于什么原因，阿瑟·迪梅斯戴尔感觉到那孩子的眼睛在看自己，他的手——这个动作已经习惯成自然了——不知不觉间放在了他的心口上。最后，波儿做出一种独特的指手动脚的样子，把她的小手伸出来，小食指直直地指着，明确无误地指向她母亲的胸膛。在下边，小溪如镜的水面上，小波儿那装饰着花环、沐浴着阳光的映像，也把小食指伸得直直的。

“你这奇怪的孩子，你为什么不过来找我呢？”赫斯特大声问道。

波儿依然用小食指指着；她的眉头皱起来；这种孩子般的、甚至和婴儿如出一辙的面貌特征所传达的表情，给人的印象更加深刻。她的母亲还在不停地向她招手，脸上的笑容如同过节的盛装一样令人不习惯，这孩子跺起小脚来，眼神和姿势越发咄咄逼人。在小溪里，那个幻影般美丽的映象，也皱起眉头，伸着指头，咄咄逼人的样子，让小波儿的一举一动显得更凛然不可犯了。

“快过来呀，波儿；要不我要生你的气了！”赫斯特·普林叫嚷道，因为虽然多年来对这精灵一样的孩子这样的举止已经习以为常，这时却自然地想要她表现得更加懂得规矩。“跳过小溪呀，淘气的孩子，快跑过来吧！要不然我过去了啊！”

但是，波儿呢，如同对她母亲的恳求不为所动一样，对母亲的威胁一点也不惊慌，反倒突然间大发脾气，用小胳膊小手指指戳戳，动作很猛烈，而且把小身子也带动得歪歪扭扭，不成样子。她这样剧烈地扭来扭去的时候，还扯尖嗓子叫起来，四周的树木立即回声阵阵；这样一来，尽管是她一个小孩子家在发脾气，蛮横不讲道理，但是看样子仿佛一大群看不见的人在表示声援，表示鼓励。在小溪里，又看得见波儿水中的影子怒气冲冲的样子，花朵在头上像花冠和花环，小脚在踩踏，始

满怀希望的赫斯特

终把小食指指向赫斯特的胸膛!

“我看出来这孩子发作的原因了，”赫斯特小声对牧师说，尽管极力控制着烦恼和苦楚，脸色还是一下子变得惨白。“孩子对每天眼前习惯的东西的样子，只要有一点点变化，都是受不了的。波儿一定是发现她随时可以看见我戴的什么东西不见了！”

“我求求你了，”牧师回答说。“如若你还有什么办法让这孩子安静下来，那就快快使出来吧！只有老巫婆才有这样的吓人的愤怒，比如希宾斯夫人，”他补充说，勉力微笑了一下。“我知道我最不愿意在孩子身上看见的，就只有这样的愤怒。波儿小小年纪的美丽，如同那长满皱纹的巫婆一样，有一种超自然的效果。快让她平静下来吧，要是你还爱我的话！”

赫斯特再次转向波儿，脸颊红红的，有意识地睃了一眼牧师，随后深深地叹了一声；紧接着，她还来不及开口说话，脸上的红晕就变成了死人般的惨白了。

“波儿，”她哀戚地说。“看看你的脚下！就那里！——你眼的前面！——小溪的对岸！”

那孩子的眼睛看向母亲所指的地方；那里摆着那个红字，离小溪边非常近，溪水里映照出了红字那金色的刺绣。

“把它拿过来！”赫斯特说。

“你过来捡吧！”波儿回答说。

“竟是这样一个孩子啊！”赫斯特叹道，扭身向着牧师。“唉，关于她的事儿，我有好多话要向你讲呢！可是，说实在的，她对这个可恨的标志的态度是对的。我必须把这个累赘再多戴些日子——多戴几天就好了——直到我们离开这个地方，等我们回头看时，这里已成了我们梦中见过的地方。这森林藏不住这个红字啊！大洋深处可以从我手里把它接过去的，而且可以永远把它吞下去的！”

说着这些话，她走向小溪的边缘，捡起那个红字，又把它拴在了她的胸膛上。仅仅在一分钟之前，赫斯特还满怀希望地说到要把红字淹没在海洋深处，然而在她从命运之神的手中接过这个要命的标志时，却感觉到了一种不可摆脱的劫数降临了。她已经把它抛向了无限的空间！——她因此获得了一个小时自由自在的呼吸！——可这里又戴上了这猩红的苦难，仍然在老地方闪闪发光！这样看来，一次邪恶的行为，不管是否像红字一样代表出来，却给劫数的性质增加砝码了。赫斯特接下来把头发的散绺拢起来，塞进了她的帽子下边。仿佛那个可悲的红字里有一种害人萎缩的符咒，赫斯特的美丽、她那女性的温暖和丰富，一下子不见了，如同西下的阳光渐渐暗淡起来；一道灰色的影子好像降落在她的身上。

这种凄凉的变化发生过后，她把手伸向了波儿。

“你现在认识你的妈妈了吗，孩子？”她问道，责备的口气，但是尽量说得轻一些。“你妈妈这下把她的耻辱戴上了——现在她心里很悲哀，你会跨过小溪来，认你自己的母亲了吧？”

“是的；现在我就过去！”那孩子回答过，跳过小溪，两臂紧紧抱住了赫斯特。“这下你是我的母亲了！这下我是你的小波儿了！”

她用一种不常有的温柔情绪，把她母亲的头抱下来，吻过额头又吻她的脸颊。但是随后——这孩子不管偶然给人什么样的安慰，却在一种必然逼迫下把痛苦同时带来——波儿把嘴噘起来，也把那个红字亲吻一下！

“这可不是体贴的行为！”赫斯特说。“但凡你对我表示一点爱，你就会挖苦我一次！”

“牧师为什么坐在那里？”波儿问道。

“他在那里等着欢迎你呢，”她的母亲回答说。“你快过去吧，求他祝福你！他爱你，我的小波儿，也爱你的妈妈。你不爱他吗？快来吧！他渴望迎接你呢！”

“他爱我们俩吗？”波儿说，仰脸看着她母亲的脸，一副很快领悟的样子。“他会和我们回去，手拉着手，我们仨一起回去，一起走进镇子吗？”

“不是现在，我亲爱的孩子，”赫斯特回答说。“不过几天以后，他就会和我们手拉手走路了。我们会有一个家，有我们自己的壁炉；你呢，会坐在他的膝盖上；他会教给你许多东西，从心里爱你。你也会爱他的；难道你会不爱他吗？”

“他还要一直把手放在他的心口上吗？”

“傻孩子，这叫什么问题啊！”她的母亲大声说。“来吧，问他要祝福吧！”

然而，不知道是不是每个受宠的孩子对于危险的竞争者都好像本能地怀有嫉妒之心，或者因为反复无常的本性的一时发作，波儿就是不愿意对牧师表示喜欢。只是她的母亲用了很大力气才把她拉到了牧师跟前，她却用力往后退去，龇牙咧嘴的怪样子，表示她不愿意过去；这种样子，从还是个婴儿的时候，她就能做出各种各样的怪象，能把她灵动的面貌变成一系列不同的特征，里边还有一种新的恶作剧，无一例外。牧师呢——尴尬得难受，不过仍希望亲吻一下可以产生符咒的效力，让他得到孩子更善意的认可——向前弯下身子，在孩子的前额亲了一下。这下不得了，波儿挣脱开她的母亲，而且，一路跑到小溪边，弯下身子，清洗她的前额，洗啊洗的，要把那个不受欢迎的亲吻完全洗掉，让它消失在流水的长长活动中。然后，她站在远处，静静地观看赫斯特和牧师；他们还在一起说话，为他们新的身份会出现的种种问题进行商量，也为很快需要达到的目的做些准备。

现在，这次决定命运的会见已经接近尾声。这幽谷就要被遗弃在黑暗的老树的寂静中，而这些老树的无数的舌头则会把那里所发生过的事情悄悄说出去，诉说很久很久，可没有哪个凡人能听得明白。那郁闷的小溪会在自己已经满荷满载的心里添加另一个故事，从而继续流下去，哝哝悄语诉说个不停，多少年来的语调不会因此显得更加欢快。

二十　迷惑中的牧师

牧师离去了，比赫斯特·普林和小波儿先走一步，却又回身看了一眼，一半期望他会看见一些隐约可见的母亲和孩子的貌相和轮廓，正慢慢地消逝在树林的昏暗光线中。他生活中这样天上地下的变迁，还不能立刻被接受，信以为真。然而，赫斯特就在那里，穿着灰色的长裙子，还站在那个树桩旁边，那个很久很久以前大风吹倒的老树桩，倒下之后就一直覆盖上了青苔，他们两个同命运的人，承受着世上最不堪承受的负担，才可以一起坐在上边，享受到了仅仅一个小时的歇息和安慰。还有波儿，跳着轻快的步子从小溪边赶去——这下那个横插进来的第三者已经走了——在她母亲的身边占住了她的原来的位置。这样看来，牧师刚才没有睡觉，没有做梦啊！

为了让自己的心境摆脱这种不清晰的有欺骗性的印象，摆脱这种让他奇怪地心神不安的印象，他回想起那些彻底定下来的计划，那是赫斯特和他自己为他们离开此地草拟的。他们两个已经认定，那个旧世界，人口多城市多，能为他们俩提供更加适合避身的地方，而这新英格兰蛮荒之地，这整个美洲蛮荒之地，只有沿海地区稀稀拉拉地散布着印第安人的茅草屋或者欧洲人的寥寥几处居住点，是提供不了的。且不说牧师的健康状况极不适应这种森林生活的艰苦条件，单是他的天赋、他的文化和他的全面发展，也只能在文明和进步的社会里才能如鱼得水；状态越高级，越适合这个人安身立命。这一选择的促成，是正好赶上一只船停泊在海港里；那是一艘当初常见的有问题的巡航舰，因为它们在深海里尽管不是绝对不合法，可是漂泊在海面上显然有一种不负责任的性质。这艘船是新近从西班牙领海开来的，在三天之内就会开往布里斯托尔[1]。赫斯特·普林——作为自己应招的“慈善姐妹”身份，早已和船长和船员们认识了——能够保证得到两个大人和一个孩子的舱位，全部都是秘密进行，这也是迫于环境更加可取的办法。

牧师曾经问过赫斯特，而且是很上心的，那艘船到底什么时间可以指望离去。从现在算起，大概第四天上就离开。“这真是再幸运不过了！”他心下和自己说。不过，尊敬的迪梅斯戴尔先生为什么认为这么幸运，我们还是先不说出来为好。可是——为了不对读者隐藏什么，说说也无妨——那是因为从现在起的第三天，他要做“选举讲道”[2]的宣讲；这样一种场合已形成了新英格兰神职人员一生中的荣耀时刻，他要结束自己的牧师生涯，碰上这样的方式和时间是再合适不过了。“至少，他们以后说起我，”这个为人楷模的人心想。“我没有擅离职守，也没有敷衍职责吧！”可悲呀，真的，这个可怜的牧师这样深刻而尖锐的反省，竟应该受到如此痛苦的欺骗！我们已经说过他的许多更糟糕的事情，今后也许还要说；然而，没有哪件事情，我们追根寻底，竟然软弱到令人可怜的地步啊；没有例子可以说明，哪怕当初多么微不足道而又不可否定，有一种微妙的疾病早已开始噬啮他性格的真实本质了。没有什么人，在相当长的时间里，能够对自己一副面孔，对公众另一副面孔，最终不会对哪一副面孔究竟是真实的，感到迷惑。

迪梅斯戴尔先生与赫斯特会面后返回来，他的情感处在兴奋之中，他因此产生了从未有过的体能，举步如飞，往镇子赶去。树林中的小径好像更宽了，路面由于讨厌的自然障碍而更粗野，更少见人的足迹，这

---

①英格兰的一海口城市；上文提及的“旧世界”，无疑是指英格兰了。

②政教一体的典型形式：政府换届选举，牧师出面讲道。

些都是他来时不曾记得的。但是，他跳过一个个泥泞的地方，从一个个剐蹭的矮灌木丛下穿过，爬上山丘，跃入低谷，一句话，他克服了路途上所有的困难，那股不知疲倦的活力，连他自己都暗暗吃惊。他不禁想起来，就是在两天之前，他还那么虚弱不堪，一次又一次停下来喘息，在同样的路面上吃力地行走。他快到镇子的时候，他看着那些呈现在眼前熟悉的物体，得到了一种截然不同的印象。好像不是昨天，不是一天，也不是两天，而是许多天，甚至好多年之前，他离开镇子外出了。不错，如他记得的，街道上依然有每一种往昔的痕迹，房屋的种种特征，比如一个个山墙尖，尖尖上的风标，都应有尽有地在他的记忆之中。然而，一种截然不同的变化感觉就是这样横插进来了。至于他遇见的熟人，还有小镇的一切习以为常的人类生活的各种状态，仍然多出了一种变化异常的印象。他们这时看上去没有变老，没有变年轻；上年纪的人的胡须没有变白，昨天在地上爬动的婴儿今天也没有抬脚走路；他前不久离开时看见他们的样子，眼下每个人究竟有什么变化，没有办法描述出来；可是，牧师深入内心底上的感觉却似乎告知他，他们都发生变化了。他走过自己教堂墙壁的瞬间，一种相似的印象让他感触最为明显。教堂的样子是那么不同，却又是那么熟悉，迪梅斯戴尔先生的脑海里因此一下子冒出来两个摇摆不定的看法；或者只是过去在梦里有过的，要不就是现在在梦中产生了。

这种呈现出来各种形态的现象，没有表明外部有什么变化，而是表明观看熟悉场景的人突然发生了重要的变化，仅仅一天的间隔在他的意识中发生了恍如多年的变化。牧师自己的意志，赫斯特的意志，还有他们两个之间酝酿的命运，促成了这样一种转变。镇子还是过去的镇子；可是牧师从森林里回来却不是过去的牧师了。他也许会对和他打招呼的朋友说：“我不再是你所认识我的那个人了！我把那个人丢在森林里了，掩藏到了一个秘密的幽谷里，与一个青苔树桩为伴，临近一条忧郁的小溪！快去寻找你们的牧师吧，看一看他衰弱的形体，他那薄薄的脸颊，他那惨白、沉重、痛苦紧蹙的额头，是不是都抛弃在了那里，如同一件扔掉的外衣！”毫无疑问，他的朋友还会坚持和他说：“你还是原来的你自己呀！”可是，错误会在他们方面，而不是他这方面。

迪梅斯戴尔先生到家之前，他内心里的那个人给了他一些别的证据，表明他在思想和感情方面发生了一次革命。实际上，在他那个内心王国里，除了朝代改换和道德标准改换之外，没有什么东西足可以说明现在只是各种冲动在支配这位不幸的受惊的牧师了。每走一步，他都会受到刺激，想干一件古怪、野蛮和邪恶的事情，同时又感到不由自主而有意为之；他自己管不了自己，一个更深层的自己生长出来，对抗那个反对这种冲动的自己。比如说，他碰见了一个与自己共事的执事。这个和善的老人与他打招呼，带着父亲般慈爱和长辈般的礼仪，年高德重，生性正直圣洁，在教会里有地位，有资格这样做；然而，同时他又表示出深刻的、近乎崇拜的尊敬，这是因为牧师的职业身份和个人人格都有权利要求他这样表示。这真是一个再美丽不过的例子，年龄和智慧的显赫竟然可以如此对待应有的谦卑和尊敬，就因为这些是社会地位和天赋都较低的人在恭维高出一等的人啊。现在，尊敬的迪梅斯戴尔先生和这个和善的白胡须执事交谈的两三分钟里，牧师只得小心翼翼控制自己，才不至于说出他心里冒出来的一些亵渎的建议，关于亵渎圣餐的建议。他浑身发抖，脸色变得煞白如灰，生怕他的舌头会乱动起来，说出这些可怕的事情，请求自己同意这样做，却没有完全做到。还有，他心里尽管有这样的恐惧，却忍不住想大笑一通，因为可以想见，这位圣洁的长辈般的执事听见自己的牧师说出亵渎神明的话，不知会吓成什么样子呢。

接下来，另一件性质相同的事情也发生了。在街道上匆匆行走，尊敬的迪梅斯戴尔先生碰上了一个他的教会里年纪最老的女教友；一位最虔诚、最模范的老妇人；贫穷，寡居，孤独，心里装满了对已故的丈夫和孩子们的回忆，装满了对很久以前死去的朋友们的回忆，如同一片掩埋尸骨的坟地布满重重叠叠的石碑一样。然而，所有这一切本来可能成为沉重的悲哀，却在她那虔诚的衰老的灵魂中，转变成了一种近乎肃穆的喜悦，因为宗教的安慰和《圣经》的真理三十年来一直在滋润她的灵魂。还有，自从迪梅斯戴尔先生把她收为教友，这个好心的老妇人在人世间的主要安慰——这种安慰只会是天国来的，否则就什么安慰也不是了——就是和她的牧师会面，不管是偶然的，还是故意安排的，牧师可爱的嘴唇里说出来的一半句温暖、温馨、天国吹来的福音真理，她那迟钝却欣喜的耳朵听见后，都会感到心清气爽。然而，这一次，迪梅斯戴尔先生直到把自己的嘴唇凑近老妇人的耳朵边那一刻，好像灵魂的死对头在作祟似的，记不得《圣经》上的内容或者别的东西，只有一句简短的，精辟的，而且，如同当时在他脑海里冒出来的，无法答对的论点，反对灵魂不朽的论点。这样的论点如果进入老妇人的耳朵，很可能让这位上年纪的教友姐妹马上倒地死掉，如同剧烈的毒液散发开一样。牧师实际上到底说了些什么，事后却怎么也记不起来了。也许，幸亏他当时语无伦次，没有传达出任何明确的观点，好心的老妇人无法听明白，或者天意根据自己的方法转达给她了吧。可以肯定的是，牧师回头望去，看见了一种神圣的感恩和狂喜表情，好像天国的光亮照在她那布满皱纹的灰白的脸上。

随后第三例来了。和那位年老的教会成员分别后，他又遇上了教会中最年轻的教友姐妹。这是一个新近争取来的少女——在尊敬的迪梅斯戴尔先生夜游后的安息日，他的那次布道把她争取来了——她要用

希宾斯夫人

人世间短暂的快活换得天堂的希望，当生活在她周围变得黑暗时，这种希望会给与更明亮的支持，会把漆黑一团的幕布镶嵌上最后的光荣的金光。她漂亮，纯洁，如同天堂里绽开的百合花。牧师很清楚，他自己在她心灵无瑕的圣殿里供奉着，在他的肖像周围挂着雪白的帷幔，把爱的温暖给与宗教，又把宗教的纯洁给与爱。那个下午，撒旦一定把这个可怜的少女从她母亲身边引开，随后丢在了这条诱惑力极强的道路上，或者——我们还有另外的说法吗？——这个迷惑的孤注一掷的男人的道路上。她越来越近，那个魔王小声吩咐牧师紧缩成小小的罗盘，把一颗邪恶的种子丢进他那温柔的胸脯，不久必定会开放黑色的花朵，到时候结出黑色的果实。牧师知道他对这个少女有这样的力量，她信任他，只要一个邪恶的眼色，他觉得就能充分操纵少女纯洁的心田，一句话就能把纯洁相反的东西激活了。这样——通过一番他从未经历过的拼死的挣扎——他把黑色长袍举起来遮住了脸，匆匆向前赶去，没有任何相认的表示，留下那个少女教友姐妹费尽心思揣度他的无礼行为。她把自己的良心彻底搜查一遍——那里尽是无害的小念头，如同她的口袋或者针线盒——嗷，可怜的姑娘，没完没了地责备自己，想象出来千百种过错；第二天早上，她忙着做家务，眼睑都红肿了。

牧师还没有来得及庆祝他躲过这最后一次诱惑的胜利，便又意识到另一次冲动来了，更加滑稽，也非常可怕。这次冲动是——我们说出来都感到脸红——他要在半道停下来，对一群正在路边玩耍的清教徒小孩子教一些非常邪恶的话，而他们却是刚刚学会说话。他把这个坏念头否定了，因为他穿的衣服不允许，随后就碰上了一个醉醺醺的水手，一个从西班牙领海来的船只的水手。到了这种地步，可怜的迪梅斯戴尔先生由于已经勇敢地克服了所有别的邪恶念头，因此就很想怎么也得和这个黑不溜秋的无赖握一握手，说些不合适的玩笑话开开心，比如放荡的水手爱说的浑话啦，一些巧妙、圆滑、带劲、开心以及亵渎神明的诅咒啦！除了一些更好的行为准则，主要的是他生来的良好情趣，更要紧的是他那教士礼仪的牢固习惯，才帮助他安全地度过了这次危机。

“这样纠缠和引诱我的是什么东西呢？”他终于忍不住对自己喊叫起来，站在街上，用手拍击自己的前额。“我疯了吗？或者我完全把自己交给魔鬼了吗？我真的在森林里和魔鬼定下约定，而且用我的血签上名字了吗？他现在召唤我履行约定，教唆我完成他最下流的想象力所能设计出来的邪恶行径吗？”

尊敬的迪梅斯戴尔先生这样自言自语，用手拍击自己的额头的时候，据说老希宾斯夫人，那个很有名气的老巫婆，正从他身边走过。她打扮得非常妖骚；头上高高地包裹起来，身穿一件俗丽的天鹅绒长裙，用有名的黄浆浆过的硬绉领，因为这种黄浆是她的密友安妮·特纳传授给她制作秘诀的，那是这最后一个好女子因为托马斯·奥弗伯里爵士谋杀案被绞死之前的事儿了。这个老巫婆是不是看穿了牧师的种种思想活动，突然完全停下来，狠毒地看着他的脸，狡猾地笑起来——尽管过去很少和牧师说话——而且开始交谈起来。

“这么说，尊敬的先生，你到森林里去过了，”老巫婆说，高高裹起的头冲他点了点。“下一次去，请你随便和我打一声招呼，我将会骄傲地和你结伴同行。我用不着说什么大话，我的一句好话就会产生作用，让任何陌生的先生从你认识的那个当权人那里得到很好的招待。”

“说实话，夫人，”牧师回答说，一副庄重的恭顺样子，这个夫人的身份和他自己的良好教养使他只能这样表现。“说实话，凭我的良心和性格，我完全被弄迷惑了，不懂你话中到底什么意思！我到森林去没有找什么当权人；我以后也不会到那里去走访，获得这样一种人物的好感。我唯一的目标是去问候我那个虔诚的朋友，使徒埃里奥特，和他一起庆贺他从邪教劝服过来的许多宝贵的灵魂！”

“哈，哈，哈！”老巫婆呵呵笑着说，仍然用高高裹起的头向牧师点着。“行啊，行啊，我们白天必须这样说话！你说得好轻松，完全像一个老手！可是，半夜里，在森林里，我们就会听到完全不同的话了！”

她摆出上年纪的人一本正经的样子，走了过去，可是一次又一次扭过头来冲他微笑，如同一个人一心想看出彼此关系中私下亲密的程度。

“这么说我已经把自己出卖给那个恶魔了，”牧师说，“如果人们说得没错，这个穿戴黄浆绉领和天鹅绒长裙的老巫婆，已经选择了那个恶魔作她的王子和主人啊！”

这个不幸的牧师啊！他已经做了一种买卖，和老巫婆的一样啊！受到了做梦般的幸福的引诱，他已经犯下了那种他分明知道的死罪，他深思熟虑地做出了选择，这是他过去从来没有干过的。那种大罪的传染性毒素已经迅速地在他的道德体系里扩散开来。这种毒素已经把所有令人愉快的冲动都毒死了，却把整个邪恶的冲动都唤醒了。轻蔑、恶毒、无端的恶意、不必要的作恶的欲望，对于所有善良和神圣的东西的取笑，都苏醒过来了，都来诱惑了，尽管同时它们又让他感到害怕。这次和老希宾斯夫人的不期而遇，看样子是一次真实的相遇，真的表明他和邪恶的人以及邪恶精灵的世界产生了共鸣，产生了友谊。

这时候，他已经来到了位于坟地边上他的居所，于是赶快登上楼梯，躲进书房里去了。牧师很高兴回到了他的避身之处，这下他刚才在街上走过时一直活跃的那些奇怪而邪恶的念头，就可以不让外面的世界首先看见了。他走进了他习惯的房间，环视一下他的书籍、房间的窗户、壁炉以及帷幔装饰舒适的墙壁，还是那种同样奇怪的感觉，这种感觉在他从森林的幽谷走进镇子里、又一路走来时紧紧纠缠着他。这里，他曾经看书和写作；这里，他曾经斋戒和夜游，折腾得不死不活；这里，他曾经很努力地祈祷；这里，他忍受了千百次的痛苦！那本《圣经》在那里，精美的古希伯来文版，摩西和先知们在和他交谈，上帝的声音贯彻始终。那张桌子上，一支墨水笔旁边是一篇没有完成的布道文，其中一句写到中间写不下去了，两天前他的思想就在这里停下来，不能再往纸页上倾泻了。他知道，正是他自己，这个身体单薄脸颊煞白的牧师，曾经干出了这些事情，曾经忍受了这些痛苦，最后还写出了那篇"选举讲道"！然而，他似乎置身物外，看着这个过去的自己，嘲弄，可怜却又怀着一半羡慕的好奇心。这个自己一去不返了。另一个人从森林里返回来了；成了一个更智慧的人；对许多隐藏的秘密十分了解，是过去那个自己的简单头脑从来没有了解到的。一种痛苦万分的了解啊！

牧师正转着这些念头的时候，书房的门敲响了，牧师说："进来吧！"——心里不是完全没有想到他也许要看见一个邪恶妖精了。他果然想的没错！走进来的就是老罗杰·奇林沃思。牧师站在那里，脸色煞白，没有说话，一只手放在那本希伯来文《圣经》上，另一只手展放在他的胸口上。

"欢迎你回家，尊敬的先生，"医生说。"你到底找到那个神圣的使徒埃里奥特了吧？可是我认为，亲爱的先生，你看上去脸色很难看；仿佛你在那蛮荒之地旅途艰辛，很不容易。要不要我来帮帮忙，让你的心灵和体力得到恢复，准备宣讲你的'选举讲道'？"

"不用了，我想不用那样了，"尊敬的迪梅斯戴尔先生说。"我这趟旅行、和那位神圣的使徒见面，还有我呼吸到的自由空气，都对我很有好处，毕竟我在这书房里关得时间太久了。我想用不着你的药物了，我善良的医生，尽管药很好，又是你友好的手调制的。"

在这段交谈的时间里，罗杰 · 奇林沃思一直看着牧师，完全是医生对病人的那种严肃和专注的目光。但是，尽管表面上是这副样子，可牧师差不多相信这个老人已经知道，或者至少很有信心地怀疑到，他已经与赫斯特 · 普林见过面了。从牧师看人的神情判断，这个医生知道他不再是一个信得过的朋友，而是一个不共戴天的敌人了。既然明白到了这个份儿上，自然而然就要把这事儿说几句才好。但是，奇怪的是，用语言把话说明白往往要经过很长的时间；两个人都愿意回避某个话题，就是小心谨慎地把话说到了一点即通的份儿上，还是会及时止住，不至点破。因此，牧师倒是不用忧虑，担心罗杰 · 奇林沃思会公开用语言说明他们彼此之间保持的真实身份。可是，医生却顺着他的黑道步步紧逼，渐渐地逼近了那个秘密。

"更可取的办法，"他说。"难道不是今天夜里你借用一下我的手艺吗？真的，亲爱的先生，我们必须尽力让你强壮起来，充满活力，完成这次'选举讲道'讲演。人们企盼你表现不凡，出类拔萃；他们都在担忧，也许再过一年半载会发现他们的牧师已经离去了。"

"是的，到另一个世界去，"牧师回答说，一副听天由命的虔诚样子。"老天认定那是一个更好的地方；因为，实际上，我想我很难和我的信徒一起打发另一个一晃即逝的年头了！可是，说到你的药物，善良的先生，看我当前的身体状况，我不需要了。"

"我听你这么说很高兴，"医生回答说。"也许是我的治疗，这么长时间没有效果，现在却开始产生应有的效果了。我是一个幸福的人，配得上新英格兰的感激，因为我终能治好这个病了！"

"我从心里感谢你，用心良苦的朋友，"尊敬的迪梅斯戴尔先生说，露出了一个庄重的微笑。"我谢谢你，只有用我的祈祷报答你的好心了。"

“一个好人的祈祷是黄金一样的报偿啊！”老罗杰·奇林沃思回答着，准备离去。“是啊，它们是新耶路撒冷流通的金币，上面还有国王自己的头像呢！”

剩下一个人后，牧师叫来了住房的一个仆人，要饭菜伺候，食物摆放在他面前后，他饥不择食地吃起来。然后，把已经写好的“选举讲道”扔进了火里，他着手开始写另一篇，一时间思想和感情如神思涌动，他想象他是得到灵感了；他只是纳闷儿上天会选中他这样如此糟糕的一台风琴管，来传播那么庄严的严肃的天籁般的乐曲。但是，让那个秘密自己破解吧，或者永远不得破解，他努力把写作往前赶，热切而亢奋地往前赶。这样，一个夜晚飞驶而去，仿佛是一匹长了翅膀的坐骑，他就坐在马上；早晨来了，红彤彤的，从窗帘向屋里探望；最后，太阳把一道金光照射进了书房里，正好落在了牧师昏花的眼睛上。他还在那里，手指仍然拿着那支墨水笔，他笔下还有无数要写下来的内容呢！

二十一　新英格兰的节日

新总督即将从人民手中接过职务的那天早上，赫斯特·普林和小波儿走进了市场。市场来来往往都是手艺人和镇子上其他平民百姓，人头攒动；其中也夹杂着许多粗鲁的人，他们的鹿皮服装表明他们来自森林居住区，这样的居住区在这个殖民地的小闹市的周围处处可见。

在这个公共假日，如同在所有别的场合一样，赫斯特七年来都穿一身粗糙的灰色衣服。不只是衣服的颜色，更有衣服的那种说不清的样式特点，产生了一种效果，让赫斯特混迹于人群中不显山不露水；同时呢，那个红字却把她从这种混合一体中拉出来，让她在红字闪耀的道德方位下暴露出来。她的脸长期为镇民们所熟悉，神色如同大理石般宁静，是镇民们早已习惯看见的。它好像一副面具；或者，换句话说，它如同一个死亡女人五官间的冰冻的平静；之所以这样打比方，是因为从要求世人同情这方面讲，赫斯特真的死了，已经离开了那个她好像还混杂其间的世界。

在这一天，她脸上也许会出现一种过去没有见过的表情，可眼下的确很不明显，不容易看出来；除非一个天赋超群的观察者，先把心灵看透，然后才能在脸上和举止上看出来相应的表现。这样一位灵魂探视者也许会发现，长达七年的痛苦煎熬，赫斯特把众人的注视当作一种必然，一种惩罚，一种严厉的宗教的某些东西，忍受下来了，而现在，再忍受这最后一次，她无拘无束心甘情愿地迎合众人的注视，为的是把这么多年来忍受的痛苦转变成一种胜利。“你们最后一次看看这个红字吧，看看红字的佩戴者吧！”这个众人眼里的牺牲品和终生奴隶，这样对他们说。“不过等一会儿，她就不在你们的视线里了！几个小时之后，那深不可测的神秘海洋，就会把这个你们逼着她戴在胸口上燃烧的标志，永远淹没了！”如果我们推测赫斯特此时此刻心头有一种惋惜的感情，那和人类的本性也算不上多么不一致，因为她毕竟就要从这种让她刻骨铭心的痛苦中获得自由了。她成为女人这么多年来几乎一直在品尝女人杯子里苦艾或芦荟般的苦酒，这个时候难道她不应该迫不及待地渴望屏住呼吸，最后一次好好喝一口吗？从此以后，捧在她嘴边的人生的烈酒，盛在雕刻的金色杯子里，一定非常醇厚，可口，令人陶醉；要不然，在她品尝了烈酒的苦涩之后，就会留下一种不可避免的厌倦之感了。

波儿打扮得轻飘活泼。谁都不可能猜想到，这个明亮而阳光的小精灵就是那个身穿灰不溜秋衣服的女人生养的；或者，谁也想象不到，剪裁孩子那身服装所必需的那种华丽而精细的想象力，竟也能够缝制出赫斯特身上那样简朴的长裙，把特色强调得如此明显，也许是一件更困难的差事呢。小波儿的衣服穿在身上相得益彰，似乎是波儿性格的外溢，或者不可避免的发展和外延，与她密不可分，好比色彩斑斓的色泽离不开蝴蝶的翅膀，或者姹紫嫣红离不开艳丽的花儿一样。这些花虫如此，小波儿也如此；她的衣服与她的本性浑然一体。再说，在这多事的一天，小波儿的心绪中有一种特别的不安和兴奋，简直如同钻石一般闪烁不定，戴在胸脯上便随着胸脯的一起一伏，亮点和闪耀不停地变幻。孩子们对与他们息息相关的人的情绪起伏，总会有一种共鸣；尤其在家庭环境里，只要有一点麻烦或者迫在眉睫的变故，总是有一种共鸣；因此，小波儿，这颗母亲不平静的胸怀上的宝石，她的情绪不停地跳跃，发泄出来的种种情绪，却是任何人从赫斯特眉宇间大理石般的冷静中看不出来的。

这种兴高采烈的情绪，让小波儿像一只小鸟一样飞来飞去，不肯在母亲身边好好走路。她不停地突然大喊大叫，野性十足，吐字不清，有时像刺耳的乐曲。她们娘俩到了大市场，看见那地方到处一片骚动和熙攘，波儿就越发躁动不安了；因为这市场平时的情景，说它是镇子商业活动的中心，不如说是一个村公所前面那种宽敞而清静的绿草坪。

“呃，这是什么，妈妈？”她叫道。“为什么所有的人今天都不干活儿？今天是全世界人玩耍的日子吗？快看，铁匠也来了！他把自己的黑灰脸洗过了，还穿上了星期日的服装，看样子好像要是有一个好心人教会他怎样找快活，他就会高高兴兴去作乐了！还有布拉克特先生，那个老狱吏，正冲着我点头微笑呢。他为什么这样做呢，妈妈？”

“他记忆中你还是个小婴儿呢，我的孩子，”赫斯特回答说。

“他不应该朝我点头微笑，不管怎样，他都是一个又黑又严厉的斜眼老头儿！”波儿说。“他要是喜欢，他可以朝你点头；因为你穿着灰色衣服，戴着红字。可是，快看，妈妈，有多少陌生人的面孔，其中还有印第安人，还有水手呢！他们都来干什么，偏偏都到这市场来呢？”

“他们等着看队伍经过，”赫斯特说。“总督和一些地方长官要从这里过去，还有几位牧师，全都是些大人物和头面人物，他们前面还有乐队和士兵。”

“那个牧师也在其中吗？”波儿回答说。“他会伸出手来拉我，就像在小溪边你领我去见他时一样吗？”

“他会在队伍里的，孩子，”她母亲回答说。“不过他今天不会和你打招呼；你也千万不要和他打招呼啊。”

“他是一个多么古怪、多么可悲的人啊！”那孩子说，仿佛也在和自己说话。“在黑乎乎的夜里他招呼我过去，握住你的手和我的手，就像我们和他站在那边那个绞刑架旁边的时候一样！还有在森林里的时候，只有那些老树能听见，那小片天空能看见，他和我们说话，一起坐在那大堆青苔上面！他还亲吻了我的脑门儿，连小溪的水都很难洗掉那种亲吻呢！可是在这里，在大太阳的白天，当着所有人的面，他就不认识我们了；我们还一定不能认他！他真是一个古怪、可悲的人，总是把他的手放在他的心脏上！”

“别说话了，波儿！你还弄不懂这些事情，”她的母亲说。“只想到你不认识牧师就行了，一直看着我，看看大家伙儿的脸上今天多么欢喜。孩子们从学校赶来了，大人们从工作间赶来了，也从田地里赶来了，都是专门来找快活的，因为，今天，一位新来的人就要开始统治他们；所以呢——按照人类第一次聚成一个民族就有的习惯——他们寻欢取乐，欢天喜地；仿佛一个美好的金色的年份，终于降临到一个古老的世界上了！”

正像赫斯特说的，平常少见的快活神情，让人们的脸上显得喜气洋洋。在一年中这个庆祝的节气里——过去已经成为习惯，而且在未来两个世纪绝大部分时间里也都会沿袭下去——清教徒们把他们认为人类弱点可以允许的无论什么欢乐和欣喜都发泄出来；因为欢喜，他们就能把习惯的阴云驱散，这样，在一个假日的时间里，他们看上去不是那么一脸苦难沉重，和处于一般困难时期多数别的居民群体没有什么两样。

不过，我们也许夸大了这种灰色和黑色的情绪，只是这确实是那个时期人们心情和举止的毋庸置疑的特点。这时聚集在波士顿市场里的人们并不是生来就继承了清教徒的阴郁情绪。他们都是地道的英格兰人，他们的祖先都在伊丽莎白时代过过阳光富足的日子；那一时期的英格兰生活，就大多数人的状况来看，可以说是高贵、华丽、欢乐的，是这个世界上曾经见证过的。如果他们随了祖先们的情趣，那么新英格兰的殖民地居民应该会用篝火、宴会、表演和游行，来庆祝所有公众参与

船长

的重大事件。同样可以进行的活动，也应包括举行隆重的典礼时把开心的娱乐和庄重的仪表交杂在一起，好比说，一件庄重的大长袍上镶嵌了华丽多彩的刺绣，国民们穿上欢度这样的节日。在殖民地开始的那个政治年份，庆祝日的方式里还有这种尝试的影子呢。在骄傲的古老伦敦市那些屡见不鲜的庆祝仪式，记忆中的辉煌尚有模糊的反映，因为反复举行而色彩渐淡，样式简化——我们不说皇家加冕活动，只指市长大人的就职仪式——却仍然可以在我们祖先建立的种种习惯中有迹可循，在一年一度的地方长官的就职仪式中就不难发现。这共和体制的祖先和创建者——政治家、僧侣和军人——认为沿袭一种外表的庄严和威仪是一种责任，与古老的风格保持一致，那样的装扮被视为公众或社会名流的正当服装。所有的人都来了，走向出现在人们眼前的队伍里，这样一来，刚刚组成的政府的简单结构，便多出来一种必不可少的尊严。

所以，百姓们即使没有受到鼓励，也顺势沾上光了，暂时放松一下对他们各种艰辛劳作方式的严格而紧逼的管束，而在一年所有别的时间里，这却是和宗教活动一样严加遵守的。在这里，真的，当然看不见伊丽莎白时代或者詹姆士时代的英格兰境内那些情景：没有剧院演出的那种粗俗的表演；没有携带竖琴和传奇歌谣的游吟歌手，也没有演奏音乐让猴子跳舞的游吟诗人；没有玩花样变魔术的魔术师；没有讲笑话逗观众捧腹的小丑，虽经历了数百年的岁月，却依然赢得笑声，因为他们依靠的是最广阔的欢笑共鸣的源泉。所有这类从事几种滑稽活动的行家都会受到严厉的压制，不仅为严格法律所不容，还会被认可法律活力的一般感情所排斥。不过，人们那张诚实的伟大面孔却依然在微笑，也许笑得很难看，可是笑得很放松。各种娱乐活动也不缺乏，比如殖民者们很久以前在英格兰乡村集市和村子草地上看见和参加过的那种运动；这些运动被认为有利于在新的土地上保持活力，因为其主要内容是勇气和男子气概。摔跤比赛，在康沃尔和德文郡发展成了各种不同的样式，在市场处处可见；在一个角落里，一场友好的棍棒比赛正在进行；不过——最能吸引人们兴趣的——是在我们书里早已提到过的那个行刑台，两个师傅手持盾和宽剑，正开始一场表演较量。但是，让观众大失所望的是，这场表演因为一个镇差役的干涉而中断了，他认为不能允许如此滥用这样的神圣场所，侵犯法律的尊严。

可以毫不过分地说，就整体居民状况看（人们当时还处在失去欢乐态度的早期阶段，男性祖先的后人又知道他们当时如何寻求快乐），在欢度节日这点上，他们和他们的子孙相比，甚至和相隔更加久远的我们相比，都略占上风呢。他们的直系子孙，也就是早期移民的下一代人，笼罩在了最黑暗的阴影下，因此让民族的面容如此幽暗，后来这么多年都来不及把这种阴暗清理掉。我们还不得不重新学习那门被遗忘的取乐的艺术。

市场上人类生活的画面，尽管一般色泽是英格兰移民的那种忧愁的灰色、棕色或黑色，不过也间杂一些不同的色彩，透出别一种活力。一伙印第安人——身穿着刺绣怪异图案的鹿皮长袍，野蛮却精致；系着贝壳串珠的带子，脸抹红黄赭石，头插羽毛，背负弓箭，手持石尖长矛——站在一旁，面色凝重，连清教徒的持重神情都望尘莫及。尽管这些花哨的野蛮人已经野气十足，但是他们还算不上现场最有野性的景致。一看就野气冲天的是一些水手，他们是西班牙领海来的那艘船上的部分船员，上岸来看“选举日”的热闹景象。他们都是一些匪气十足的亡命之徒，太阳晒得漆黑的脸盘，乱蓬蓬的胡子；宽大的短腿裤用腰带系在腰间，经常用一个粗糙的金搭扣紧紧扣住，总是挂着一把长腰刀，不过，有些水手腰间别着一把短刀。他们棕榈叶宽檐的帽子下面，眼睛炯炯放光，即便在好心情寻快活的时候，也有野兽一样的野气。他们天不怕地不怕，把束缚所有世人的规矩视为粪土；在那个镇差役的鼻子底下吞云吐雾，可规矩人要是这样吸一口烟就会罚掉一个先令；他们来了兴致，便对着酒瓶嘴儿一口接一口地喝葡萄酒和白兰地，然后还会随意把酒瓶递给他们周围张着大嘴的观众。这很能说明那个时代不健全的道德现象，尽管我们说那时的道德十分严格，但是却对海员一干人特殊对待，网开一面，不仅对他们在陆地上的野蛮行为听之任之，而且对他们在海上领地为所欲为的活动更是放纵。那时候的水手，几乎都可以当作我们今天的海盗予以查办的。比如说，这艘船上的海员，尽管他们不是航海行当里令人讨厌的那种人，但是毫无疑问，正如我们应该指出的，都在西班牙的商船上进行过抢劫活动，在如今的法庭上都可能因此面临把他们的脖子绞断的危险。

但是，在古时候，海洋起伏不定，汹涌澎湃，恣意肆虐，只在暴风面前收敛一点，人类法律企图设置规矩几乎白费力气。波涛上的海盗可以放弃海盗生涯，只要愿意，立即摇身一变，成为陆地上一个刚正的虔诚的人；即使一生过着这种无法无天的生活，他也被看作一个常人，与他做点交易或者偶尔来往一下，不致损坏名誉。因此，那些清教徒长老们，身着黑色长袍，系着硬浆领带，头戴尖顶帽子，对这些快活的水手的张牙舞爪的行为，含笑对待，表示宽宏；同样，像那个医生罗杰·奇林沃思这样名声在外的镇民，人们看见他走进市场，凑过去和那艘可疑船只的船长亲切交谈，也不觉惊讶，没有窃窃议论。

那个船长最是个扎眼和帅气的人物，至少论穿戴无可挑剔，在人群中走到哪里都让人瞩目。他的外衣上点缀着各色带子，帽子上镶着金花边，还有一道金箍，插了一根羽毛。他身侧挂着一把短刀，额头有一条刀疤，从头发梳理的样子看，他好像不但不急于把疤痕藏起来，倒恨不得袒露出来似的。一个陆地生活的人，如果这副打扮，袒露这副面貌，无论穿戴和扮相都是一副英雄好汉的样子，难免会遭遇地方长官毫不留情的责问，也许还会蒙受罚金和禁闭的苦头，说不定还会戴枷示众。然而，在这位船长来说，一切都会被看作这种人物理所当然的东西，好比一条鱼儿闪光的鱼鳞一样。

与那个医生分手之后，开往布里斯托尔的那艘船只的船长，在市场上悠闲地溜达起来；后来碰巧来到赫斯特·普林站立的地点，一点没有犹豫，开始同她打招呼。和平时一样，只要赫斯特·普林站立的地点，就会出现一小片空地，如同一种魔圈，尽管人们就在不远的地方挤挤抗抗，摩肩擦肘，却没有人敢靠近，或者觉得应该靠近。这就是一种强加于人的道德孤立，红字把那个命中佩戴者团团包围起来了；部分原因是由于她自己的矜持，部分原因则是由于她的同胞本能的回避，尽管现在已经不是那么不友善了。如果过去从来没有怎么样，那现在就更不会招来什么恶意，赫斯特和那位船长尽可以一起说话，没有被人偷听的危险了；再说，赫斯特·普林在公众面前的名声已经发生了很大变化，镇子上最恪守道德的妇人要是进行这样一次谈话产生的结果，和她本人进行这样的谈话的结果，也不会有什么两样。

“这么说，夫人，”船长说。“我必须吩咐船员比你预定好的多备一个铺位了！这趟航行，用不着担心坏血病或者晕船了！船上本来就有外科医生，又多了一个医生，我们唯一的危险只是药物和药丸；再说，船上还有许多药材，是我同一艘西班牙船只交换来的。”

“你说这话什么意思？”赫斯特问到，比她事先允许的露出了更多的惊讶之色。“你另外多了一位乘客吗？”

“呃，你不知道吗？”船长叫嚷说。“这位医生就在这里——奇林沃思，他自报的家门——他很想和你一起尝尝我们船舱的饭食呢。唉，唉，你一定知道了吧；因为你告诉我他是你的伙伴，是你提到过的那位绅士的亲密朋友——就是那位绅士，正面临着这些乖戾的老清教徒统治者的危险。”

“他们互相很熟悉，没错儿，”赫斯特回答说，神态平静，内里却极为惊慌。“他们长期住在一起。”

船长和赫斯特·普林之间没有再说话。但是，在这个时候，她看见老罗杰·奇林沃思本人，正站在市场最远的那个角落，冲她微笑；那种微笑——跨过这熙熙攘攘的宽大广场，穿过所有的谈话和笑声，以及人群的各种念头、心绪和兴致——传达了一种秘密和可怕的含义。

二十二　游行

赫斯特·普林还没有把思绪集中起来，考虑采取什么样的切实措施，应对这一事态令人吃惊的新情况，军乐声却已经响起来，顺着一条相邻的街道越来越近了。这说明地方长官和镇民组成的队伍在行进，在前往会议厅的路上；到了那里，按照早期已经养成、而且后来也一直遵循的习惯，尊敬的迪梅斯戴尔先生将要发表一篇“选举讲道”。

很快，队伍的头阵已经出现了，缓慢而庄重地行进，转过一个墙角，正在向市场走来。首先是乐队。各式乐器都派上了用场，也许互相演奏得不够协调，演奏技巧也不高明；但是达到了鼓乐齐鸣让群众听见的伟大目标——就是让眼前经过的生活场景传达出一种更崇高更英雄的气息。小波儿一开始拍手欢迎，但是后来失去了令她整个早上一直兴致勃勃的不安情绪；她静静地观看起来，而且好像被架了起来，如同一只飘动的海鸟，乘着声音悠长的涌动之势高高飞翔。但是，乐队过去来了军队，编成了游行队伍的光荣的护卫队，她被太阳照在武器和盔甲上的闪闪光辉带回到了她那刚刚过去的情绪。这个军人团体——仍然保持着团队的实体，从过去的一个个时代一路走来，发扬了古老的光荣的英名——没有任何雇佣的成分。行列中个个都是绅士，他们感觉到了军人冲动的脉跳，一心要建立一种军事院校，在那里，如同在圣殿骑士[①]的团体一样，他们可以学习科学，至少应该像和平演习能够教给他们的，学习实用的战术。当时给与军人性质的崇高评价，可以在这个团队的每个成员的高傲姿势上看得出来。他们中间的一些人，确实，因为在低地国家[②]和欧洲别的战场上服役，已经正当地赢得头衔，捍卫了军人的英名和荣耀。此外，他们身穿锃亮的铠甲，明亮的高顶头盔上的羽毛瑟瑟抖动，这样的整体盛装具有一种壮丽的气派，是现代阅兵无法相比的。

但是，身份显赫的文职人群，紧随在护卫队的后边，倒是更值得有思想的观察者注意。即使从外表上看，他们表现出来的那种威严架势，就让武夫们的高视阔步相形见绌，即便算不上荒谬，也够俗气的了。那个时代，我们所谓的天才远不像现在这样受到重视，不过那些产生性格稳定和尊贵的厚实材料，却要受重视得多。人们通过世袭的权利，得到了尊重的素质，轮到他们后人身上，如果说还确实有的话，那也比例更小了，而且在选举和评价公职人员方面，所起的作用也大大减少了。这种变化也许好，也许坏，也许好与坏各占一半。在那古老的日月，英格兰的殖民移民在这些荒芜的海岸落脚——把国王、贵族以及所有级别的敬畏的显贵抛在了身后，可在移民心中尊重的本能和需求仍然十分强烈——对老人的白发和苍老的额头格外尊重；对经过长期考验的正直品质格外尊重；对实在的智慧和具有悲哀色彩的经历格外尊重；对肃穆而重要的级别的天赋格外尊重，因为这种天赋给人以持久性的观念，是在传统利益的总定义下产生的。所以，这些最初的政治家——布拉兹特里特③、恩迪考特④、贝林厄姆，还有他们的同辈——被人们早期选举出来执掌重权，好像不常是因为才能出众，也不是因为智力超常，而是因为他们老成持重。他们刚毅，自立，遇到困难和危险，敢于为国家

---

①圣殿骑士，12 世纪初十字军中的一种高级别军人，其职责为保卫圣墓和朝圣者。

②指荷兰、比利时和卢森堡等几个国家。

③布拉兹特里特（1603—1697），英国殖民地行政官，马萨诸塞的殖民地总督（1679—1686，1689—1692）。

④恩迪考特（1588—1665），英国殖民地开拓者，1628 年率 60 名英国殖民者到达马萨诸塞，多次出任马萨诸塞殖民地总督，出兵攻打佩科特印第安人，引发佩科特战争（1639）。

利益挺身而出，如同一条矗立的峭壁抗拒汹涌的海潮。这里描述的性格品质，在新殖民地行政长官那种国字脸和魁伟的体格上毕露无遗。至少在天生的威仪的外表上，这些走在最前列的真正民主的人士，就是看见他们成为贵族院的一员，或者跻身君主的枢密院，也丝毫不会感到难为情。

在地方行政长官们的后面，走来那个名声日隆的年轻牧师，这个纪念日的宗教讲演，有望从他嘴里讲出来。在那个时代，他的职业比起从事政治生涯，更可以让智力方面的能力得到展示；因为——先不说更高级的动机——这一职业由于受到社团近乎崇拜的尊重，便具备了足够的诱惑力量，赢得最有抱负的人士来这个行当服务。即使政治力量——例如英克里斯·马瑟[①]的情况——也会掌握在一个成功的牧师手中。

那些现在看见迪梅斯戴尔先生的人，都会看出来他自从踏上新英格兰的海岸以来，他走在游行队伍里步履矫健，精神抖擞，是人们过去从来没有见过的。他的脚步不像平常那样软绵绵的；他的身架没有弯曲；他的手也没有停放在心口上。但是，如果把牧师观察到位，看得出他的力量不像是从肉体上使出来的。那也许是精神方面的力量，而且是天使帮助他产生的。那也许是浓烈的甘酒在起作用，而且这种烈酒只有认真的长期坚持思考的炉火才能酿制出来。或者，也许他那敏感的气质被嘹亮喧天的音乐所激励，把他高高地抬举到了翻腾的声浪之上。不管怎样，他的神情格外分散，有人也许会问，迪梅斯戴尔先生究竟听到了音乐没有还是两说呢。瞧瞧他的肉体，向前走动，带出一种不常见的力

---

① 马瑟（1639—1723），新英格兰清教徒牧师，教育家，曾任哈佛大学校长（1685—1701），因坚持宗教信仰自由被英国政府撤销垦殖特权（1686）。

量。但是，他的心思在哪里呢？又远又深地埋在它自己的领域里，忙得不可开交，发挥着超自然的活力，理顺一系列严肃的思想，很快就要从这里发表出去；因此，他什么也看不见，什么也听不见，什么也不知道；可是，精神的元素在支撑着那个虚弱的身架，携带着行走，感觉不到什么重量，而且把身架转化成了精神一样的东西了。具有超常智力的人，一旦成了病态，便会因为巨大的努力而拥有了这种临时的力量，把许多日子的生命投入进去，随后在许多日子里便没有什么生气了。

赫斯特·普林，死死地盯着牧师，感觉到了一种沉闷的影响朝她袭来，但是这种影响是从哪里来的，怎么来的，她不清楚；她只觉得牧师离她所在的地方很遥远，她根本无法接近。她想象到，他们之间必须交换一次心照不宣的眼色。她想到了阴暗的森林，想到了那个小小的寂寞幽谷，还有爱情，还有苦恼，还有那个青苔树桩，他们手拉手并排坐在上边，伴着那条小溪抑郁的潺潺流水，进行伤感而热烈的谈话。他们当时彼此理解得多么深刻啊！他还是那个人吗？她现在简直认不出他来了！他，高傲地走了过去，看样子好像被响亮的音乐包围了，一味跟着威严的可敬的前辈们的队伍前进；他，尘世间的位置那么难以接近，无法共鸣的思想深度更加遥不可及，她现在只能隔着这些东西看着他！她想所有的一切一定是一场幻梦，精神随之沉落下来，而且尽管她曾经逼真地梦见过，可牧师和她自己之间并没有一条真实的契约。赫斯特身上还有那么多女人的东西，她因此是怎么也不会完全原谅他的，尤其现在，他们那正在接近的命运之神的脚步可以听见了，越来越近，越来越近，越来越近啊！因为他能够完全彻底地从他们共同的世界里脱出身来；可她在黑暗中摸索，伸出她冰冷的双手，却摸不到他。

波儿要么看见并回应了她母亲的情感，要么她自己感觉到距离和疏远已经降落到了牧师周围。游行队伍走过去了，这孩子不安起来，跳上跳下，像一只鸟儿展翅起飞的样子。整个人群过去之后，她抬头看着赫斯特的脸。

“妈妈，”她说，“这还是那个在小溪边亲吻我的牧师吗？”

“安静一下吧，亲爱的小波儿！”她母亲小声说。“我们千万不能在市场上老是谈论我们在森林里发生的事情啊。”

“我一点都不相信那个人就是他；他看上去古怪极了，”那孩子接着说。“要不然我会跑到他身后，要他当场亲吻我，当着所有人的面；哪怕就像他在黑暗的老树下那样亲吻我也行啊。要是那样，牧师会说什么呢，妈妈？他会把手捂在心脏上，用眼睛瞪我，叫我走开吗？”

“他应该说什么呢，波儿？”赫斯特回答说，“他只会说，没有时间亲吻你，亲吻不是在市场上进行的。还好，傻孩子，多亏你没有和他讲话！”

同样感情的另一种色彩，关于迪梅斯戴尔先生的，是一个行为乖张——或者疯狂，如同我们应该叫的——的人表达出来的，因在这种感情的驱使下，她干出了镇上很少有人敢做的事情；她开始和佩戴红字的人在公众面前交谈起来。这人就是希宾斯夫人，她穿戴得华丽妖冶，三重的绉领，V 字形绣花兜肚[1]，厚实的天鹅绒长裙，拄着一根金头拐杖，出门来看游行队伍来了。这个古董般的女人，是当时盛行一时的妖术大杂烩的一个大主角，闻名遐迩（这点名气后来让她付出了生命的代价），人们因此纷纷给她让路，好像害怕碰到她的衣服，仿佛她艳丽的衣褶藏着瘟疫似的。看见她去和赫斯特·普林凑近乎，尽管许多人现在对赫斯特有了好感，可希宾斯夫人引发的惧怕加倍了，人们纷纷躲开，两个女人在市场上所站立的地方腾出来一片空地。

---

①欧洲十六世纪流行的一款服装风尚。

“瞧瞧，世俗的想象力会怎样对待这种事情吧！”那个老夫人小声对赫斯特说，亲密无间的样子。“瞧瞧那边那个神圣的人儿！人们都把他看成了人间的圣徒，而且，他那样子——我也必须说——是真的像个圣徒呢！现在呢，看见他在队伍里走过去的人们，谁会想到不久前他从自己的书房钻出来，我敢说，嘴里还咀嚼着希伯来文经文，会到森林里呼吸新鲜空气！啊呀，赫斯特·普林，只有我们知道那是怎么回事儿吧！不过，说实话，我很难相信他就是那个人。我看见许多教友，在乐队后边行走，和我踩着同样的节拍跳过舞呢，当时‘某某’还是小提琴手呢，而且，说不定，一个印第安人巫师或者拉普兰[1]魔法师和我们一起拉着手呢！一个女人把这世界看透了，这都是区区小事。但是，这个牧师啊！赫斯特，你敢打保票说，他就是在森林小径上和你相遇的那个男人吗？”

“夫人，我不知道你在说些什么，”赫斯特·普林说，觉得希宾斯夫人的脑子出了毛病；可是听她说那么多人（包括她自己）和那个“魔鬼”发生了人际关系，口气那么肯定，她又异常惊讶，心有余悸。“我不能随便谈论这世上一个博学的虔诚的人，尤其像尊敬的迪梅斯戴尔先生这样的人！”

“得了，女人，拉倒吧！”老夫人尖叫道，用一根指头向赫斯特点来点去。“你知道我无数次到森林里去，还没有手段弄清楚另有人也到过那里吗？咱心里明镜似的，就算他们跳舞时戴过的野花冠的叶子没有沾在他们的头上，那也逃不过咱的眼睛！我了解你，赫斯特；因为我看见了那个标志。我们大家也许都在阳光下看见了它；在黑暗中，它像一团红红的火焰一样燃烧呢。你公开戴着它；所以，这样做是没有什么问

---

①北欧拉普人居住地，多指挪威、瑞典、芬兰和俄罗斯科拉半岛一带。

赫斯特只身在绞架旁

题的。但是，那个牧师啊！我来跟你说吧，在你耳边悄悄说吧！那个‘黑男人’看见他的一个仆人，已经签过名盖过章了，却躲躲闪闪不承认约定，就像迪梅斯戴尔先生那样，他自有一套手段，让那个标志在光天化日之下，暴露在世界所有的人眼前！牧师总是把一只手捂在胸口上，他一心想隐藏的是什么呢？啊，赫斯特·普林！”

“是什么呢，好希宾斯夫人？”小波儿急不可待地问道。“你看见过吗？”

“不要紧，亲爱的！”希宾斯夫人回答说，对波儿深表尊敬的样子。“你会亲眼看见的，早晚的事儿。人们说，孩子，你是‘空中王子’的血脉呢！哪天夜里，你愿意和我一起飞出去看看你的爸爸吗？那时候，你就能看见牧师为什么总是把手放在他的心脏上了！”

她大笑不已，声音刺耳，整个市场的人都听见了，随后这个神神道道的老女人径自走开了。

这时候，会议厅已经进行了开场前的祈祷，人们可以听见尊敬的迪梅斯戴尔先生开始讲演的声音了。一种不可抗拒的感情引领着赫斯特靠近那个地方。由于神圣的大厅已经人满为患，多一个人都挤不进去，她只好在颈手枷的绞刑架旁占了个位置。这里完全可以把整篇布道听下去，不过传来的声音不是很清晰，而是或高或低，牧师非常特别的声音一会儿呜呜哝哝，一会儿格外流畅。

这种发音器官本身就是一种丰富的天赋；正因如此，听讲道的人，哪怕听不懂讲话人所说的语言，也仍然会随着音调顿挫而神思起伏。如同所有其他音乐一样，它能倾泻出激情和哀婉，倾泻出情感和温柔，那是一种和人类心灵息息相通的语言，不管在什么地方都通行。由于教堂几道墙壁的阻隔，传来的声音有些发闷，赫斯特·普林聆听得格外专心，心心相通得那么亲切，布道传达给她一种特别的意义，和那些含糊不清的语词完全无关了。也许，如果布道完全听清楚了，那些语词反倒只会成为一种更粗糙的媒介，把精神方面的感受妨碍了。现在，她听清了那种低低的语声，好似风儿渐渐下沉，就要停止了；然后，随着那音调升起，甜美和力量一点一点地加入，她也往上腾空，一直等到那音量好像用一种敬畏而肃穆宏伟把她包裹起来。然而，那声音尽管有时变得很雄伟，但是其中一直含有一种表示哀怨的基本性质。关于受苦受难的人类的痛苦的表达或高或低，悄声诉说也好，尖声呼喊也好，不管怎样听来，都让每个人的心胸为之一动！很多时候，这种深深的哀婉的调子，是唯一听得见的，而在孤寂的安静中叹息，就很难听见了。但是，即便牧师的声音变得又高亢又雄辩有力，不可抑制地直冲云霄，发挥到了极端的宽度和力量，把教堂充塞得满满的，甚至撑破结实的墙壁迸发出来，在空旷的空气里四处漫溢，只要聆听者仔细倾听，实际上，他还是能听出来同样的痛苦的呼叫。这究竟是什么呢？一颗人类的心灵在倾诉，忧愁盈心，也许罪恶盈心，在诉说内心的秘密，不管有关罪孽还是忧愁，都要统统告诉人类的伟大心灵；每时每刻，每一句话，都在恳求人类伟大心灵的共鸣或者宽宥，而且从来不会白费力气！正是这种深邃而连绵不断的低声泣诉，让牧师的布道蕴含了最应有的力量。

在所有时间里，赫斯特站在绞刑架的旁边，石雕一般。倘若牧师的声音没有把她牢牢地留在那里，那么那个地点一定有一种不可躲避的磁力，因为她就是在那里最早开始她耻辱生活的时刻的。她内心有一种感觉，很难说得清楚是一种什么念头，但是格外沉重地压在她的心灵上，以至她的整个生活轨道，不管过去还是以后，都会与这个地点联系起来，好像只有这个地点，可以让她的生活统一起来。

与此同时，小波儿离开了她母亲的身边，由着自己的性子，在市场上玩耍。她阳光的气息飘忽不定，闪射光辉，让沉闷的人群有了生气；

甚至像一只羽毛亮丽的小鸟儿，在稠密的叶子的昏暗中飞来飞去，或隐或现，给整棵树上幽暗的枝叶带来光亮。她跑动得站站停停，不过经常突然冲出去，没有一点规律。这表明她精神的活力躁动不安，今天踮起脚尖跳来跳去，加倍地不知道疲惫，这是因为她在随着母亲的焦虑的情绪活动和跳跃。只要波儿看见什么能让她活跃的游动的好奇心兴奋起来，就会飞奔过去，而且，一如我们可以说的，飞奔过去抓住一个人或者一样东西，当作自己的财产，只要是她一心想得到的；不过，她的各种活动一点也不会听从别人的摆布。清教徒们在一旁观看，而且，如果他们微笑了，那也完全是认定这个孩子是恶魔的种子，瞧她小小的身影，活蹦乱跳像小火星点儿，身上闪动着难以描述的美丽和乖戾。她跑着，打量着那个野气十足的印第安人的脸；那印第安人便渐渐感觉到对方有一种比自己还野蛮的本性。随后，她凭借生来的胆量，却又带着性格中的矜持，一下子钻进了一群海员中间，全都是海洋上粗野的黑脸大汉，好比陆地上的印第安人；他们惊讶地打量着波儿，很欣赏的样子，仿佛一片海洋的泡沫儿变成了小女孩儿，赋有了夜间在船头下边闪耀的海火的灵魂。

这些海员中间有一个——就是那个船长，曾和赫斯特·普林讲过话——深深地被波儿的貌相镇住了，试图伸手去抓波儿，打算亲吻一下。他发现抓住小波儿如同在空中抓住一只蜂鸟儿一样困难，于是他取下绕在自己的帽子上的那条金链子，扔给了那个孩子。波儿立刻把金链子绕在自己的脖子上和腰间，手法非常巧妙，一眼看去，那金链子成了她的一部分，很难想象她没有它会是什么样子。

“你母亲是那个戴红字的女人吗？”那个海员说。“你愿意帮我给她带个口信吗？”

“只要口信让我高兴，我就愿意。”波儿回答说。

"那么告诉她，"他赶紧说，"我和那个黑脸驼背的老医生说过了，他会想办法带他的朋友一起上船，你妈妈也认识那个先生的。所以让你妈妈不用操心了，只管她自己和你就行了。你愿意把这话告诉她吗，你这小鬼东西？"

"希宾斯夫人说我爸爸是'空中王子'！"波儿叫嚷说，露出了顽皮的微笑。"你要是敢叫我那个难听的名字，我就到他那里告你的状；他会让暴风雨把你的船打翻！"

那孩子从市场上拐来拐去走出来，回到了她母亲身边，把那个海员的话讲了出来。赫斯特看到这一不可避免的厄运的狰狞的黑面孔，她那强壮、冷静、坚定的忍耐精神，终于沉落了，因为正当一条通衢好像向牧师和她自己敞开，就要把他们从痛苦的迷津里引出来了，厄运却露出残忍的微笑，横挡在他们的通衢中间。

她的心一团糟，船长关于她的消息让她感到极度茫然，这时她还得遭受另一种折磨。市场上有许多人是从周围乡间来的，经常听说那个红字，无数虚假和夸大的流言把红字的佩戴者说得非常可怕，可他们从来没有亲眼看见过什么样子。这些人让别的娱乐搞得疲乏了，现在纷纷围在赫斯特·普林周围，指指戳戳，粗鲁而无礼。然而，尽管行为这般放肆，他们却只是在几码以外围成了一个圈子，不敢再走近一点。他们就这样站在那里，隔着距离，那个神秘的标志引发的相斥的离心力把他们牢牢地固定在那里了。另有一大群水手，看见许多观众围在那里，弄明白了那个红字的来历，也把他们凶神恶煞般的大黑脸伸进了那个圈子。甚至连印第安人受到白人好奇心的冷冷的影子的影响，也慢慢从人群中钻进来，用他们蛇一样的黑眼睛盯住赫斯特的胸口；也许，看到赫斯特戴着这样一个刺绣精美的标志，他们以为她一定是人上之人，身份无比尊贵。最后，镇子的居民（他们自己对这个陈旧的问题本来已经索然无味，这时却因为别人的感受又来了兴趣）也懒懒散散地凑了过来，用冷淡而熟悉的眼神打量赫斯特那个熟悉的耻辱标志，带给赫斯特的痛苦也许比别的人群更为厉害。赫斯特看见并辨认出来那群家庭主妇的面孔，七年前等待她从牢狱大门走出来的就是她们；只少了一个，那个最年轻，也是她们中间最有同情心的，她的寿衣就是赫斯特后来缝制的。在这最后的时刻，她就要马上把这燃烧的红字抛弃了，红字却变成了更加引人注目兴致勃勃的中心，所以在她的胸膛上灼烧得更加痛苦，比她第一次戴上它以来的任何时候都难以忍受。

赫斯特站在那个让人无地自容的魔幻般的圈子里，那种惩罚别有一种狡猾的残忍，好像把她永远固定在那里了，而这时那个令人敬仰的布道者正从圣坛上俯视着听众，他们内心深处的精神活动已经被他牢牢控制了。这个神圣的牧师在教堂里！这个佩戴红字的女人却在市场上！什么样的想象力也不会这样东拉西扯，会推测到他们两个人身上都有同样炙烤的烙印啊！

二十三　红字的暴露

那雄辩的声音，把听众的灵魂高高地架空到了汹涌澎湃的大海的浪涛上，终于停下来了。片刻的宁静出现了，静得深沉，如同神谕说出来紧随其后的寂静。接着，一阵窃窃私语和半响半抑的混乱来了；仿佛现场的听众曾经被崇高的魔力转运到了另一种心境的区域，这时摆脱了魔力，复苏过来了，只是所有他们的敬畏和惊奇还沉重地压在身上。过了一会儿，人群开始涌出教堂的各道门。既然讲道已经结束了，他们需要换一换空气，这更适合支持他们重新陷入的粗糙而世俗的生活，而牧师转变为火焰般语言的、承载了他那思想的芬芳的气氛，毕竟不能呼吸。

在敞开的空气里，他们精神上的狂喜破碎成了活生生的语言。街道和市场到处都在唧唧喳喳，四面八方都在赞美牧师。他的听众难以安静，非得把比对方所说所听更好更多的东西告诉对方才痛快。根据他们众口一致的说法，从来没有一个人像他今天这样讲演得如此智慧，如此崇高，精神如此神圣；从凡人嘴里说出来的灵感也从来没有他嘴里讲出来的那么清晰可见。灵感的影响力好像能看得见，降落在他的身上，控制住他，一次又一次把他提高，脱离了摆在他面前的文字讲稿，给他灌输了一个又一个观念，他自己感到惊奇，他的听众也感到惊奇。他宣讲的题目，看起来是关于上帝和人类社团的，特别列举了他们这里正在开垦蛮荒之地的新英格兰。而且，在他宣讲接近尾声的时候，一种类似预言的精神来到了他身上，迫使他把预言说出来，如同以色列的古老的预言家迫不得已讲出来一样；唯一不同的是，犹太人的预言家们宣告了他们国家的审判和灭亡，而他的使命是预言这个上帝新集合起来的民族将会有一个崇高而光荣的命运。然而，从头至尾，贯穿通篇讲话的，是一种深沉的、悲观的、伤感的低声，这只能被人解释成一个人即将死去前的自然的悔恨。正是这样的；他们的牧师，他们那么深爱着，他也那么深爱着他们大家，他告别他们升往天国不能不长叹一声啊，因为他已经预感到了他的英年早逝，很快会把他们抛弃在他们的泪水之中！他将不久于人世的念头，最后加强了这位宣讲师已经获得的效果；那就仿佛一个天使在飞往天国的途中，在人们的头上一瞬间扇动了一下明亮的翅膀——既有阴影又有辉煌——向人们的头上抛撒了一阵金子般的真理。

这样，尊敬的迪梅斯戴尔先生迎来了——如同多数人在他们自己不同的领域里的情况一样，只是他们经过很长时间之后才能看清这点——他生命中更加辉煌的时期，全面的胜利，这是过去不曾有过的，今后也不会再有。在这个时刻，他站在最值得骄傲的出类拔萃的位置上，而智力的天赋、丰富的学问、滔滔的辩才、洁白无瑕的圣洁的名声，是新英格兰初期的牧师达到这样高位的本钱，因为那时候这个职业本身的性质就是一块高高的基座。牧师结束了“选举布道”，把头垂在圣坛的那些垫子上，所占据的正是这样的高位。与此同时，赫斯特·普林正站在颈手枷的绞刑架旁边，那个红字仍然在她的胸膛上燃烧呢！

现在，人们再次听见了乐队的喧嚣和护卫队的整齐划一的步子，从教堂门口传了过来。游行队伍将要从这里走向镇政厅，一次肃穆的宴会将会在这里结束当天的庆祝活动。

为此，人们又看见一大溜庄重的老资格先辈们从民众中间的一条宽阔的道路上走过，随着总督和地方长官、年老而智慧的老者、神圣的牧师以及所有杰出和有名望的人，走到民众中间来，人们便纷纷向两边让路。他们全都进入市场的时候，人们对他们的到来欢呼起来。这种欢呼声——尽管毫无疑问由于那个时代对统治者幼稚的忠诚而呼声格外有力和洪亮——让人感觉到是听众心中燃烧的热情抑制不住爆发出来的，因为他们耳边还回响着那具有高度张力的滔滔雄辩。每个人都感觉到了自己心里的冲动，而且，同时，还捕捉到了身边人的冲动。在教堂里，这种冲动就几乎抑制不住了；在苍天下，这种冲动轰然响起，冲向云霄。这里人头攒动，人声鼎沸，酝酿出了足够的交响的感情，从而产生了比大风的呼啸声、惊雷的隆隆声、大海的咆哮声都更加激动人心的声音；更有甚者，众人的声音汇聚成巨大的轰鸣，众人的冲动同样地把众人的心凝聚成了一颗巨大的心，混合成了一种巨大的声音。新英格兰的土地上，从来没有响彻过这样的欢呼声！新英格兰的土地上，从来没有一个人，像这个布道者一样，承受过人类兄弟如此崇高的敬意！

那么，他的结果又怎样呢？他的头周围的空气中不是有明亮的小光粒子组成的光环吗？他被精神稀释得那么轻飘，被崇拜者崇拜得像神一样，他的脚步在游行队伍里会真的踩在尘土上吗？

当军人和文职先辈的方块阵走过来继续前行时，所有的眼睛都转向了牧师渐渐走近的那个点儿。随着人群中一部分人依次扫视他一眼，呼喊声死寂下来，变成了窃窃私语。他取得了全面的胜利，可他看上去是多么软弱，多么苍白啊！那种精力——或者更确切地说，支配他的那种灵感，一直支持他传达了神圣的福音，而这福音又从天庭给他带来了它自己的力量——被抽去了，因为它已经忠实地履行了其职责。人们不久前刚刚看见他脸颊上燃烧的红光已经熄灭了，宛若行将熄灭的灰烬中无望地沉落的火焰。那简直算不上是一张活人的脸，一脸都是死灰色；那很难说还是一个有生命的人，在路上虚弱无力地踉跄而行，踉踉跄跄却没有栽倒在地上。

他的一个牧师兄弟——就是上年纪的约翰·威尔逊——看见迪梅斯戴尔先生由于智力和感情的退潮而陷入这种状态，慌忙向前赶了几步去帮扶他。牧师哆嗦着断然推开了老人的胳膊。他仍然向前行走，如若那样的行走可以称之为行走的话，那简直就像一个婴儿吃力地挪步，母亲的手臂就在眼前，伸出来引诱他向前迈步。这时，他几乎不知道他前行的脚步迈向哪里了，正好来到了他记得非常清楚的风吹日晒的绞刑架对面，在这里，很久以前，所有凄凉的岁月熬过去之前，赫斯特·普林曾经面对过这世界的耻辱的注视。赫斯特就站在那里，手里抱着小波儿！她的胸脯上戴着那个红字！牧师在这里停下了，尽管乐队还在演奏雄伟的欢乐的进行曲，游行队伍仍在伴着乐曲行进。乐曲召唤他继续前行——一直走到宴会大厅——然而他在这里停下了。

在最后的几分钟里，贝林厄姆一直用焦虑的眼光看着他。他现在离开自己在队伍里的位置，赶过去搀扶他；从迪梅斯戴尔先生的貌相看来，贝林厄姆判断要是没有人搀扶，他一定会倒在地上。但是，牧师的表情中流露出一些东西，告诫总督不要靠近，尽管一个人不会轻易听从精神之间传达的那些模糊的暗示。与此同时，民众在观看，既敬畏又惊奇。这种尘世的虚弱，在他们看来，不过是牧师在天国的力量的另一种形式；如果他在他们眼前升天，变得渐暗或者渐明，最终消失在天国的光明中，发生在这样神圣的一个人身上，似乎也不是什么高级得无法想象的奇迹！

他转身对着绞刑架，把两臂伸出去。

“赫斯特，”他说。“过来吧！来吧，我的小波儿！”

那是一种可怕的神色，他就用这样的神色看着她们；但是，这种神色同时又含着某些温柔的奇怪的胜利的东西。那个孩子，一如她性格中特有的，小鸟儿一样飞向他，两条小胳膊紧紧地抱住了他的膝盖。赫斯特·普林——缓慢的，仿佛不可避免的命运推着她，违拗她那最强有力的意志——同样走了过去，但是没有走到他跟前便停了下来。说时

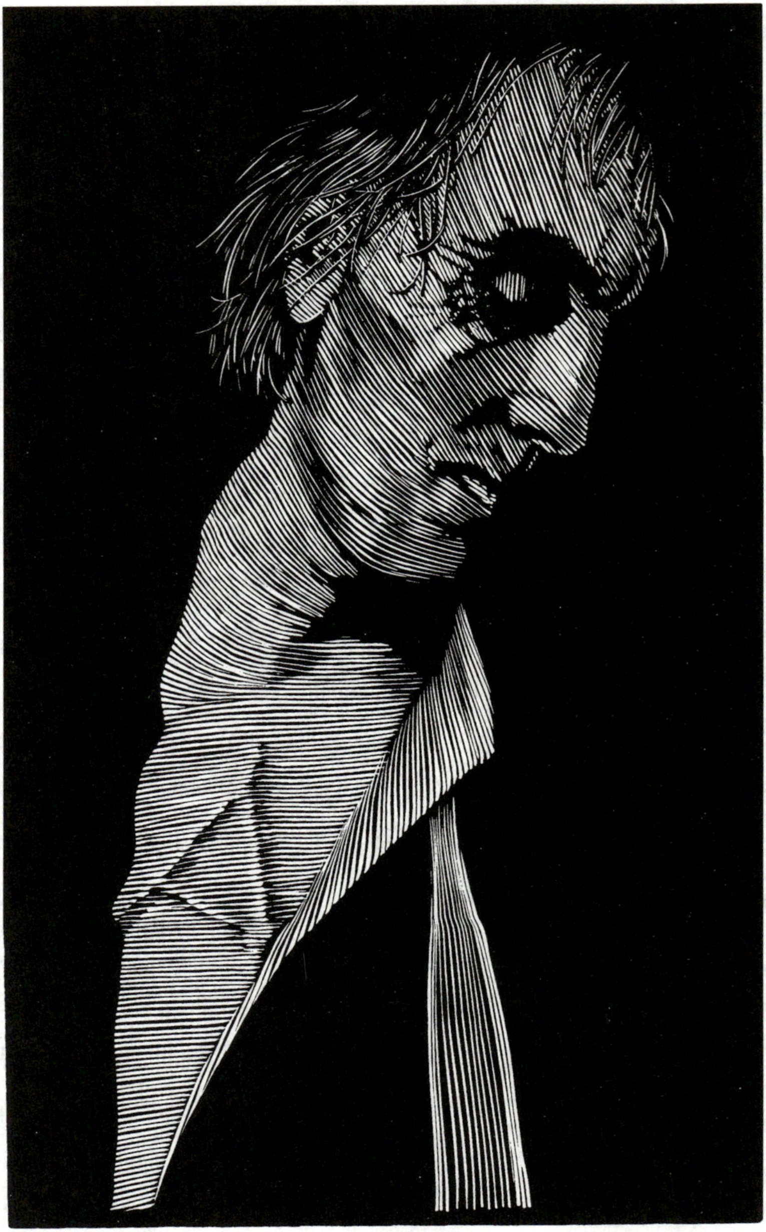

迪梅斯戴尔的罪标

迟那时快，老罗杰·奇林沃思从人群中挤了出来——或者，他的脸色太黑暗，惊慌失措又满是邪恶，他突然从冥间地府里钻出来了——要去抓住他的牺牲品，阻拦他干他想干的事情！不管到底怎么回事，那个老人从人群中冲出来，一把抓住了牧师的胳膊。

“疯子，别乱来！你到底要干什么？”他小声说。“招呼这个女人回去！放开这个孩子！一切都会好起来的！别把你的名声抹黑了，在耻辱中毁掉！我还能拯救你！你要给你神圣的职业带来臭名吗？”

“哈，引诱者！我想你来得太晚了！”牧师回答说，看着他的眼光，有些害怕，但是非常坚定。

“你的力量不是从前的样子了！有了上帝的帮助，我现在就要摆脱你了！”

他把手再次伸向那个戴红字的女人。

“赫斯特·普林啊，”他喊叫道，带出一种穿透力的诚意。“上帝在上，他是那么可怕又是那么仁慈，他恩准我，在这最后的时刻，补偿——为了我自己的沉重的罪孽和悲惨的痛苦——补偿七年前没有勇气做的事情，现在你过来吧，把你的力量分给我一些吧！你的力量，赫斯特；不过要让那力量由上帝赐予我的意志来引导！这个倒霉的被冤枉的老人在用他的全力反对这样做！他调动他自己的力量，也调动恶魔的力量！来吧，赫斯特，来吧！搀扶我走向那边的绞刑架去！”

人群一下子乱套了。那些有身份有名望的人，原本站在这位牧师最近的地方，吓得目瞪口呆，十分茫然，不明白他们所看见的用意，不能够接受表达得再清楚不过的那番解释，或者也想象不出另一种解释，一味静静地待在那里，做了旁观者，看看天意好像将要做出的审判。他们看着牧师，依靠在赫斯特的肩头，在赫斯特的手臂的搀扶下，走到绞刑架前，登上台阶；同时，他用一只手拉着那个罪孽生出来的小女孩的小手。老罗杰·奇林沃思紧跟在后边，好像与这出罪恶和忧愁的悲剧息息相关，他们都曾是其中的演员，因此，完全有资格出现在这出戏的大结局中。

“即使你找遍了这整个地球，”他说，十分阴暗地看着牧师。“也找不到什么地方那么秘密，没有那么高也没有那么矮的地方，可以借机逃脱过我，只有这个绞刑架例外！”

“感谢上帝把我领到了这里！”牧师回答说。

不过他在哆嗦，转身对着赫斯特，两眼里流露出怀疑和焦虑，同样明显地看得出，他的嘴唇出现了一种软绵绵的微笑。

“这不是更好吗？”他悄声说，“比我们在森林里梦想过的好吧？”

“我不知道！我不知道！”她急忙回答说。“更好吗？是的；这样我们两个都可以死掉，小波儿和我们一起死掉！”

“你和波儿，由上帝来安排好了，”牧师说；“上帝是慈悲的！他的意志已经明明白白摆在我面前了，让我现在完成他的意志吧。因为，赫斯特啊，我是一个要死的人。所以，让我赶快把我的耻辱承担起来吧！”

赫斯特·普林在一旁搀扶着，一只手牵着小波儿，尊敬的迪梅斯戴尔先生转身对着那些威严的老资格的统治者；对着那些神圣的牧师，他的同行兄弟；对着众人，他们伟大的心灵被彻底吓呆了，但又洋溢着垂泪的同情，因为他们知道一些深刻的生命事件——哪怕全都是罪恶，那同时也全都是痛苦和悔恨——现在就要明明白白摆在他们面前了。太阳，稍稍过了子午线，照在了牧师身上，把他的身影凸现出来，他就站立在大地之上，把他的申诉提交给“永恒审判”的法庭。

“新英格兰的人民啊！”他呼喊道，喊声在人们的头上袅袅升起，崇高，肃穆，庄严——但是始终带着颤动，有时候是一声从悔恨和悲苦的无底深渊挣脱出来的尖叫；——“你们，曾经爱过我！——你们，曾经把我看得十分神圣！——看看我站在这里，却是一个世界的罪人！终于！——终于啊！——我站在了这个地点，七年前，我就应该站在这个地点的；这里，和这个女人站在一起，她的臂膊搀扶着我，在这个可怕的时刻，我借助她非同小可的力量爬了上来，总算没有把我的脸扑倒在地上！看吧，赫斯特戴着的这个红字！你们大家都畏惧它啊！不管她走到哪里，不管哪里，肩负着不堪承受的痛苦负担，她也许希望找到安静，可这个红字总是抛下一道敬畏而可怕的令人厌恶的血红的光，团团把她围住。但是，在你们中间还站着一个人，他的罪恶和耻辱的烙印，你们却不曾畏惧过！”

说到这里，看样子仿佛牧师一定不会再揭露他的秘密的其余部分了。但是他忍受住了他身体的虚弱，而且，更要忍受住他心灵的虚弱，因为后者正在拼命地控制他的内心。他推开所有的依托，激情地向前走了一步，把那个女人和孩子挡在了身后。

“烙印就在他身上啊！”他接着说，带出一种狂热的劲头；他已经下定决心，要把全部真相和盘托出。“上帝的眼睛看得见它的！天使们一直指着它！撒旦对它了解得更清楚，不停地用自己燃烧的手指触动它！但是，他却狡猾地把它藏起来，不让人看见，露出一种道貌岸然的样子在你们中间走来走去，做出哀痛的样子，因为在一个罪恶的世界里他还是那么纯粹！他做出悲伤的样子，因为他失去了他在天国的亲属！现在，在这死亡的时刻，他站在了你们面前！他告诉你们，那烙印虽然具有一切神秘的恐惧，可它还只是他在自己胸膛里所承受的阴影，而且连这个，他自己的红色烙印，也只是他内心深处所烫烙下的标志！站在这里，有谁对上帝审判一个罪人表示疑问吗？看看吧！看看这一个可怕的证据！”

他剧烈地抖动着，把自己胸前那条牧师的饰带扯下来。它暴露出来了！然而，把这种暴露描述一番显然是不敬的。一时间，吓呆了的群众都把目光集中在那个可怕的奇迹上；牧师还站在那里，脸上露出了胜利的红光，好似一个人，在疼痛不已的关头，终于挺过来，胜利了。然后，他瘫倒在了绞刑架台上！赫斯特赶快把他扶起来，让他的头依靠在她的胸脯上。老罗杰·奇林沃思也跪在他身边，脸色茫然，呆滞，生命好像倏然而去了。

“你逃脱出我的手心了！”他一次又一次地念叨。“你逃脱出我的手心了！”

“愿上帝宽恕你吧！”牧师说。“你，也犯下了深重的罪恶！”

他把他那要死的眼睛从那个老人身上收回来，注视着那个女人和孩子。

“我的小波儿，”他说道，有气无力的样子，脸上露出了温馨的和蔼的微笑，好像一种精神正向深度的长眠沉落；不，既然那个重负已经卸去，看样子好像他是在和那孩子逗着玩了。——“亲爱的小波儿，你现在愿意亲我吗？你当初在森林里可是不愿意亲我的！现在你愿意了吗？”

波儿亲吻了他的嘴唇。一个符咒破除了。这一伟大的悲痛场景，这个野性的孩子也扮演了角色，已经把她所有的同情开发出来；她的眼泪掉在了他父亲的脸上，这泪水就是誓言，保证她要在人类的欢乐和忧愁中长大成人，永远不再和这个世界为敌，只是在世界上做一个女人。对于她的母亲，波儿作为痛苦的使者的使命，已经完成了。

“赫斯特，”牧师说。“别了！”

“我们不会再见了吗？”她小声问道，把自己的脸凑到他的脸跟前。“我们不能一起度过我们不朽的生活吗？一定行，一定行，我们已经用所有这种悲苦互相赎了罪！你再用你那明亮的将死的眼睛，瞭望遥远的永恒！那么快告诉我你看见了什么？”

“别说话，赫斯特，别说话！”他说，声音颤抖而庄重。“我们破坏了法律啊！——罪恶在这里如此可怕地暴露了！——让这些东西单独地留在你的思想里吧！我害怕！我害怕呀！也许，在我们忘记了我们的上帝的时候，在我们破坏了我们相互间的灵魂的尊敬的时候，我们就只能徒劳地希望我们在来世相见、在永恒和纯洁中团聚了。上帝很清楚啊；他是慈悲的！在我的各种苦难中，他已经证明了他的慈悲，差不多全部证明了。赐予我这个燃烧的折磨，让我在胸膛上承受！把那个黑暗可怕的老人派遣来，让这种折磨总是如同红火炙烤一样！把我带到这里，在众人面前，以这种胜利的耻辱的死亡形式而死！倘若这些痛苦一直没有，那我倒是永远没救了！赞扬上帝的美名吧！他的意愿会完成的！别了！”

这最后一句说出来，牧师就咽气了。广大民众，这时依然静悄悄的，突然爆发出了一种奇怪的深沉的声音，带着敬畏和惊奇，却还找不到言词说出来，只是嗡嗡一片，随着那离去的灵魂异常沉重地隆隆滚动。

二十四　尾声

许多天过去了，足够的时间留给人们对那过去的一幕整理思绪，绞刑架台上所看见的情景，有了不止一种说法。

大多数观众都说看见了，就在不幸的牧师的胸膛上，一个红字——与赫斯特·普林戴着的那个十分相像——深深地印在肌肉里。一些人认定尊敬的迪梅斯戴尔先生，在赫斯特·普林最初戴上她的耻辱标志的当天，便开始忏悔的征程了——后来他通过许多无益的方法实行下去——对自己进行可怕的折磨。另一些人却争辩说，那个烙印是过了许多时间之后才有的，因为老罗杰·奇林沃思，本是一个妖术娴熟的人，使用了魔术和毒药的效力致使它显现出来了。还有一些人——那些人最能理解牧师特殊的感觉以及他的精神对肉体的奇妙驾驭——私下说他们相信，那个可怕的象征物就是不停咬啮的悔恨的牙齿，从内心深处向外啃咬，最后弄出那个可以看得见的字母，表明上苍的摄人心魄的判决。读者可以任意挑选这些说法。我们对这件怪事儿能够获得的消息，我们已经全都交代清楚了，而且，既然这件怪事儿已经起到了应有的作用，我们巴不得把它造成的深刻印痕从我们的脑海里清除掉，因为长久的思考已经把它多此一举地牢牢地固定在脑子里了。

可是，说来也怪，那些从头到尾观看那一幕的人，虽口口声声说他们从来没有从尊敬的迪梅斯戴尔先生身上离开眼睛，却矢口否定他胸口有任何印记，与一个新生的婴儿的胸膛一样洁白无瑕。根据他们的说法，他死前说的话，没有承认，甚至没有一点点暗示，他与赫斯特·普林长期以来一直佩戴的那个红字有任何关系。在这些相当值得尊敬的人看来，牧师意识到自己将不久于人世——也意识到民众对他的尊敬，把他早已安置在圣徒和天使之列——便一心想在那个堕落的女人怀里咽气，从而向世人表明，最优秀的人自身的正直都是如此苍白无力。为了人类精神的良好发展他做出了种种努力，耗尽了生命，把他死亡的形式安排成了一种寓言，为的是向他的崇拜者传达那种发人警醒的悲恸教训，那就是在“无限纯洁的神灵”看来，我们都是罪人。这一寓言教导人们，我们中间最神圣的人，也只是比他的同胞高出了一点点，不过能够更加清楚地看清楚上帝的怜悯是向着天下的，更加彻底地否定那种往往看上去高高在上的人类功绩的幻影。我们用不着对如此重要的真理进行争辩，却一定要认识到迪梅斯戴尔先生的故事，只是一个人的朋友们——尤其是一个牧师的朋友——表现出来的固执的忠诚的最好例子，因此一旦有证据像正午的太阳照在那个红字上一样明朗，让人看清楚他是一个虚伪的罪恶缠身的尘土俗人，他们有时往往会用这种愚忠来维护他的人格。

我们主要依据的权威材料——一份日期久远的手稿，根据多人的口述整理而成，其中一些人认识赫斯特·普林，而另一些人则是从当时见证人那里听说过那个故事的——完全可以证实本书所采用的观点。从这个可怜的牧师痛苦的经历中，我们得到了许多道德寓意，归结起来也只是这样一句话：“真实！真实！还是真实！哪怕不愿意把你最坏的东西暴露给世人，那么也要坦率地让这个世界看见一些蛛丝马迹，从此推断出你有最糟糕的一面。”

紧接着迪梅斯戴尔先生的死去，发生变化最明显不过的，是那个名字叫罗杰·奇林沃思的老人的形容和举止。他的一切力量和精力——所有他的活力和精神力量——好像一下子全都离他而去；好像让他成了一副空架子，全瘪了，几乎从世人眼前消失了，好像连根拔起的野草曝晒在太阳下一样。这个不幸的人曾经把自己的人生准则确定为不懈的复仇，并且把复仇一步步地付诸实践；然而，一旦复仇取得全面胜利和圆满成功，那个邪恶的原则再没有进一步的物质支持，一句话，人世间再没有恶魔的活儿让他去干了，这个没有人性的人就只好靠在他的恶魔主子身上，由主子给他找活儿干，并且付他相应的薪水了。但是，所有这些影子一样的东西，只要是我们身边的熟人——比如罗杰·奇林沃思以及他的同伙——我们由不得都会对他们表示可怜。不管说到底恨与爱是不是同样一种东西，这都是一个需要观察和诘问的话题。这两种热情发展到极端的时候，都含有高度的亲密性和心理认同；这两种热情都会让一个人去寻求另一个人的爱慕和精神生活的食粮；这两种热情在完成使命后，都会让那个热烈的情人，或者让那个同样热烈的仇人，形单影只，顾影自怜。所以，从哲学的角度考虑，这两种热情从本质上看好像是同一种东西，所不同的是一种热情是在一种圣洁的光环里碰巧为人所见，而另一种热情是在昏暗的阴森的光线里为人所见。在精神的世界里，那老医生和那牧师——他们都做了对方的牺牲品——也许，不知不觉中，会发现他们在尘世结下的仇恨和厌恶，已经转变成了金子一般的爱。

先不啰嗦这个话题了，因我们还有一件正经事要告诉读者呢。在老罗杰·奇林沃思弥留之际（当年他也一命呜呼了），他留下了他的最后遗嘱和遗言，并请贝林厄姆总督和尊敬的威尔逊先生做执行人，其中写明他把一份相当数额的遗产留给了赫斯特·普林的女儿，小波儿，包括这里和英格兰两地的财产。

于是，波儿——那个精灵般的孩子——那个罪孽催生的后裔，直到那个年代还有些人这样看，一下子成了那时那个新大陆的最富有的女继承人。极有可能的是，这样的身份转变，使得公众的价值观也发生了实质性变化；而且，如果母亲和孩子都留在这里，小波儿，到了当婚论嫁的年龄，可以把自己野性的血液和清教徒中间最纯正的血统搅和在一块儿了。然而，那个医生死后不久，佩戴红字的人消失了，波儿也和她一起去了。很多年里，尽管时不时会有一种含糊的说法从大海那边传来——如同一块漂浮到海岸边的不成形的木片，上边只刻有一个姓氏的首字母——但是有关她们母女的确切消息却从来没有得到过。红字的故事演变成了传说。但是，红字的魔力还是强有力的，使得可怜的牧师死在上边的绞刑架台以及赫斯特·普林住过的海边的小茅屋依然令人敬畏。一天下午，在那座小茅屋附近，几个孩子正在玩耍，看见一个高高的女人，穿着灰色的长裙，向小茅屋的门口走去。这么多年过去了，那小茅屋的门从来没有打开过；但是，不管是她打开了门锁，还是木头和铁件都烂了，她一搭手门就开了，或者是她像影子一样通过了门锁——不管因为什么，她走进去了。

在门槛儿上，她停住了——半转过身来——也许她突然想到，孤身一人，经历了如此大的变化，走进这个曾经诸多苦涩生活的小茅屋，会感到更加凄凉，更加荒芜，她甚至都无法承受了。然而，她的犹豫只在片刻之间，不过一瞬间她戴在胸前的红字却让人看清楚了。

这样，赫斯特·普林回来了，又承担起抛弃很久很久的羞耻！可是，小波儿又在哪里呢？如果她还活着，现在一定是亭亭玉立的少女，一朵含苞欲放的花朵了。没有人知道——也从来没有听说过确凿无疑的消息——这个精灵一般的孩子是否已经夭折，早早进入了女孩儿家的坟墓，也无从知道她那野性的丰茂的本性是否已经被软化，被驯服，从而能够获得一个女人的温柔的幸福。但是，从赫斯特后来的生活看，种种迹象表明，这个佩戴红字的隐居者，是另一片土地的某个居民爱恋和关怀的对象。信件一封接一封，上面盖有世家的纹章印子，尽管那些印章是英格兰纹章谱里所没有的。在小茅屋里，许多舒适和奢侈的用物出现了，这些都是赫斯特从来没有使用过的，只是富有人家才用得起的东西，也是只有爱慕她的人才会想得到的。还有一些小物件，比如小装饰啦，念念不忘的美丽的纪念品啦，都是在一颗爱心充满爱意时用纤巧的手指编制出来的。有一次，有人看见赫斯特在绣制一件婴儿的服装，金色的想象力表现得栩栩如生，如果有哪个婴儿穿戴起来，在我们这个单调色彩的社会里出出进进，一准会引起公众的哗然。

总之，那时的街谈巷议相信——一个世纪后做过各种调查的检查员普尤先生也相信，而且后来他的继任者中最新上任的人更信誓旦旦地相信——波儿不仅还活在人世，而且已经嫁人，美满幸福，时时刻刻惦念着自己的母亲，而且要是能把悲哀而孤独的母亲接在自己身边生活，那是她最开心不过的事情了。

但是对赫斯特·普林来说，新英格兰这里比起波儿找到的家的那不知名的地域，有一种更真实的生活。这里有她犯下的罪孽；这里有她的忧伤；这里还有她的忏悔。所以，她回来了，而且又戴上了——出于她自己的意愿，因为那个高压时代最严厉的地方长官不会强迫她了——戴上那个构成我们笔下一个无比悲伤的故事的标志。从此以后，那个标志便再也没有离开她的胸前。然而，构成赫斯特生命的那些辛苦、思考和自我献身的岁月在逝去，红字不再是招来世人嘲弄和挖苦的烙印，而成了某种令人忧伤的东西，人们看见它既有敬畏，也有尊敬。而且，赫斯特·普林没有自私的目的，生活的方式也没有她自己的利益和享受，人们于是带着自己所有的忧愁和迷惑，来向她讨教，把她尊为饱经忧患的女人。女人们，更是如此——她们的家常便饭就是承受伤害、浪费、冤枉和滥用的虐待，或者承受罪恶的情欲，或者承受一种不屈之心的沉疴，因为她们的心未被看重和挖掘——她们纷纷来到赫斯特的小屋，追问为什么她们如此不幸，如何才能补救！赫斯特尽自己最大的能力安慰和告诫她们。她也向她们担保，她坚信，到了更光明的时期，到了这个世界成熟的时候，到了天国自己的时间，一种新的真理就会展示出来，为的是在男女双方幸福更加牢靠的基础上建立那种男女的整体关系。在较早的生活中，赫斯特曾经徒劳地想象过，她自己也许会成为命中注定的女先知，但是过了很长时间才认识到，一个女人犯过罪，弓腰承受耻辱，甚至一辈子负担忧患，把任何揭示神圣和神秘的真理的使命托付给她，都是不可能的。将来揭示真理的天使和使徒，确实应该是一个女人，不过这个女人应该崇高、纯洁、美丽；而且有智慧，不是经历昏暗的忧愁而获得，而是经过欢乐的缥缈媒介而获得；还要通过最真实的考验，过上一种成功达到这一目的的生活，表明神圣的爱情如何让我们感到幸福。

赫斯特·普林说着这样的话，用她那忧伤的眼睛扫视下边胸前的红字。这样，在许多许多年之后，一座新的坟墓挖成了，在一座坍塌的老坟墓附近，而所在的那块老坟地旁边，便是后来修建的国王教堂。新坟墓确实在那个坍塌的老坟墓附近，可两者之间隔着空间，仿佛两个长眠者的泥土之身没有名分合葬在一起。不过一座墓碑为两座坟墓所立。在周围一带，墓碑上都刻有纹章；只有这一块石板——好奇的调研家仍然可以看见，心下却难免不解其用意——上面刻着盾形的图案。石板上有纹章题名，一个纹章官写下的措辞，这里不妨用来当作箴言和我们现在结束这个传说的简短说明；那行铭文非常暗淡，只因一个永远闪烁的光点比那阴影更显阴沉，铭文才衬托出来了——

“一块地，黑色的，A字母，红色的。”

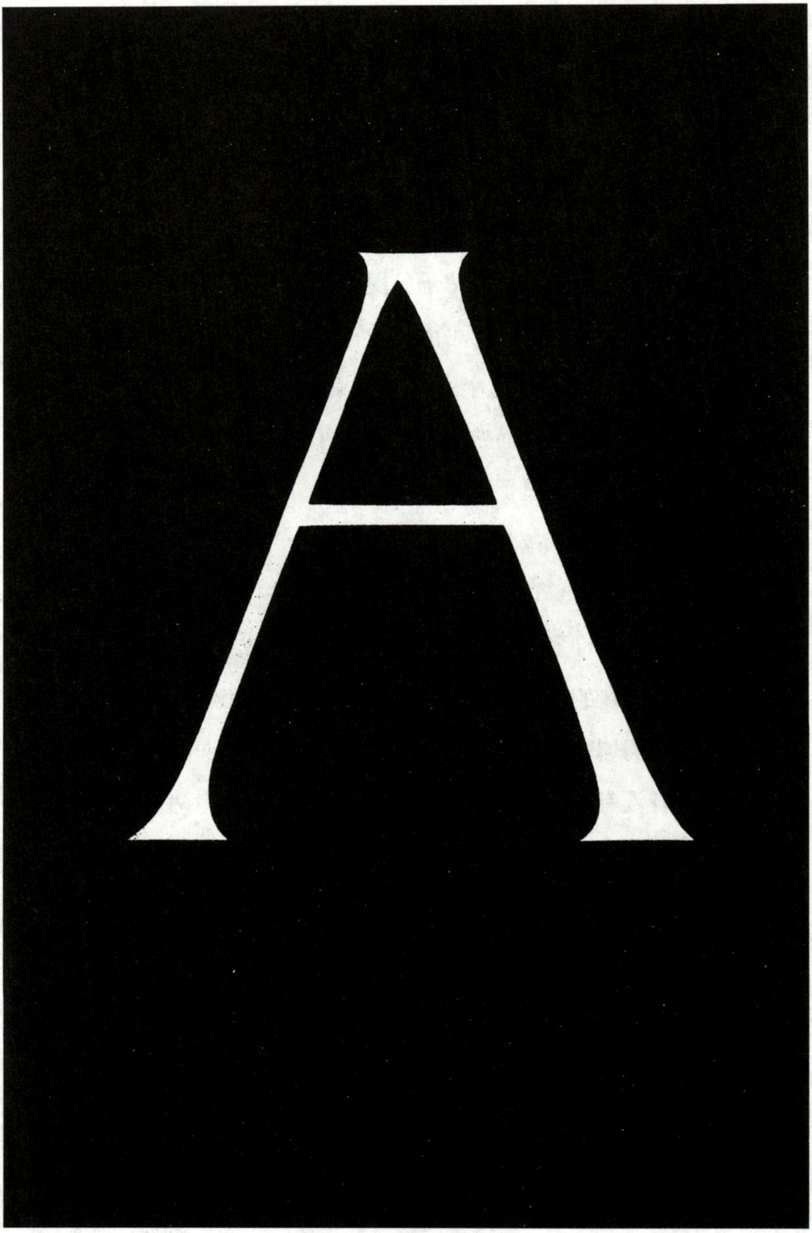

一块地，黑色的，A 字母，红色的

译文名著精选书目

傲慢与偏见	〔英〕简·奥斯丁 著 王科一 译
简·爱	〔英〕夏洛蒂·勃朗特 著 祝庆英 译
基督山伯爵	〔法〕大仲马 著 韩沪麟 周克希 译
少年维特的烦恼	〔德〕歌德 著 侯浚吉 译
茶花女	〔法〕小仲马 著 王振孙 译
呼啸山庄	〔英〕艾米莉·勃朗特 著 方平 译
悲惨世界	〔法〕雨果 著 郑克鲁 译
堂吉诃德	〔西班牙〕塞万提斯 著 张广森 译
红与黑	〔法〕司汤达 著 郝运 译
雾都孤儿	〔英〕狄更斯 著 荣如德 译
欧叶妮·葛朗台／高老头	〔法〕巴尔扎克 著 王振孙 译
莎士比亚四大悲剧	〔英〕莎士比亚 著 孙大雨 译
泰戈尔抒情诗选	〔印〕泰戈尔 著 吴岩 译
乱世佳人	〔美〕玛格丽特·米切尔 著 陈良廷等 译
鲁滨孙历险记	〔英〕笛福 著 黄杲炘 译
安娜·卡列尼娜	〔俄〕列夫·托尔斯泰 著 高惠群等 译
十日谈	〔意〕薄伽丘 著 方平 王科一 译
福尔摩斯探案精选	〔英〕柯南·道尔 著 梅绍武 屠珍 译
老人与海	〔美〕海明威 著 吴劳等 译
漂亮朋友	〔法〕莫泊桑 著 王振孙 译
巴黎圣母院	〔法〕雨果 著 管震湖 译
双城记	〔英〕狄更斯 著 张玲 张扬 译
最后一片叶子	〔美〕欧·亨利 著 黄源深 译
瓦尔登湖	〔美〕梭罗 著 徐迟 译
一九八四	〔英〕奥威尔 著 董乐山 译
复活	〔俄〕列夫·托尔斯泰 著 安东 南风 译
三个火枪手	〔法〕大仲马 著 郝运 王振孙 译
苔丝	〔英〕哈代 著 郑大民 译
变色龙	〔俄〕契诃夫 著 汝龙 译
钢铁是怎样炼成的	〔俄〕奥斯特洛夫斯基 著 王志冲 译
浮士德	〔德〕歌德 著 钱春绮 译
太阳照常升起	〔美〕海明威 著 赵静男 译
莎士比亚喜剧五种	〔英〕莎士比亚 著 方平 译
理智与情感	〔英〕简·奥斯丁 著 武崇汉 译
罪与罚	〔俄〕陀思妥耶夫斯基 著 岳麟 译
羊脂球	〔法〕莫泊桑 著 郝运 王振孙 译
鼠疫	〔法〕加缪 著 刘方 译
青年艺术家画像	〔爱尔兰〕乔伊斯 著 朱世达 译

我是猫	〔日〕夏目漱石 著 刘振瀛 译
神曲	〔意〕但丁 著 朱维基 译
红字	〔美〕霍桑 著 苏福忠 译
到灯塔去	〔英〕伍尔夫 著 瞿世镜 译
格列佛游记	〔英〕斯威夫特 著 孙予 译
大卫·考坡菲	〔英〕狄更斯 著 张谷若 译
道连·葛雷的画像	〔英〕王尔德 著 荣如德 译
童年／在人间／我的大学	〔俄〕高尔基 著 高惠群等 译
城堡	〔德〕卡夫卡 著 赵蓉恒 译
汤姆·索亚历险记	〔美〕马克·吐温 著 张建平 译
九三年	〔法〕雨果 著 叶尊 译
铁皮鼓	〔德〕格拉斯 著 胡其鼎 译
卡拉马佐夫兄弟	〔俄〕陀思妥耶夫斯基 著 荣如德 译
远大前程	〔英〕狄更斯 著 王科一 译
马丁·伊登	〔美〕杰克·伦敦 著 吴劳 译
名利场	〔英〕萨克雷 著 荣如德 译
嘉莉妹妹	〔美〕德莱塞 著 裘柱常 译
细雪	〔日〕谷崎润一郎 著 储元熹 译
哈克贝里·芬历险记	〔英〕马克·吐温 著 张万里 译
儿子与情人	〔英〕劳伦斯 著 张禹九 译
野性的呼唤	〔英〕杰克·伦敦 著 刘荣跃 译
牛虻	〔英〕伏尼契 著 蔡慧 译
包法利夫人	〔法〕福楼拜 著 周克希 译
达洛卫夫人	〔英〕伍尔夫 著 孙梁 苏美 译
永别了，武器	〔美〕海明威 著 林疑今 译
喧哗与骚动	〔美〕福克纳 著 李文俊 译
猎人笔记	〔俄〕屠格涅夫 著 冯春 译
圣经故事	〔美〕阿瑟·马克斯威尔 著 杨佑方等 译
希腊神话	〔俄〕库恩 编著 朱志顺 译
格林童话	〔德〕格林兄弟 著 施种等 译
月亮和六便士	〔英〕毛姆 著 傅惟慈 译
失乐园	〔英〕弥尔顿 著 刘捷 译
海底两万里	〔法〕凡尔纳 著 杨松河 译
丧钟为谁而鸣	〔美〕海明威 著 程中瑞 译
安徒生童话	〔丹麦〕安徒生 著 任溶溶 译
了不起的盖茨比	〔美〕菲茨杰拉德 著 巫宁坤等 译
虹	〔英〕劳伦斯 著 黄雨石 译
摩格街谋杀案	〔美〕爱伦·坡 著 张冲 张琼 译
坎特伯雷故事集	〔英〕乔叟 著 黄杲炘 译
战争与和平	〔俄〕列夫·托尔斯泰 著 娄自良 译
环游地球八十天	〔法〕凡尔纳 著 任倬群 译
人生的枷锁	〔英〕毛姆 著 张柏然 张增健 倪俊 译